光

kEizo HinO

日野啓三

P+D BOOKS
小学館

目次

第一部　帰ってきた男

I

あの患者はまた夕日を見つめている、と看護婦の黄慧英《ホアン・ホエイン》は思った。顔を見なくても後姿だけでわかる、6号室の患者だ。こういう咄嗟《とっさ》の思いは今では日本語で浮かぶ。意識して多少筋道立って考えるときは中国語である。それを日本語に直してから口に出す。

病院は東京の西の郊外に連なる多摩丘陵地帯の斜面にある。長い雨や強い風のあとは、屋上から都心部の超高層ビルやさらにはるかに東京湾のビル群が東の方に浮かび出して見えることもあるが、普段東京の市街は排気ガスの黄色っぽい灰色の靄《もや》の中に遠く沈みこんでいる。南向きの病室の窓や軽症患者の散歩用の庭から見えるのは、白壁の建て売り住宅群に幾個所も無残に削り取られたなだらかな丘陵と、その向こうに落ちてゆく貧血した亡霊のような夕日だけである。

庭は平らに整地され芝が植えられて、雨ざらしのベンチが幾つかある。周りは金網の柵で囲まれているが、柵はとくに高くもなく頑丈でもない。越えようと思えば越えられないこともないけれども、そんなことを敢えてする患者はいない。庭を昼間自由に歩きまわれるのは軽症の者だけで、不意に発作を起こす患者はごく短時間しか庭に出られないし、男の看護人が付添っている。患者は概しておとなしい。

黄看護婦が担当している6号室の患者は、とくに物静かな男だ。入院してきた当初は歩き方が少しおかしく、一歩ずつこわごわと床や地面を踏みしめるようだったが、半年近くたって最近はかなり正常になってきている。心臓の不整脈も癒《なお》ってきて、外見的には異常はない。血液検査の諸数値もとくにバラつきはない。食事もほとんど残さない。口数が少ないのはここでは特別なことではない。全く口をきかない患者もあるのだから。

妙なのは神経科病院の患者なら当然のことで、多少とも妙でなければここに入院することはない。だが担当の患者たちのカルテを何気なくのぞいていて、6号室の患者にだけは職業欄も住所欄も空白だったことに、黄看護婦は異例の印象をもった。そう言えばこの患者にだけは家族も友人も面会にくることがない。時折面会にくるのは、黒っぽい背広の、目つきのきつい感じの男だけだ。それもごく短時間だけ。ただし担当の医師とはかなりの時間話しこんでいる。

看護婦は患者の病状以外のこと、たとえば私生活の面に興味をもってはならないことは、看護専門学校で繰り返し教えられた。黄看護婦はもともと患者たちはもちろん同僚の看護婦たちや医師たちの個人的な領域に関心はない（日本人の看護婦たちはそういう話題のうわさ話に、どうしてあんなに興味をもつのだろう)。それなのに、あの患者だけはカルテの空白欄を見てから、何か気にかかっている。いやカルテを見る前からだ。あの患者は他の患者たちと何か違う。病状はもちろんひとりひとり違う。そうではなくて、あの患者が黙って病室の窓から空を眺めているような時でさえ感じられる、ある雰囲気のようなもの。

「もう暗くなるし、暗くなると急に寒くなります。部屋に戻りましょう」

とことさら冷静に黄看護婦は声をかける。

患者は柵に軽く両手をかけて粗《あら》い金網の網目越しに夕日を見つめ続けながら、かすかに首を振っている。何か違うと自分にそっと言い聞かせるように、あるいはいま自分が見ているものが信じられないというかのように。

だが葉の黄ばみかけた疎林がかろうじて残っている丘の起伏の彼方に沈みかけている夕日は、いつもの通りの夕日だ。東京の市街の中ほどではないが、丘の沈みこんだ部分ですでに夕闇と溶け合い始めている灰色に淀んだ空気にぼかされて、輝きを失った太陽。わたしが子供のころ中国で見ていた夕日は、もっと赤々と凄みがあったと思う。

あなたには夕日のどこがおかしいの、と尋ねかけそうになる気持ちをおさえて、彼女は前より幾分きつい口調で言う。

「もう散歩の時間は終りです。帰りましょう、自分の部屋に」

ようやく看護婦に気づいたらしく、肩で大きく息をついてからゆっくりと振り向いた患者の表情は意外に平静だった。ついさっきまで首を振りながら浮かべていたに違いない（と彼女は思う）困惑ないし不審の表情はもうない。消えてゆく不安の影をかすかに残しながら、その姿には無意識の意志的なものがある。訓練された身体だ。

夕日の最後の弱々しく黄色い光を背中に受けながら、黙って病棟の方に引き返す。病棟の蔭の方はすでに暗くなっていた。すでに他の誰もいない芝生の上を力無く延びた長いふたつの影が、病棟に近づくにつれて夕闇にのまれてゆく。わずかに暮れ残った丘の頂の方で鳥が叫ぶかすれて甲高い声が一度だけしたが、すぐにあたりは病院特有の、底にひやりとする感触をひめた沈黙にかえる。

日頃滅多に感ずることのない寂寞の思いを、黄看護婦は覚えた。久しぶりに思い出した子供時代の、遠い故郷の夕日のせいだろう。泥壁の路地の向こうに広がっていた乾いた地平線。

病院が斜面に建っているので、一階の南側は庭に向かって開いているのに、北側の方は半ば地面に埋まって地下室のようだ。ドアも窓もなく、終日蛍光灯がついている。各種の検査室が並ぶこの陰気な区域に、黄看護婦はいつになっても馴れない。

様々なことに怯えがちな患者たちは、とりわけここで神経質になる。どんどん複雑化し巨大化してゆく検査機械への恐怖感。検査というと健常者でも悪い結果ばかりを想像しがちな習性。だがいまレントゲンを撮るために黄看護婦と検査室の前の長椅子に腰かけている6号室の患者に、そういう気配は感じられない。

看護婦は通常、患者に検査室まで付添ってきて、必要書類を検査技師に渡せばそのまま病棟に引き返すことになっている。黄看護婦もそうするはずだったのだが、前の検査が長引いていて検査室に入れない（検査中のランプがついている室内には誰も入れない）。患者と一緒に待つことになった。

先に口をきいたのは患者の方だ。これまで病室でも散歩のときも自分から口をきくことなど一度もなかった患者が、いきなりこう言ったのである。

「あなたは中国のどこの出身ですか」

患者が初めて自分に話しかけたことにも黄看護婦は驚いたが、それ以上にその質問は意外だった。自分の過去はカルテにも記載されていない患者が、わたしの過去を尋ねるなんて。看護婦になってもう何年にもなるのに、そんな質問をした患者はひとりもいない。彼女が日本人でないことはたいていの患者が気付いている。看護専門学校に入る前に郊外のファミリーレストランで働きながら日本語学校に通った彼女の日本語はいまでは何の不便もないが、微妙な言いまわしや仕草で日本人でないことは当然わかる。中国人だけでなく外国人の看護婦は異例ではない。日本人の若い世代の人口が、今世紀に入って急激に減っているからだ。

「山東省ですけれど」

と答えながら、日本人同士でもよくクニはどちらですか、ととくに親しくなくても質問することを黄看護婦は思い出す。挨拶のようなもので、とくに相手に関心をもったからではないことは知っているものの、こんな検査室の前でいきなりそんな個人的なことを話しかけてくるのは、もしかすると見たところは全く落ち着いているように見えながら、検査に内心不安を覚えているからかもしれない。

「山東省というと、孔子の出身地で、よい宮廷料理人がたくさん出たところだ」

よく知ってると黄看護婦は思う。それに声も低いけれど全く平静そうだ。

「済南《チーナン》の出身です」

山東省は知っていても済南市までは知るまい、と黄看護婦は少し意地悪い気持ちで言った。

だが相手の口調は変らない。

「泰山のすぐ北の」

「すぐといっても汽車で二時間かかります」

「黄河に近い」

黄看護婦は恐れに近い感情が心のうちをかすめるのを覚えた。いま黄河のことを話している相手が神経科病院の入院患者だということに。知識があるとかないとかということではなく、そんなことなら昨日の夜レクリエーション・ルームのテレビで偶然に見たか聞いたかもしれないのだ（実際は彼が電送新聞さえ読んでいないことをわたしは知っている）。そうではなくて、何か自分とその過去を不意にはるか頭上から冷やかに覗きこまれる感覚だった。

「済南に行ったことがあるんですか」

自分の声がおそるおそるという調子になるのを、黄看護婦は他人のことのように感ずる。

「いや、ない。確かないはずだ」

いぜんとして患者の声は低い。

検査室の赤いランプはまだ消えていない。検査の予定時間がこんなに遅れることは滅多にないことである。これは単なる偶然ではないのではあるまいか、と黄看護婦は両側に検査室が並ぶ半地下的な廊下の青白い光（床や壁や天井も同じような塗装だ）を見つめながら考える。彼女はもともと過去をなつかしむ心の習性がない。故郷の記憶に気持ちを乱すこともない。二十歳のときこの島国に来てもう十年近くなるのに、泰山のことも黄河のことも思い浮かべたことは数えるほどもない。それがいまこんな冷やかな光の中で、急に昔の映画の切れ切れの場面のように浮かんできた。

「泰山には一度しか登ったことはありません。かなり前から有名な行楽地になっていますが、うんと昔には頂上で天を祭る儀式が行われたといわれてます。古代の皇帝がそこから天に昇ったという……」

「天に昇った？」

それまで廊下の床を見つめていた患者が、彼女の目を見返した。

「伝説ですけれど」

患者の目の中を一瞬光がかすめるのを、黄看護婦は見たと思った。これまで彼女が経験した限り、この国の人たちは男でも女でも、相手の目を直接には見ないことが多い。視線が合うことがあっても、漠と煙った瞳孔の奥に少しずつ自分を隠して退《ひ》いてゆく。だがいま患者の目つきは彼女の瞳孔をじかに覗きこむ感じだ。まるで彼女の目の奥に泰山の山頂があるように。

神経科病院の看護婦は日頃偏執的な目つきには馴れているが（冷やかな目あるいは縋りついてくるように甘ったれた目）、この患者のいまの視線はそれとは違う。ひたすら探る目、それも彼女の心の内側をではなく、強いて言ってみれば、彼女を突き抜けてもっとはるかに遠くの何かを見すえようとするひたむきな視線。「天に昇った」と彼女の言葉を二度三度口の中で呟き返しながら。

切れかけた天井の蛍光灯のひとつが地虫の鳴くようにスパークする音が聞こえるほど、数秒間張りつめる沈黙。

だがふっと沈黙がゆるみ、おぼろな灰色の雲の影が意識の地平線から急に湧き出したように、患者の瞳孔の異常な光は翳《かげ》り視線は力を失う。それとともに、黄看護婦の内部で鮮やかに浮び出しかけた記憶の風景も萎える。

検査中のランプが消えていた。ガウンの紐を震える手で締めながら、老いた女性がよろめきながらドアから出てきて、廊下をどちらに行っていいか戸惑っている。黄看護婦は黙ってうなずいて彼女の患者に合図する。立ち上がって厚いドアの中に消えてゆく患者のよく張った肩から力が抜けた印象が、彼女の心に残る。

患者は黄看護婦の遠い故郷への関心を失っていなかったようだ。翌日の午後、規定の体温と血圧を測りに彼女が6号室に入ったとき、患者は「きのうの話を続けてくれませんか」と遠慮がちに言った。ここの患者たちは、強い興味を示した事柄も一晩たつとケロリと忘れていることが多いのに、この患者はきのうの話をひとりで考え続けていたらしい。

患者の表情には、前日検査室前のベンチで不意にみせたほどの迫力はないが、これまで脈搏や血圧を測るとき、すぐ近くにいる彼女をまるで何メートルも隔てて眺めているかのような無関心に近い態度は消えている。この患者だけではないが、他人との間に長城をめぐらしているような(と彼女は思う)いつもの態度が目に見えて薄らいでいることに、彼女は驚く。実は彼女の方は、昨夜別の担当の患者が烈しい発作を起こしてひと騒ぎあったこともあって、ほとんどきのうのことは忘れかけていたのである。

きのうの話? 済南のこと、そう、泰山のことを話しかけていたのだ、と彼女は血圧を測るための腕バンドを患者の左腕に装着しながら思い出す。確かあの山にまつわる古い伝説を話しかけたとき、患者は不意に強い情動的反応を示したはずだが、きょうは大丈夫なのだろうか。

「わたしが泰山に行ったのは一度だけです」と黄看護婦は努めてさり気なく話し始めた。「小学校の終りのころか、中学に行ったばかりのとき。いまでもよく覚えているのは長い長い古い石の階段です。途中で何度も休みかけては引率の教師に怒られました。わたしは小さいとき体があまり丈夫でなかったので」

黄看護婦は血圧計の表示の針が微妙に震えるのを見つめながら、つまり患者の顔を見ないで話している。だが表示の数字はいつもより少し高い。

「昼休みに散歩に出ましたか」

看護婦は顔を上げた。患者もきょうは意識的に表情をおさえているのがわかる。

「曇っているので庭には出ていない」

だとすれば血圧の表示の震えは、表情の奥の心理的なものだ。泰山の話になると患者がどうして興奮するのか彼女にはわからない。自分の方から話してほしいと言っておいて。もう止めようかとも思ったが、患者の表情は明らかに続きを期待している。それに彼女自身も故郷の話、ほとんど他人には話したことのない自分の過去の薄れかける記憶を話すことが意外に不快でない。他の患者の部屋もまわらなければならないのだが、午後のこの時間は比較的余裕がある。

「やっと石段を登り切って頂上につくと、塀に囲まれた屋根瓦の立派な建物、中国では廟と言いますが、神を祀《まつ》った所がありました。どんな神を祀ったのかは知りません。教師も教えてくれなかったと思います。わたしの子供の時代でももう誰も神のことなど本気で口にする人はいませんでしたものね。お金を儲けさせてくれる神様のことしか」

そこで黄看護婦は少し皮肉に微笑した。自分が日本に行こうと思ったのも、お金のことを第一に考える人たちが古来堅実な彼女の故郷の地にも異常な熱気でひろがってきたからだった。

「途中に仏教のありがたい経句を彫りこんだ大きな岩もありました。とにかくこの山は中国全体にも幾つとないとても神聖な天に近い場所なのだと、おとなたちは言っていました。わたしも子供心に何となくそんな気がしたことを覚えています」

患者は雲が低く垂れこめた空を、窓越しに眺めている。だが彼女の話を本気に聞いていることは確かだ。ただ医学関係のこととはかけ離れた天や神のようなことを日本語で話すのは難しくて、どうしても話し方がたどたどしくなるのは仕方がない。

患者が窓の方を向いたまま、何か低く呟いている。

「何ですか? よく聞こえませんけど」

そう言われて患者は看護婦の方を振り返ったが、自分の内側を覗きこむ目つきになっている。呟きが彼自身の声というより、彼の内部から切れ切れに泡のようなものがひとりでにひっそりと弾けているように、黄看護婦には思われた。

「天に近かったところ……ケープカナベラル……バイコヌール……」

やっとそれだけ彼女には聞き取れたけれど、何のことかわからない。本人自身にもわかっているのかどうか。そんな頼りなく無意味に近い言葉。外国の人名か地名。

呟きながら患者はかすかに首を横に振っている。夕日を眺めながら彼がいつもしている動作。

看護婦は血圧測定装置を片付ける。

「黄河の話もしてくれませんか。引きとめてすいませんが」

落ち着いた口調に戻っている。このひとがどうしてそんなことに興味があるのか彼女には不可解だが、入院患者によくある退屈さや人恋しさのためにわざと看護婦を引きとめているのではないことは、何となくわかる。何か患者自身にとってとても大切なことに関係があるらしい。どういう関係があるのか、患者自身にもよくわかってないようだけれど。

「名前の通り本当に黄色い河です」

「そう黄色い大きな河だ、そしてひどく蛇行している。上から驚いて眺めたことがある」

「とても濁った河だと思ったでしょう。でも濁っているのではなく、染まっているんですよ、河の水全体が。わたしの少女時代にはまだ古いジャンク、大きなつぎはぎだらけの帆を張った小型の船が、ゆっくりと下っていました。それは小さなわたしの悩みや不安などすっぽりと溶かしこんでしまうほど、とてもゆるやかで大きな風景でした。だから悲しいことやつらいことがあったとき、よく岸辺まで行ったものです」

どんな悲しみだったか、そのひとつひとつの内容は記憶の彼方に薄れている。ただ広漠とした悲しみがほとんど荒涼とした感触でひろがっていたことを、話しながら黄看護婦は改めて思い出す。日頃は考えることもないそんな遠い過去を、このふしぎな患者の言動、というより全体の雰囲気が、妙に痛切に思い出させるのだ。

「河が染まっているというのは……」

「土でも泥でもないんですよ」

一瞬、黄看護婦は子供がナゾをかけるときのようなイタズラっぽい口調になった。

「粉です」と彼女は言い切って微笑した。「とてもとても細かな、女性が化粧するときのファウンデーションの粉そっくりの。うんと上流でオルドス高原やゴビ砂漠の近くを河が流れるとき、風で舞い上がった乾ききった粘土や砂の細かな塵が水を染めるんだ、とわたしたちは教わりましたけど」

この話も彼女には思いがけない興味を、聞き手に与えたようだった。

「粉、粉ね。すると河の岸も普通の砂や土ではない……」

「その通りです。ちょうど済南の近くで黄河の流れが曲がってます。そのために長い雨のあと水は岸にまで溢れるんでしょうね。河岸を歩くとひと足毎に乾いた黄色い粉が舞い上がるんです」

患者はベッドの端に軽く腰かけていたのだが、上体を看護婦の方に乗り出して、彼女の言葉を繰り返した。

「ひと足毎に乾いた黄色い粉が舞い上がる。そうですね」

「そうです」

患者の瞳孔が光り、それからうんと遠いところを眺める目つきになった。両手の拳を握りしめている。何か大切なことを彼女の話によって思い出しかけながら、それがうまく思い出せない様子だ。きっとこの患者がここに入院してきた事情に深くかかわることにちがいない、と黄看護婦は思った。

実はきのう検査室から戻ったとき、黄看護婦は、6号室の患者の病状を担当の医師に尋ねたのだった。通常は看護婦たちに受持ちの患者の病状を予め教えるものだが、6号室の患者だけはそうでなかった。ただ発作を起こすこともなく、他にとくに手のかかることもなく、静かすぎることだけが異常といえば異常な患者だったので、慢性の抑鬱症だろう、というぐらいにしか黄看護婦は考えていなかったのだ、きのう検査室の前で偶然泰山の話に強すぎる情動反応を示すまでは。

医師は「逆行性健忘症《アムネジア》だ」と教えてくれはしたけれど、それ以上は説明してくれなかった。何を忘れたのか、何が思い出せないのか、医師はそれ以上話してくれなかったし、この患者の過去はコンピューターにも打ちこまれていない。打ちこまれているにちがいないのだが、そのデータを引き出す特別のパスワードを彼女は知らない。

「あの患者は以前何をしていたんですか」とも、黄看護婦はさり気なく医師にきいた。担当の医師は神経科の医師には珍しく気さくな人なのだが、それはきみに関係ないことだ、と固い口調で言った。これも異例なことだ。何か特殊な事情があるのだろう、と彼女は思うしかない。時折訪れてくるあの黒っぽい服の男と関係のあることだろうとも考えてみたが、案外唯ひとりの親友なのかもしれない。

その男以外に面会人がないだけでなく、室内に私物も少ない。軽症の患者には若干の私物の持込みが許されている。自殺傾向や器物破壊の恐れのない患者には、一般のテレビ放送もフロッピーに収められた書物や音楽や画集も眺め聞くことのできる受像機も許されているし、密閉した透明容器の中で水中植物から発生する酸素を吸って小さなエビや魚が泳ぐ共棲装置も、神経を和《なご》ませるという効果から、特別に許可されることもある。だが患者の趣味や個性を知ることができるような私物は、彼の場合一切ないのである。

入院費がかなり高額のはずの個室にずっといるのに、病院の売店で売っている平凡なガウンその他の衣類、日用品以外、ガランとした彼の部屋で目につくのは、いつもベッドわきの小テーブルの上に置いてある丈夫そうな大型の腕時計、数字がいっぱい刻みこまれていていろんな精密装置が組みこまれているらしい一般には見かけない腕時計ぐらいのものだ。それだけが、持主が普通の勤め人や商売人と違う何か特殊な仕事に従事していたらしいことを想像させる。

年齢は四十歳、これはカルテに記録されている。体格も筋肉もしっかりしていて、相当に訓練された体と神経のようだ。この頃やたらに多いもともと情緒不安定な患者たちとは違う。経験を積んだ中年男性の落ち着きさえ見られる。

だがその体と精神のどこかに深い隙間ないし穴があるのだ。思い出せない過去という空洞が。若かった時期の行動や知識の記憶はある。その後ある期間の記憶がすっぽり欠落しているらしい(その期間がどのくらいなのかは医師だけが知っている)。その空白期間のどこかでひどい事故に遭ったのだろうが、骨折とか火傷の痕は見えないから交通事故のようなものではない。頭部の損傷のようなことでもなく、もっと深く精神的心理的な事故だったにちがいない——というのが、黄看護婦の女性的直観である。

その記憶の空洞を、患者は埋めようとしている、あるいは空洞自体がみずからを埋めようとしている、彼女との偶然の何気ない会話をきっかけとして。しかも彼女の、体験というより単なる見聞が、あの患者の記憶回復の少なくともきっかけになったらしいことに、彼女はひそかな手ごたえを感じ始めている。

病院構内の一画にある独身看護婦たちの寮の一室で、上海出身の麻汝華《マー・ルーホア》看護婦と簡単な中国料理の夕食を共にしたあと、黄看護婦は流し台に立って食器を洗っていた。

この病院に勤め出してまだ間もない若い麻看護婦は、医師たちを含めて日本人たちの言動があいまいで筋道立っていないこと、重症の患者を担当している勤務がきついこと、そして何よりも給料が考えていたよりもはるかに少なくて、これでは貯金もろくに出来そうにないこと（彼女は上海に小さな診療所を経営することを計画している）を、上海語と北京語と日本語をまじえてさかんにまくし立てたあと、翌朝早番なので、と早々と自室に戻っていった。患者の見舞いにくる家族のひとりから、あなたみたいな美人がこんなことをしているのは勿体ない、もっと楽で収入の多い仕事に変らないかと誘われている、とも陽気に笑いながら言った。

上海の人は現実的だと考えながら、水道の水音だけしか聞こえなくなった晩秋の夜の静けさの中で、山東省の故郷が自分にはすでにとても遠くなってしまっていることを、黄看護婦は改めて感じた。そして6号室の患者のことを思い出したのである。あの患者がこのところ時折身近に感じられるのも、実はわたし自身が似たような空白を内側にもち始めているからではあるまいか、と。

麻看護婦と違って、わたしはこの国でためた金をもって帰国しようとは思ったこともない。多分このままこの病院に、あるいは別の病院に移ることはあってもこの国に、この東京というすでに盛りの時期を越えて衰退し始めながら、ふしぎな力も秘めている大都市に住み続けるだろう。上海の息づまるほど派手な活気も、北京の長い歴史の威厳もないとしても、静かに荒れてゆく繊細な荒涼さがある。滅多に出かけることはないけれども、都心部の高層ビル街には夜ともなると、前世紀末頃の奇蹟的繁栄の亡霊がひっそりと佇《たたず》むような気配が何か懐しい……。

本当は医者になって穏やかに研究生活を送りたかったのだが、学費の都合で看護専門学校にしか行けなかったことにいま彼女は後悔していない。前世紀末から急激な変動を続ける中国に、堅実な山東省育ちの彼女は息せききってついてゆく気になれないところがあった。時間の停止したような茫洋たる黄河の変らぬ黄色い流れが親しかったのだ。父母ともに小学校の教師をしていた郊外の小さな家の裏窓から見える、単調な地平線と裸の樹、そのまわりで夕暮に必ずけたたましく鳴き騒ぐカラスの群……。

だがその風景も急速に遠ざかって薄れて消えてゆきかけていることを、気付かせてくれたのが、あの6号室の患者だった。そして深い記憶の空白を抱えて夕日を眺め続けている彼の影の薄さ（体はしっかりしているのに）は、彼女自身の意識しない頼りなさを照らし出しもする。ただわたしはおもむろに沈んでゆく船のように自分の過去を日毎に失ってゆくのに、あの患者は懸命に過去を、自分自身を取り戻そうとしている。そんなにまでして取り戻さなければならないほど大切な過去なのだろうか。

彼女は一枚ずつ丁寧に、洗った食器を拭いて並べてゆく。何も模様のない真白な皿が彼女は好きだ。

医師は自分のデスクの上を眺めている。使い古したパソコンとそのフロッピーと医学雑誌が散乱している。そんなデスクの縁のところを指先で軽く叩いている。この医師が考え迷っているときのいつもの癖だ。

その指先の音に誘われたように、部厚い辞典の蔭から、半球形の黒光りする背面に鮮やかに赤い斑点を幾つもつけた小さなムシが現れて、細く短い脚をせわしなく動かしながら、雑誌の山を這い登ったり滑り落ちたりしている。

「テントウムシですね。でもテントウムシが黒地に赤い斑点だったか、赤地に黒い斑点だったか、うまく思い出せない」

デスクを隔てて立っているのは、6号室の患者である。幾分緊張している。

「テントウムシにはいろんな種類があって、赤い斑点のも黒い斑点のもある」

医師はデスクの縁を打ち続けたまま答える。考えがなかなかまとまらないのだ。

急いで相談したいことがある、と患者が診察室ではなく研究室の方に押しかけてきたのだった。担当医師への依存感情が強いこの病院の患者たちには、こういうことが度々ある。たいていはカラスたちがベランダの柵の上に並んで自分をにらんでいるとか、紫色の雨が降っているとか、死んだ母親からの電波の信号がうるさくて眠れないといったようなことで、「よくわかった」と言ってやればだいたい済むのだが、いまの場合は本気で考えざるをえない。

「けさ目が覚めたとき、このあたりに妙な町があったことを不意に思い出したんです。電車の駅前に広い通りがあって、その先がゆるやかな階段になっていて、さらにその上に神殿風の建物がある。夢の続きだろうと思ったのですが、朝食の配膳のおばさんに何気なく尋ねたら、ここからそう遠くないところにそんな町がいまもある、というのです。行かせて下さい」

と普段は物静かで口数の少ない患者が珍しく思いつめた口調で、一気にそう言ったのである。

「その記憶を自分の目で確かめられれば、それ以後の記憶も正確に思い出せそうな気がします」とも言った。

確かにそういう町が近くにあることを医師も知っている。またそういう偶然のきっかけで、もつれた糸がほぐれるように失われた記憶が戻る場合があることも、もちろん知っている。だが患者を病院の外に自由に出歩かせるわけにはゆかない、少なくともひとりでは。

しかも彼は普通の患者ではない。役所から特別の看護、はっきり言えば看視を要請されている患者だ。役人たちは遠まわしの言い方ながら、この患者の記憶が当分戻らないことをのぞんでいる。

医師の指は一定の間隔でデスクの縁を叩き続け、患者はテントウムシの動きを熱心に見下ろしている。

「それは本もののテントウムシじゃない。近くの人間の動きに敏感に反応して動く超ミニマシーンだよ。赤外線探知器でも組みこまれているんだろう。患者のひとりが退院するときにくれたオモチャだ。どういうつもりでこんなものを私にくれたのかはわからんが」

ふっと医師は、時折やってくる黒服の男の役人風の口のきき方への嫌悪を思い出した。彼らが何を考えているのか知らないが、患者を癒すことが医師の基本的な義務だ。

「誰か同伴してくれる家族でもあるかね。私が一緒に行ければいいんだが、しばらくその余裕がない」

患者はテントウムシの動きから目を離して、医師の顔を見た。

「看護婦さんではいけませんか。私の担当の黄さんでは」

あの看護婦は経験もあるし、しっかりしている。この患者との心理的関係にも問題はない。

医師はやっと手を膝の上に戻した。メカ・テントウムシはフロッピーの傾いた表面で動きを止めて滑り落ちた。

「ただしこれは特別の医療処置で、デートの散歩じゃない。付添いの看護婦以外の者とは口をきかないことだ。またこのことは誰にも、他の医師たちにも黙ってた方がいいだろう」

患者はうなずいた。「そうします」と落ち着いて答えた。

逆行性健忘症というのは奇妙な病いだ、と医師は改めて思う。過去の、ある期間の記憶はすっかり抜けていながら、それ以前の記憶や知識も現在の行動も思考もこの通り基本的には正常なのだ。ただ記憶の一部に自分ではどうにもならない空白があることが、現実感覚を不安定に蝕《むしば》むことは仕方ない。


黄看護婦が診療室に入ってゆくと、白衣を着た医師は広い窓の前に立っていた。患者の診療のときは淡い空色のブラインドを下ろしていることが多いのだが、きょうは広い窓ガラスに一面、冬が近づいて正午過ぎでも高度がめっきりと低くなった日ざしが射しこんでいる。

「6号室の患者はこの頃どうかね」

と医師は窓から外を向いたまま尋ねた。

「これまで通りですが」

黄看護婦も医師と並んで窓際に立って答えた。患者が自分から初めて口をきいて彼女と少し話を交したことは黙っている。会話したといっても話したのは主に彼女の方だったし、それも彼女自身の個人的な記憶に過ぎなかったのだから。その「個人的な」話の内容を口にすることに何かためらいを覚えた。

この間までの鮮やかさは薄れているものの、いぜんとして緑色を残している庭に、昼食を終えた患者が数人出てきている。明るい日ざしをいっぱいに受けているのに、その姿は何か彫像めいてさびしげだ。あの患者の姿はない。

「きみはこの病院に何年になる？　いやこの国に来て」

両手を腰のところでそっと後手に組んだまま、医師は尋ねる。話の急な移り方に、医師の気持ちがその姿勢ほど落ち着いていない印象を黄看護婦は受けた。いったいなぜ医師はわざわざ入院患者担当のナースセンターから、自分を呼んだのだろう。

「この病院に勤めて間もなく五年、日本に来てからは十年近くなりますけど」

「そんなになるのか」

「ええ、でもあっという間の気もします。わたしは余り外を出歩いたり、人とつき合ったりしませんから」

「マジメな生活」

医師の声に少し皮肉な調子がまじる。

「単純な生活です。子供のときからそうでした」

本当にそうだったのだと思う。それでよかったのだ。前世紀の終る頃から、中国がどんなにはげしく変転したか、この医師は多分よくは知らないだろう。単純な日々ということがどんなに難しく貴重なものかということを。

庭の彫像たちが少しずつ動き出している、晩秋の固く濃い影を引いて。間もなく冬がくる。

「そう、きみの言う単純な落ち着いた生活を、われわれは大分前からできなくなっている。その犠牲者というか被害者を、私たちは預っているわけだ。彼らの神経が傷《いた》んでいるのではない、もっと大きなものが壊れている」

医師の視線は見えないが、庭を歩く患者たちの痛切に静かな姿を見つめているのだろう。

「しきりに言われてきた大地震は東京では今まで起こらなかったが、毎日少しずつ壊れてきたんだよ、目に見えないものが」

かなり冷笑的《シニカル》なところがあるが、根は率直なひとなのだと黄看護婦は思った。中国には根から歪んだ人がいる。この国の人たちに比べて、何しろ気が遠くなるほど根が深いんだから。わたしも自分の根の深さを多分まだ本当には知らない。

診療室勤務の看護婦が、昼食に行ってきますと言って姿を消した。医師は後手に組んだ両手をほどいて頭の上まで上げると、一、二度大きく伸びをしてから黄看護婦の方を向いた。

「この駅から五つか六つ離れた駅に、多摩センターという町があるのを知ってるだろ。あまり外に出ないというきみでも」

「知ってます。何度か行ったことがあります。買物に」

「他の若い看護婦たちはよく踊りに行くらしいけど。ディスコがある。きみは踊らないのか。まあいい、ディスコに誘ってるわけじゃないから」

医師は少し笑って、それから真剣な表情になった。

「非番の日は何してる?」

「よく寝て、洗濯をしたり料理を作ったり、エビが日本ではとても安いのに驚いてます。それに本を読んだり……わたしは日本語を話すことはできますが、まだ読み書きが十分でないので」

「では特別の予定とか約束はない、次の非番の日だが」

いったい何に誘うつもりだろう、と黄看護婦は少し構えた気分になる。

「実は6号室の患者とその町に一緒に行ってやってくれないか」

そんなことだったのか、と黄看護婦はほっとすると同時に別の緊張感を覚えた。この外国に来てから、半ば意識的にとってきた他人との距離感、看護婦と医師あるいは患者との公的な人間関係を、不意に侵犯されるような不安。

だが6号室の患者の状態をきかれて、個人的ともいえる話をしたことを口にしなかったときに、自分の方から何かを乱していたのではなかったか、何年来の自分なりの原則を。そう気付いて黄看護婦の心にさらに小波が立ったが、表情にも口調にも微妙な心の動きを表さないことが彼女にはできる。

「病院の仕事としてですね」

「そうだ、担当の看護婦としてだ。ただしその看護婦の制服ではなく」

「もちろん踊りに行くのではなくて……」

そう言いながら自然に微笑することさえできる自分に、黄看護婦は自信を取り戻す。

「あの町の駅の近くに、神殿風の建物がある。それを見たいとあの患者が私のところまで頼みに来た。それを見ると何かを思い出せるかもしれないと」

「それだけですね」

「まあ、お茶ぐらい一緒に飲んでもいい。ケーキを食べても」

「わたしと一緒に、というのは先生のお考えですか、それとも患者の……」

「付添いが必要だと考えたのは私だが、きみを指名したのは患者だ」

黄看護婦は医師の顔から視線をはずして窓の向こうを見た。なだらかな丘の連なりが黄ばみかけている。茂った雑草の間に、すでに赤錆びた細い鉄骨のようなものの一部が突き出ているのが見えた。かなり前までは温室栽培の野菜が作られていたそうだが、もうこのあたりで農業をする人はいない。目に見えるものだって壊れているとそんな関係のないことを、ふしぎにありありと感ずる。そしてわたし自身もその争《あらが》いようのない大きな力に巻きこまれてゆく、と他人のことのように思った。

何か自分の内部まで冷たい光線に照らし出されるような検査室の廊下で、患者がいきなり自分に話しかけ、自分も初めて自分だけの記憶をしゃべったときから、こんなことになることを予感していたように思う。期待していたのではない、決して。予感しただけに過ぎないと黄看護婦は自分に言った。だがその言い方が、これまで彼女が幾度も自分に言ってきたときのようには強くないことも意識する。

「引き受けてくれるね。きみなら大丈夫だ。これぐらいのこと」

「はい」とはっきり答え返しながら、医師が言っているのとは違う意味で、大丈夫ではないだろう、と黄看護婦は心の深い部分がかすかに震えるのを覚えた。患者と個人的なかかわりをもってはならないというルールを、わたしの心——雨の少ない中国の古い井戸のように深くて底の見えない心が破るかもしれない。

「もうひとつ頼みたいことがある」

「何でしょうか」

「このことは他の人には、婦長にも言わないでいてほしい」

医師はいっそう声を低めて言った。

ああ、それはもっと悪い、と彼女はほとんど恐れる。まるで見えない手が次々と、わたしをある方向に押しやるようなものではないか。

「どうしてですか」

彼女は医師の顔を見返してきく。

「それはきみが考えなくていいことだ」

医師の声は普段の調子に戻っていた。

四階のナースセンターに戻る途中の廊下で、黄看護婦は背広姿の長身の男とすれちがう。きちんと畳んだコートを、片腕に掛けている。

医師に呼ばれた診療室を出てから、彼女は6号室の患者のことをとりとめなく頭に浮かべながら、心もち俯きがちに階段を上がり廊下を歩いた。何となくエレベーターの狭い空間で他人と一緒になりたくなかった。患者をめぐる切れ切れの思いの中に、彼のところには黒っぽい背広姿の男しか会いにこないという記憶があった。そのあいまいな記憶が不意に甦った。

顔を上げて立ちどまって振り返る。男は速すぎもせず遅くもない強い足どりで、ナースセンターとは反対に入院室の方へと歩いてゆく。すれ違ったときは濃い紺色に見えた背広の色が、蛍光灯の光の下では遠ざかるにつれてほとんど黒に近くなる。俯き加減に歩いていたので彼女は男の顔は見ていなかったが、これまで一、二度見かけただけで記憶に残っているあの冷たい視線の男に違いない。その目つきがほとんど意識的に背筋を伸ばした後姿に表れている。日本の男たちは中国の男性に比べて子供っぽいところが残っているのに、この正体不明の男にその感じはない。年齢は彼女の患者より少し上のようだ。

何か不吉に近い不安な思い。子供のころ父母と友人たちがよくひそひそと話し合っていた「公安《コンアン》」という言葉が、黄看護婦の記憶の奥の方から浮かび上がってきた。父も母も彼女が生まれる前に「矯正収容所」に連行されたことがある。いまのこの国にそんなものはないと知りながらも、消えることのない遠い怯《おび》えの記憶。どうしてあの患者はこんな男とかかわりがあるのだろう。立ちすくむような気持ちで彼女は廊下の真中に立ちどまったまま、男の後姿を見つめ続けた。

彼女が恐れたとおりに男は「6」と印のついたドアの前で、立ちどまることもノックすることもなく、音もなく部屋の中に消えた。

黒い影のようなものが、スルリとドアを通り抜けたみたいだと彼女は息をのみ、この国に来てからほとんどかたくなに意識して守ってきた自分という実体が溶けてひとりでにうごめき出すような、思いがけない感触を覚える。誰もいなくなった廊下の蛍光灯の青白い光線の目に見えない震えの中で。

冬の初めの晴れた日の午後、ふたりは病院を出た。物資搬入トラック専用の裏門からこっそりと。何か逃亡の気分。守衛のインド人の老人が黄看護婦の顔を見て何か言いかけたが、足早に通り過ぎて国道に出る。

国道は丘を切り通して最寄りの電車の駅まで最短距離で通じているのだが、患者は丘を越える舗装されていない古い小道の方を通りたがる。土の上をじかに歩くのは久しぶりだと言う。

白い制服姿ではない黄看護婦を見るのは、患者には初めてだ。ジーパンに粗い織目の毛糸の半コート、胸元にのぞいているのは中国から来るとき持ってきた牡丹の花模様のスカーフ。ジーパンを見て「懐しいな」と患者は呟き、それからスカーフが「きれいだ、とても」と少しはにかんで言った。患者が着ている厚地の北欧製のセーターは、去年別の若い患者がクリーニングに出したまま退院した忘れものである。そんな患者たちの忘れものの保管箱から、黄看護婦が選んできた。

ふたりとも病院の中とは互いに別人のような印象が奇妙だ。患者は「デートの散歩じゃないんだぞ」という医師の注意を忘れかける。このあたりに人家は少なく、古い小道で行き交う人はない。両側から小道にかぶさって茂った雑草は枯れかけ、雑木林も黄ばみ始めているが、日ざしは意外に暖かい。

「鳥の声がしない」と丘をひとつ越えた凹地で、患者は呟いた。「子供のころこんな雑木林の近くを歩くと、いろんな鳥の声が聞こえたはずだけど」

黄看護婦もこの国に来てから、カラス以外の鳥の声を聞いた覚えがないが、とくにそのことを意識したことはなかった。

「虫の気配もない」と患者は立ちどまって耳をすます。

「農薬とかそんなせいではありませんか。このあたりも昔は果樹園や野菜畠があったといいますから」

だが患者の心に浮かびかけたのは、少し違ったことのようだった。

「何の生きものの気配もないところ、それがとても心にこたえたことがある。静寂という見えない物質が隙間なく立ちこめたようで……」

一瞬病室に戻ったような固い表情になりかけたが、額に薄く浮いた汗を拭いてすぐに歩き始めた。その汗が厚いセーターのためなのか、意識の裏からにじみ出しかけた何か濃い気分のせいなのか、黄看護婦にはわからない。むかし中国では旱魃《かんばつ》のとき、カラスからムシまで食べたところもあったと母が話していたことを、ぼんやりと思い出しただけである。まさかこのひとが旱魃に遭ったとは思えない。どこか遠い外国には行っていた感じだけど。

風の具合で国道を走る車の音が見えない海の波の音のように聞こえてくることはあったが、ゆるい丘の斜面の明るく静かな小道をふたりは歩いた。時々急に立ちどまりかける患者を、黄看護婦は軽くたしなめながら。いまは明る過ぎるくらいでも、この季節、日の落ちるのはとても早いんだから、と。

患者は制服を着ていない彼女の言うことも意外に素直にきく。おどおどする感じは全くないが、急に病院の外に出るのはやはり何程か不安でもあるのだろう。多少とも生活してきた場所の外の世界というのは、魅惑的であると同時にこわいところでもあることを彼女はよく知っている。

駅で患者が切符を二枚買った。私物が極度に少ない彼の個室の感じからは、ちょっと意外なほど立派な黒革の財布。いろんなカード類が詰まっているような。

平日の午後の郊外電車は比較的空いていた。患者は窓外の風景を眺めることに意識を集中しているように見えた。同じ車内の他の乗客たちの中には、神経科の看護婦の目から見て、情緒不安定そうな、抑鬱の、明らかに自閉症的な少年や男や若い女がいる。その人たちに比べたら、自分の患者の方が余程まともだ、と彼女は思った。少なくともいま現在の状態に関する限り。

目的の多摩センター駅は、二本の郊外電車の長いホームが並んでいて、特急も停車する大きな駅である。かなりの人が降りて乗った。階段も改札口も少なくない人たちが前後に並ぶ状態になるが、患者は落ち着いて前の方を見て進む。黄看護婦の方が逆行する人たちとぶつかりかけて、急いで同行者の白いセーターの後姿を探す。白いセーターの背中では、濃い茶色の牡トナカイが一頭元気に空へ駆け上がっている。

改札口を出ると、高層の建物にはさまれた広い通りが真直に、前方の小高い丘のふもとまで伸びていて、その先は道幅のままゆるやかな階段になっている。車が乗り入れられないので通りは余計広く見える。

「ああ、以前のとおりだ」

と患者が感情のこもった声で言った。健忘症の患者がそう言うのを、看護婦は奇妙な思いで聞く。

「あの階段の上に、銀色に光る柱が支える神殿風の建物があったはずだけど」

「ありますよ、いまも。見えるでしょう」

「通りの真中の樹の枝が邪魔になってよく見えない。両側の街路樹もこんなに大きくはなかった。通りに沿った建物もこんなに多くなかったし、こんなに汚れてもいなかった」

患者の声が次第に低くなってくる。

「誰だって記憶は実際より美しくなっているものです。それに時間もたっている……」

「そう確か二十年も前。それも確か一度だけの。ただ二十年という時間の経過が、いまのぼくはうまく実感できない」

患者から先に歩き出した。人たちが道路を自由に行き交い斜めに横切っている。街路樹の下のベンチに坐っている。だが通りを進むにつれて、両側の建物の地面に接する部分、窓枠の下、非常階段の手すりなどに、ひび割れとしみと錆と雨水の痕が、幾度も塗りかえたらしい表面の奥から滲み出しこびりついている。

デパートの出入口やビルの一階の店に出入りする人たちに老人が多く子供が少なく、けだるそうに黙ってベンチで缶ビールをのんでいる若者たちは、ドラッグか向精神剤を常用しているように見える。表面の無気力さと裏に隠された兇暴なもののにおい。患者の遠い記憶の中では、ここは丘陵地帯を大胆に変形して造成されたシャレて豊かな、首都圏でも最も新しい〝市民〟の町だったはずなのに、いまや急速に老いて疲労して化粧の剝げかけた老女の町、若い失業者たちが無為な時間を浪費する町。

駅を中心に建物の数は増えている。三十階以上もある高層ビルも幾つも聳《そび》えているが、疲労は人たちだけでなく、鉄骨もコンクリートも舗装の煉瓦までも侵しているように見える。

「黄さんはここによく来ますか」

「ごくたまに。他の看護婦に誘われて着るものを買ったり食事したり」

「いつもこんなですか」

「こんなって、どんな。わたしがあの病院に勤めるようになった頃から、こうですけれど」

黄看護婦には患者の急な苛立ちが理解し難い。

少し黙って通りを進んだ。患者の足が早くなって、彼女は幾度か小走りに追いつかなければならない。追いつく黄看護婦を待って、患者は探るような目つきで鋭くあたりを見まわしている。傾き始めた午後の日ざしを斜めに受けて、顔の陰影がいっそう濃く不安気に見えた。

患者は町の気配、細部が、記憶の通りでないことに傷ついているのだろうか。二十年という変化の過程を自然に納得できない自分に苛立っているのかもしれない。黄看護婦には想像してみることしかできないが、二十年の空白を跳び越していきなり記憶の実物に直面する人間の困惑を想像することはできる。

記憶が幻想なのか、と彼女は考えかけたりした。患者に話したわたしの記憶の中の黄河も、わたし自身の遥かな懐郷の思いがつくり上げた幻影なのかもしれないではないか。少なくとも破れかけた布の帆を張ったジャンクは、もう強力なエンジン付きの船に替っているだろう。もしもう十年もたって再び黄河の岸に立って、真白な高速船がエンジンの音をひびかせて流れをぐんぐん遡ってゆく姿を目の前にしたら、ゆったりと音もなく流れのままに下っていったジャンクの思い出が余りに懐しくて、わたしはきっと声をあげて泣くだろう。

だが黄河のあの水の色だけは、変らないだろう。たとえ百年後でも、千年後でも。この思いがわたしの、信仰ではないとしても信念の芯を形づくっている、と黄看護婦ははっきりと感じた。わたしだけのひそかな信念。だからわたしはこうやって外国でも生きてゆける、ひとりでも。

患者の後から歩いてゆきながらそこまで考えて、ふっと隙間風のようなものが心の中を、いや夕暮近い冷たい風が頸すじを吹き過ぎるのを覚えた。本当にいつまでもひとりで？　すぐ前を患者がよく張った両肩を幾分すぼめるように俯いて歩いてゆく。部分的にせよ記憶をなくして、やっとこんな一時脱走のような異例の形で出会うことができた過去に当惑して。この人のぎりぎりに生きる力はどこに根ざしているのだろう、わたしの黄河に当たるものがあるのだろうか？

「わたしがここに来たのは、学生時代だった」と自分に言い聞かせるように、患者は話している。「確か失恋したあとひとりで（そこで若者のようにはにかんで少し笑った）。駅も建物も建ちかけの高層ビルもピカピカ光って眩しいくらいだった。街路樹も移植されたばかりで、幹には副木《そえぎ》がしてあったと思う。休みの日だったので人も多かった。子供連れの若い夫婦が生き生きと楽しそうだった」

前世紀の末近いころのことだったのだろう。そのころの日本はまだよかったということを、黄看護婦は病院で若くない医師や看護婦たちからよく聞く。世紀が変るあたりから急にいろんなことが目に見えて悪くなってきたんだと。あの頃は中国も北の方はまだ貧しくて政治的な変動も続いて、テレビで幼いころ見た日本という小さな国が非現実的な夢の国のように思われたものだ。あそこに行けば生活の心配なしに穏やかに暮らせる、と子供のころ本気で考えた。

病院から逃げるようにしてここまで来てよかった、と黄看護婦は思った。思い出すということが、この患者にはいま一番大事なことのはずなのだから。そして担当の看護婦という立場以上に、この患者が自分を取り戻すことに彼女はこれまで経験したことのない喜びのようなものを感じている自分が意外だ。

彼女が生まれ育った古い町の路地のように本物の石を割って敷いた石畳とは違うようだけれど、そんな感触の路面。煉瓦かあるいは人造石を丹念に並べてある。平坦なだけのアスファルトでないことが足の裏に懐しい。坂が自然にゆるやかな階段になるが、表面の作りは通りと同じようだ。坂の上に患者が言っている「神殿風の建物」がある。

患者は階段をのぼりかけて足をとめた。階段をのぼり下りする人は数えるほどしかない。駅前の通りのざわめきも澱《よど》んだ空気もない。

「子供のときから、ぼくはこういう坂道がとても好きだった。坂道の一番上が、階段でもいいんだけど、じかに空に接しているところが。小学校のころ家の近くにそんな坂道があって、両側には家や塀が並んでいるのに、坂の上は空だけ。この坂をのぼってゆくとそのまま空に歩き出してゆけそうな気がして……家や学校が嫌いだったわけではないのに」

日が落ちかけている。階段をのぼる方向とはかなりずれている。高くなっている階段のあたりはまだ明るいが、両側に高い建物が並ぶ駅に近い大通りは、すでに日ざしが翳って岩山の間の谷間のように見えた。

患者がよくしゃべると黄看護婦は思う。病院ではずっとほとんど口をきかなかった患者が。自分とだけではなく、庭でも他の患者たちと話しているところを見たことはない。記憶していた場所にきて彼の中の過去が急に生き返って、口をひとりでに動かしているみたいだ。

「だからここに来て、ちょうどこの辺に立って階段の上を見上げたとき、とても懐しい気がして驚いたんだ。坂の上が空と接するところに神殿がある。たいていの神殿や寺院には、奥に神像や仏像や石の棒のような物がある。鳥居の奥が山や森になっているところもある。ところがここの、あの金属製の門の向こうは何もなくて筒抜けに空が見えただけ。まるで空を祀る神殿みたいに」

黄看護婦はこれまで一、二度、連れの看護婦たちと階段上の神殿風の建物までのぼったことはあったけれど、ヘンな建物と思っただけで、患者が言うようなことは全く考えなかったし、他の看護婦たちもそうだった。

だが患者が言う通り、いまも長方形の平たい屋根を支える前後四本ずつの柱の間からは空しか見えない。暮れかけて明るく黄色味を帯び始めた空だけ。きょうは雲もない。北京の郊外には「天壇」があって、わたしも行ったことがあったけれど、あそこは昔の皇帝たちが天を祀る儀式を行った場所であって、空そのものが建物の奥に見えるようになっているわけではない。この神殿だって、空を祀る目的で造られたとは思えない。患者の個人的な思い入れに過ぎないといえないこともないが、真剣に話す患者の思い入れにはそう感じさせるだけの迫力があった。

患者は階段の途中に立ちつくしている。その背中ではトナカイが宙を駆けている。刻々に傾く夕日の光線がいま患者の横顔を斜めに照らしている。蔭になった側の髪に白髪が何本かまじっていることに、看護婦は初めて気がついた。まだそんな年齢ではないはずなのに。

少しずつ患者が頭を左右に振り始めている。何かを強く思い出そうとしてうまく思い出せない時に、この人がよくみせる癖だ。

「ここからあの銀色に光る柱の列の奥の空をひきこまれるようにして見つめ続けながら、あのときぼくは何か決心した、決心したはずだ」

胸の前で腕を組んで、両手の指で自分の二の腕を強くつかんでいる。夕日を受けた両眼が光っているが、視線の先ではなく自分の内側を懸命に覗きこんでいる眼だと看護婦は感じた。

「……その決心がはっきりと思い出せない。何だか他人のことのようで。目のくらむようなそのつきつめた気分だけは思い浮かぶのに……」

とてもつらそうな声だが、看護婦には薄れた他人の記憶を思い出させることはできない。

「いまでなくても、いつかふっと思い出せます。ここを思い出せたように」

としかいまの彼女には言いようがない。急に冷たくなってきた夕暮の風が痛い。階段の上から互いに腕を支え合った老夫婦が、危ない足取で一段ずつ下りてきた。神殿の先は廃園のような古びた公園になっている。入れちがいに患者が階段をのぼり始めた。一段遅れて黄看護婦も階段をのぼる。煉瓦を埋めこんだ階段の端が幾箇所も欠け落ちている。

階段をのぼり切って、患者は神殿の柱の列を見つめていた。柱は下までステインレススチール製だとばかり黄看護婦は思っていたのに、下の方は花崗岩か大理石の太い円柱だった。珍しい建築物なのでよく見たつもりだったのに、記憶とは普通その程度のものだ。柱の上半分もステインレススチールの薄板を鉄骨に貼りつけたものらしい。

薄板の表面には幾条も侵蝕の痕がはっきりと見えた。貼りつけた薄板と薄板の間の角には、内部の鉄材から流れ出た錆が赤黒く垂れ流れてこびりついている。石の円筒の最下部のまわりの、石材の石灰分が溶け出したところには薄黒くカビ状のものが奇怪な形にひろがっていた。

「酸性雨」と患者が言った。「ぼくが来た時は、柱の表面は傷ひとつなくピカピカにきらめいていたのに。こんなに至るところに（と天井の隅も見上げて）、溶解も錆もカビもなかった」

それから声を落として、いつもの独り言のように言った。

「ここである決心をして、その決心に従ってその後ずっと努力してきたのはわかっているのに、ある時から記憶が薄れて……それからぷつりと切れて消えてしまう」

患者は神殿の背後の公園を眺めている。敷石は波打ち、鉄のベンチは錆びて傾き、木の椅子は枯れ朽ちて、樹は茂り放題、草は伸び放題、池の水は暗く澱んでいる。管理して手入れする市の予算が足らないからだろう。

夕日が見るまに落ちてゆく。池の水がすでに黒く翳っている。患者はきっと自分の心を見るように、この廃園を眺めているにちがいない。

ふたりとももう言葉も交さないで、神殿の柱を通り抜けて階段をおりた。通りの街灯にはすでに灯がついている（幾つかは灯がつかないまま）。ホテルかオフィスビルか、高層ビルも明りのつかない窓の方が多い。人通りの少なくなった大通りを、冷たく乾いた風が吹き抜けて階段を吹き上がってくる。黄看護婦は思わず織りの粗い半コートの前を合わせた。

患者は階段の下で足をとめて、夕日の最後の赤い光に照らされていっそう荒涼と見える神殿を振り返っている。

「この方がずっと本ものの神殿らしい。ピカピカに光っていたときよりも」

そう言って、声をたてないで笑った。

Ⅱ

海が黒ずんできた、冬になるんだ、と思いかけて石切課長は、待てよと自分に言った。水には本来色はないはずなのに、季節によって海の色が変るなんてことがあるだろうか。海の色というのは要するに空の色の反映なんだ、といつだったか誰かから聞いたことがある。でもいま暗い雲が広がっているわけではない。この通り雲らしい雲はほとんどなく、天気予報も「晴れ」だった。晴れといっても、東京に青く澄みわたった空などというものはもう滅多にない。春だって秋だってそうだったのだから、そうするとおれ自身の「もう冬になる」という気分によって海が黒ずんだり、春には明るく穏やかそうに見えたりするのだろう。

その考えは、軽い不安定な気持ちを覚えさせた。客観的に確かなものがないのではないか、というような。そんなことは前世紀を通して論じつくされたはずなのに、人間の知覚や気分はたいして変っていない。ほとんど変っていない。

彼は東京湾の埋立地に建てられた宇宙開発局のオフィスの窓から、外を眺めていた。昼食が終ってこれから午後のあわただしい時間が始まる前。幸いビルが「湾岸副都心《ベイ・エアリア》」と呼ばれる高層ビル群のはずれにあって、三十階の窓からは海がよく見えるのだ。

課長の席は窓際にあって、ふっと時間が空くと、あるいは逆にあまりに仕事がたてこんで緊張し過ぎたとき、彼はよく海を眺める、オフィスに背を向けて。それには一種拒否的な快感があった。何への拒否？　オフィスとその仕事だけでなく、漠然とすべてへの。自分自身も含めて。

海を眺めているとどういうわけか、仕事に没頭している時や家にいる時の意識とは違うもっと奥の方の、身体の細胞たちとじかにひそやかにつながっているらしい意識の深部のようなところから、切れ切れの言葉がひとりでに浮かび出してくる。その言葉も普段意識して明確に使っている仕事の説明や会話のための言葉とは何か違う。断片的で飛躍や陥没があってあいまいで懐しいような肉感性を帯びている。自分ではコントロールできないそんな海が呼び寄せる仄暗い呟きに、時に身をまかせるのが彼は嫌いではない。

背後が少しずつざわめいてくる。食事に行っていた課員たちが戻ってくる。小さなセクションでオフィスも広くはない。

戻ってきた若い課員のひとりが傍に立っていた。

「課長、すぐ近くに見えるあの海の中の大きな丘のようなものは何ですか。何も建っていないし人もいない」

「あれはぼくがきみぐらいの年齢だった頃のゴミ投棄場だ。海面を四角くコンクリート塀で囲って、そこに東京じゅうの不燃ゴミと地下鉄の工事やビル建設で出てくる土を入れる。それが少しずつ沈下しながら固まってあそこまでになった。このビルの建っているところだってそうしてできた人工の地面だ。土が沈下して内部の腐敗ガスが抜けてゴミの山が地面らしくなるまで、二十年かかると聞いたな」

「よくご存知ですね」

「学生時代に埋立地が好きだったんでね。この13号埋立地も雑草がところどころに茂った広い荒地だった。銀座からすぐのところにこんな広い荒れた地面がある、とても感動したんだ。一面荒寥として気持ちよかった」

「それでこの仕事に入ったんですか。月は丸ごと荒地そのものですからね」

「そうだったかもしれん。自分でとくに志願したわけでもないのに。人間の生涯なんて何に動かされているかわからんものだ。若い時なぜ荒地が好きだったのかもわからんな」

日頃は課員たちと余計な話をしないし酒を一緒にのむなどということも滅多にない課長と、仕事に関係のないそんな話をしたことが、若い課員には意外だった。

午後、石切課長は局長の部屋で、各国の核融合反応実験の進展状況について報告した。

若い女性秘書のいる応接室の奥が局長の部屋だ。濃い褐色の厚い革張りの椅子、複製ではない絵の額も壁にかかっている。そんなひと時代もふた時代も昔風の、格調ありそうな奥まった室内の雰囲気に、気圧《けお》されそうな気分になる自分を、許し難いと彼は感じた。

局長個人には何も特別の感情はない。しばらく前に科学技術庁の宇宙関係の部局が「宇宙開発局」と名を変えて大幅に拡充されたとき、新局長は政治力を買われて別の省庁から移ってきた人物。古手の役人だが一見したところは大企業の平重役といった感じだ。彼が部屋に入ると、椅子から立って、自分の机の前のソファーを片手で示した。いまどき珍しい赤黒いマホガニー製の艶のある机。彼が示されたソファーに坐ると、自分もまた椅子に腰をおろした。

「核融合反応の主流になってきた重水素《デユーテリウム》と三重水素《トリチウム》を使うDT反応のなかで、プラズマを強力な磁場に閉じこめる方式と、プラズマを圧縮加熱した小球にレーザービームを集中する方式とが、ずっと鎬《しのぎ》を削ってきたわけですが、ついに大阪大学のレーザー方式が実用化一歩前の実験に成功したそうです。正式の発表は数日中にもあるでしょう」

石切課長は低い声でつとめて事務的に控え目に言った。

「うわさは聞いてたが、夢のエネルギーといわれ続けてから、もう何十年もたったものな」

局長も穏やかに言った。どんなに好もしいことにも不快なことにも、ことさら感情的にならないのがこの人物の取柄《とりえ》だと課長は改めて思う。興奮して然るべき情報なのだから。

「そうです。何十年も前にはユタ大学の常温核融合などというマヤカシも世界中を騒がせましたから。ですが、きょう本当にご報告したいのはDT反応ではないのです。まだ完全に確認はとれていなくて恐縮なのですが、われわれにとってさらに重要なのはD^{3}He反応の方で、これがカナダの核研究所で実験室規模で成功したらしいという情報を入手しました。カナダのCANDU核分裂炉からは三重水素の放射性壊変としてヘリウム3がわずかに出る。それを溜めて使ったと思われます。この情報の意味をおわかりですね」

茫洋として見えるけれど、この局長は結構ここに来てから勉強している。

「月面表土《レゴリス》の中のヘリウム3だな」

「正確には表土中のイルメナイトという鉱物に太陽からのヘリウム3が吸収されているのですが、地球にはない月のいわば特産物です。磁場方式だろうとレーザー方式だろうと、DT反応に比べて、ヘリウム3を使う核融合反応は電力への変換効率が比べものにならないし、有害な放射性廃棄物もほとんど出ない」

「レゴリスというあの細かな土の粒……」

「直径〇・一ミリ以下ですから、ほとんど粉です」

「そうか。月の粉が人類を救うことになる……」

「地球にうまく送ることができれば、危険の多い核分裂反応の原子力発電所を減らすことができますが、率直に言って人類より前にわれわれの仕事を救います。これで政府の予算も増え企業の出資も増えるでしょう」

そう言われてもとくにうれしそうな顔をしないところが、この上役のいいところだ。この局長ならいきなり月面に立たせても、表情を変えないのではあるまいか。少なくとも神経科病院に入れなければならぬようなことにはならない。

秘書が紅茶を入れて持ってきた。

「これはイギリスの職人を使って、中国が新しく作った紅茶だ。アッサムに似たコクがあるだろう」

穏やかな口調でそう言ってカップを皿に戻しながら、「あの男、多摩の方の病院に入れた宇宙飛行士はどうなってる?」と局長がいきなり尋ねたとき、石切課長はカップを持った手を宙に浮かしたまま軽く驚いた。たったいま、自分も神経科病院のことをちらりと思い浮かべたからだ。

「あのままです。ついこの間も行ってきましたが」

「記憶は戻らない」

「ええ肝腎の記憶は」

「どのくらいになるかな」

「半年になります」

「医者はどう言ってる?」

「なかなか戻りそうにないと。意識に直接作用する薬物を使ったり、脳に電子的な刺激を直接与えるようなことまでやったようですが」

「そんなことを繰り返してたら、本当にぼろぼろの廃人になるな。確か初めて月に行ったアメリカのアポロ飛行士たちの中にも、帰ってから精神病院に入ったり出たりした男がいたはずだが」

「ええ、でもあれは遺伝的なものとされています。肉親に自殺者が出ていますし、本人も退院後は離婚はしましたがひっそり暮らしたようです。とくに宇宙計画への障害とはなっていません。アメリカの計画が大幅に遅れたのは予算カットのためですから」

自分の発言が間接的にあの患者に同情的になりかけているなと石切課長は思ったが、言い直す気持ちはなかった。

「アポロ計画はもう半世紀もむかしのことだ。あの頃はいわば英雄的な冒険の時代だった。秘境探険と同じで多少の犠牲者が出た方が劇的な価値もあったんだがいまは違う。これからはもっと違う。普通の技術者や学者や企業の人間が資源獲得に、ビジネスに月に行く。いずれは観光客が訪れるようにもなる。だから特別の事故でもないのに、精神の異常ということは困るんだ」

感情の起伏を表に現さない個性の裏から、次第に冷徹な官僚の声、組織の非情な声がにじみ出てくる。

「ヘリウム3の利用の現実性が出てくるということになると、とくにな。再び月へ、という盛り上がり始めたいまのムードを傷つけてはならんのだ。宇宙進出より地球上の貧しい者たちや老人たちを救え、という反対気運がこの国ではとくに結構強い。大衆迎合的なマスメディアが、日本で初めての宇宙での精神障害をどう利用するかわかったものじゃない。わかるな。われわれはもっと広くもっと先をもっと合理的に考えなければならない」

「わかります」

相手の声に力が入り始めるのと逆に、自分の声が張りを失ってゆくのが石切課長にはわかる。地位の違いのせいではない。年齢の差のためでもない。現実の事態と見通しにもとづいた判断としては、相手の論理は正しく筋が通っている。だが何か違う、と執拗に囁くものが石切課長の中にはあった。

これまでは局長の判断通りに動いてきた。あの記憶を失って帰ってきた宇宙飛行士は人目から隠さなければならないと彼自身も考えてきたし、医師にもそうほのめかした。だがずっと会い続けているうちに、この男には何かあるという直観のようなものが少しずつ強まってきている。一般的な精神障害ではない。最近では、この男はいったい何を見てきたのか、部分的にせよ記憶を失うほどの——という興味をさえ覚え始めている。報告では転落事故のようなことがあったらしいが、重力の弱い月面で転落は身体的障害とはならない。精神的な衝撃があったのだ。

「あの男は当分あそこに閉じこめておいた方がいいだろう。癒すような措置はしないことだ」

結論のように局長がそう言い切るのを、石切課長は自分でもまだよくわからないひそかな反感とともに、とても遠くからのように聞く。体を動かそうとすると、乾いた革張りの椅子がバリバリとおどかすように鳴った。

「患者の件は了解しました。ヘリウム3の融合反応については、カナダの情報をもっと追います。その実用化の技術面については、専門の技官にお聞きになって下さい」

局長個人というよりその判断と論理の、厚い革張りの椅子の、マホガニーの机の見えない力を押し戻す気持ちで、彼は努めて一語一語はっきりと発音して、椅子を立った。部厚い絨毯から靴を引きぬくようにして、人工光線の部屋を出る。

一見して美容整形したことがわかる標準型の美人秘書が、驚いて課長の険しい視線を避けた。


オフィスを出たのが早かったので、ビルの表玄関に近いバスの停留所には長い列ができていた。日はすでに暮れ切っている。石切課長は埋立地に林立する高層ビル街の谷底に並ぶ勤め人たちの列を、表玄関の前に立って眺めていた。道路はすでに薄暗かった。ビルとビルの間からかろうじて見える冬近い夜空は、もっと暗く澱んでいた。海からの冷たい風が高層ビルの列の下に複雑な乱気流をつくり出している。

「課長」と呼び声がして、若い男が、玄関から走り出てきた。昼休みに彼に話しかけてきた課員である。

「一番バスが混む時間らしい。その辺を少しぶらついてくるか、と思ってたところだ」

別に誘おうとしたのでもないのに、石切課長は横に来た若い課員にそう言っていた。こいつの名前は何ていったっけ。確かおれのところに来てまだ数か月にもならないが、妙になれなれしい若者だ。

「いいですね、おともしますよ」

ふたりはバスが折返してゆく東京方面とは反対の方向に歩いた。すぐに海である。真暗な海面をカモメが叫ぶように鳴いて過ぎた。海面の向こうでは中央防波堤の内側と外側のふたつの元ゴミ投棄場が闇の中で黙々と人工の陸地に変りつつある。波があるとも見えないのに、足下の岸壁に硬くぶつかる水の音が絶え間ない。

「東京湾の真中に新宇宙空港をつくる計画も一時はあったんだが」

「こんな湾なんて狭すぎますよ。ぼくらのサバイバルゲーム場で結構だ」

石切課長はコートの襟を立てた。

「サバイバルゲームなんてどこでするんだ」

「そこですよ。そこの橋を渡ったところ。あの盛り上がった丘の手前。そこもゴミ棄て場だったんでしょ」

「ここ13号埋立地の次の埋立地だ。景気がよかった頃は、この13号地に続いてあそこにも高層ビル群をたてる計画だったらしい。だがここを建てるだけがやっとで、あそこはほったらかしだ。この13号地の昔のように、荒れて雑草や葦が生え放題で、地面はデコボコで水溜りもあるだろう」

「だからいいんですよ。ゲームに」

「どうやってあそこまで行く？　立入り禁止の公有地のはずだが」

「夜、橋をこっそり渡って。障害物があって車は渡れないようになってますが、歩いてなら。

看視所が一応ありますが、ガードたちはあまり熱心じゃない」

昔から世界のどこでも戦争ごっこは子供たちの遊びだった。だがいつ頃からか「生残《サバイバル》りゲーム」といわれるようになった。しかもゲームをするのは子供たちではなく、若者から三十代のおとなたちも本気でそんなゲームをやっていることは、石切課長も一応知っていた。目に見えて治安が悪くなり始めたこの時代に、それはもはやゲームというより内戦の訓練のようなものだろう。世界じゅう至るところでほとんど無意味な殺し合いの内戦状態になっている。東京も間もなくそうなることを、若い連中は本能的に感じとっているに違いない。何か筋の通った理想や主義のためではなく、本人たち自身もよくわからない憎悪や反感の渦の中でとにかく自分が生き残るための戦い。

新しい電子設備つきの高層ビル群も形だけはやっとつくりはしたものの、最初からこのビル群の全室が埋まったことはなかった。前世紀末の異常な景気高騰の一時期の亡霊のように陰々と聳え立つそのビル群を背に、海面を隔てて数百メートル先の闇の中にひろがる荒地の沈黙。

あのときは何歳だったか、世紀が変る日、新世紀の「新」という言葉に一向に気分がときめかなかったことを、石切課長は改めて思い出した。

やっと列が短くなってから、ふたりはバスに乗った。有明から豊洲をまわって晴海に出るバスだが、月島まで来たとき石切課長は急に「ここでちょっと降りないか」と連れに言った。バスで急に途中下車するなどという非計画的なことは滅多にしないので、そう言った自分に課長自身が驚いた。若い課員の方はもっと驚いて、有能だが徹底的にクールということに課内でなっている課長の顔を見た。

「交差点の近くにホテルがある。ビールでも飲んでゆこう」

少し混乱した表情で課長はそう言った。

急いで降りた。

「ここで降りたのなら、ホテルなどよりもっと味のあるところに行きましょう。佃島」

「よく知らない」

「ぼくがよく知ってます」

元埋立地のビル街に通うようになってからもう十年を越えるが、石切課長はこのあたりに降りたことは一度あったかなかったか。勝手知った若い課員の後について横道や路地を幾つも渡って通り過ぎながら、晴海や月島のあたりが、銀座、築地と新しい湾岸ビル街との中間の、いわば陥没地帯になっていたことを知った。

木造の、板壁がむき出しの小家屋が結構残っている。路上にまで盆栽や鉢植えを並べた仕舞《しもた》屋《や》風の家、古道具屋に近い雑貨屋、屋根瓦がずり落ちかけているお菓子屋、飲料の自動販売機がやたらに多いが、壊れた販売機の中を鳥小屋にしているところもある。路上に置かれた自転車や小型スクーターが多く、銭湯さえまだあった。時代の波に取り残された、というより町そのものが執拗な意志をもってみずから時間の奥に閉じこもろうとしているようにさえ、石切課長には感じられた。低い家並の頭上に、大川端の超高層マンションがのしかかるように聳えているが、そのマンションも空室がふえているという。

若い課員の方はそんな光景を自然に受け入れているらしい様子なのが、石切課長には理解し難い。彼らには超高層ビルも仕舞屋も、さして遠近のない歴史のパノラマなのだろう。前世紀を通じて異常に増殖し変身してきた東京というメガロポリスも、すでに質的に新しいものを析出する力を失ったらしい。時間が未来を生み出すベクトルも、この地球上では。

ここでは木炭を使っている、と彼が立ちどまりかけたとき、若い部下はそのヤキトリ屋の脂か汗に汚れたノレンを分けて「こんなところでいいでしょうか」と言った。狭く低い入口を入りながら、串ざしの肉の小片を焼く細長い鉄板の炉の中で、炎もなく赤く燃え続けている木炭の静かな火の色を石切課長は美しいと思った。

店内は広くなく、半分は一段高くなった畳敷である。その隅の席が空いていた。茶色くふやけた畳に坐りこむなんて何年、いや何十年ぶりだろうと思いながら、不意にエアポケットに落ちこんだ気分だ。

「結構客が多いじゃないか」

とコートを脱いで傍に置きながら、課長は言ったが、十数人程度の客の大半は老人で、あとは一見異様な風体《ふうてい》の若者というより少年たち。中東から来たらしい黒い口ひげの男がふたり。

「よく来るのかね、こういう店に」

「ええ時々。サバイバルゲームのあとなんかも。泥水のしみた迷彩服姿でも入れてくれます。前もって頼んでおくと、日曜の夜でも火を入れてくれる」

ヤキトリは意外においしかった。焔のない火の味が昔風の濃いタレの蔭で、ひっそりとにおっている。

「今どき木炭を手に入れるのは難しいだろうな」

「おやじさんは一年に何度か山にこもって、自分で炭を焼いてくるそうです」

「そんな人がいまもいるんだ、こういう町には。東京の中でも」

主人は手を休めるひまもなく串を炭火の上に並べ、タレをつけてひっくり返している。背は低いが肩と腰の骨がふとそうだ。背中に重心の低そうな意志と落ち着きと率直さが表れている。この男は頼りになると石切課長は感じた。何を頼るという考えは全くないのに、こんな男を頼ることになるような事態が、いつか、それもそう遠くない時に来そうな予感。おれは少し不安になっていると課長は一瞬思い、その感覚をすぐに表情の裏に隠した。

ふたりはさらにビールを飲み、ヤキトリを食べた。

「あの埋立地できみたちがサバイバルゲームをやってるとはね。いまわれわれのいるビルになっている荒地を、私はひとりでうろついていただけだったのに。うんと若かったその頃、ついに世界のトーキオになったといい気にクレージーになっていた東京がウサンクサクて、ひとりで荒涼と苛烈な気分を味わっていたんだ。あんなものは一時の虚構で、この荒地が本当の世界の感触なんだと」

「ぼくたちはいつも仲間と、それもそのときだけ何となく一緒になった連中ですが、予めルールを打ち合わせて敵味方に分れてから、銃に弾倉をガチッとはめて、葦の茂みをかき分けて走りながら、セミオートで銃弾を発射してると、いつのまにか自分でもよくわからないハイな現実感を感じるんです。いい気持ちですよ」

少し酔いがまわり始めたらしいその声が急に大きくなっていた。土間の方の椅子の背にしどけなく両脚を開いてよりかかっていた若者たちのひとりが体を起こすのを、石切課長は視野の端にとらえた。ヤキトリを焼く煙とにおいが立ちこめる店内に、一種兇悪な気配が走る。

極端に短く刈った頭髪を黄色く染めた目の細い若者が「フン」と聞こえよがしに鼻を鳴らしてから立ち上がった。唐草模様入りの革ブーツが汚れている。背がひどく高い。

近づいてきたその若者は、おもむろに上体を背広姿のふたりの方に傾けながら言った。

「何がセミオートのサブマシンガンだ、自分でもわからない現実感だ。いい年齢《とし》をして、たかが戦争ごっこじゃないか。現実ってどんなものか教えてやろうか」

若い部下の顔がたじろいで強張《こわば》った。

「きみたちはやったことないのか」

目を伏せてやっとそう言った。

「本番をいつもやってるよ。この壊れかけた世界を生きのびる本番をな」

わざと声を低めている。自分と時間をもてあましているこういう若者がふえている。働く意志もないし働き口もない。表向き本ものの銃器の取締りがまだきびしいのが、この都市のせめてもの救いだ。

「何だよ、その目つき」

課長の顔を覗きこんで若者は言った。

だがすぐに目をそらした。威圧的な外見や態度にかかわらず、目に集中した力がない。学生時代も就職してからも何年か身体の訓練を本気でしたことのある石切課長から見れば、若者の身体は隙だらけだ。ビール程度で酔いはしないけれど、きょうは何か心に鬱屈したものがあって久しぶりに神経が攻撃的になっている。課長は無意識のうちに薄笑いを浮かべていた。

「何がおかしい。おまえも一緒だ。表に出ろ」

いきなり若者の声が高くなった。陰気な老人客たちはいつの間にか姿を消していた。主人は平然とヤキトリを焼き続けている。あの男の方ならこわいが、と課長は思った。

課長と課員は席を立つ。若い課員の方はなかなか靴がはけない。裏通りにはまだ通行人もいる時刻だが、歩みをとめる者はいない。豆腐屋の老主人が小さな店のシャッターをおろしかけていたが、振り向きもしない。

若者は若い課員の腿をブーツで蹴ってから、左手でネクタイをつかんで右手の拳を振り上げながら、傾きかけてしみだらけの電柱に押しつけようとした。石切課長は横から、振り上げた若者の右腕の肘の関節を素早く握って、腱の間に指先をくいこませた。若者は胸ぐらを離し、よく聞きとれないうめき声をあげ顔をしかめて身体をよじった。石切課長は指先を肘の内側にねじりこませてゆく。呼吸は乱れていないが、指先には意識する以上の力がひとりでに加わる。若者はつかまれていない左腕を振りまわし、長い脚で蹴り上げようとする。課長は靴の踵で、若者のブーツの先端を思いきり踏みつけた。若者の歪んだ顔に驚きと怯えの表情がにじみ出た。

「関節をはずそうか」と課長は声を低めて言った。

若者は肘をつかまれたまま、電柱の根もとに蹲《うずくま》ろうとして、二度三度と動物じみた叫び声をあげた。豆腐屋の老主人が一度だけ道を隔てて彼らの方を見たが、そのまま閉じかけのシャッターの内側にひょいと消えた。ヤキトリ屋の主人も炭火の上の手の動きを止めない。

店内に戻って料金を払いながら「おたくの炭はどんな木を使うんですか」と尋ねた。「ウナギのカバ焼によく使われるウバメガシという固いカシの木を焼きます。長い時間火を使うので」と主人も落ち着いた声で答えた。どちらもいまの争いのことには触れない。

意識した以上に自分の指先に勝手に力が加わったことが、石切課長には不快だった。黙って足早にバスの停留所の方に歩いた。どうやら午後の局長との会話が悪く尾を引いていると思う。あれは意見の交換ではなく事実上の命令だ。

近いうちに病院を訪れなければ。

ベッドに横になったまま、両手の指を自分の頸のまわりにまわす。四本の指はうしろの盆の窪《くぼ》の方に、親指は前の方、喉仏の骨のすぐ下の柔らかい部分で合わせる。徐々に力をこめる。気管が圧迫され、頸動脈も締めつけられて、まず呼吸がつまり、それから頭の中が急に熱っぽくざわめき出すが意識はまだクリアーだ。

だが指先のコントロールが乱れて、親指が喉仏に触れた。不快な痛みが走り、途端に胃と食道から嘔吐の反射運動が激しく咽喉を突き上げて声帯がウッとうめくとともに、ケッケッと自分のものとは思われない奇怪な叫び声。もう少し試そうと指にさらに力をこめかけたとき、半開きの寝室のドアの向こうから夫人の甲高い声がした。

「あなた、どうかしたんですか」

両手を頸から放して「何でもない」と石切氏はつとめてさり気なく答え、それから大きく息を吸いこんで少しずつ吐いた。

「びっくりするじゃありませんか。いきなりヘンな声を出して」

顔だけドアからのぞいて夫人は顔をしかめた。

「痰がつまっただけだ」

脳のひだを駆けまわりかけた鈍い痛みが尾を引いている。嘔吐感がまたゆるくこみあげ、生唾をのみこんだ。

意識をどこまで明晳に維持できるか試してみようとしたのである。半分は本気に。しばしばではないが、時々石切氏は急にそんなことをする。多分、少年時代のあのなぜか忘れ難い経験と関係があるらしい。けさもベッドで茫々としながら、その出来事が鮮やかに甦ったのだった。

小学生のころ、近所の大きな古い家が半ば取り壊されて工事が中止になっていた。フォークの形をした巨大な鋼鉄の爪をつけた土木機械が木造の家屋をザクリと削り取って、家の内部が幾つもの部屋も階段も廊下も便所まで、半壊のまま剥き出しになっていた。その有様が石切少年の興味を強くあやしく誘った。内臓を食いちぎられた大型獣の死骸のようで、あるいは忽然と出現した立体的な迷路のようで。

工事が中止されているらしいとわかってから、下校の途中友人たちとそこに入りこみ、途中で切断された階段や、一方の壁だけ消えた部屋をこわごわと歩きまわったり、天井のなくなった便所や戸棚に隠れたりして時がたつのを忘れて遊んだ。危険で気味悪くてどこか滑稽で、自分たちにもよくわからない面白さに興奮して。

そしてある日、家主の老人が急に現れて大声で怒鳴ったのである。近所でも評判の頑固な老人だったので、少年たちはあわてて逃げようとした。年下の子供が怯えきって逃げ遅れた。「早く出ろ」というようなことを叫びながら、石切少年は部屋の床が半分なくなっていたことを忘れて、二階の床の端から足を踏みはずして落ちた。

実際の落下時間は三秒以上ではなかったはずだ。だが前のめりの姿勢で落ちながら、驚いて自分を見上げている友人たちのひとりひとりの顔がはっきりと見えた。咄嗟の出来事に半開きになった口、泣きそうに歪んだ顔、意味もなく差し出された両手。口々に何か叫んでいるらしいのだが、声は聞こえない。

友達の姿だけでなく、破れたドアや板切れが折り重なった階下の床、壁のショベルカーの爪痕、ぶち抜かれた壁穴からのぞいた庭の芝生の緑の一部、どこかで割れたガラスの破片がキラリと光るのも見た。ガラクタの屑が詰まった大きな井戸にどこまでも落ちてゆくようだった。何もかも壊れ崩れ、埃と汚れにまみれていた。日頃は隙間なく穏やかに整っていたはずの世界の真中に、突然口をあけた破片と残骸の大穴。

そんなすべてがひどくゆっくりと近づいてくる。異様に静かだった。恐怖心はなかった。何もかもが余りにはっきりと見え、ほとんど冷静に見ている自分自身がひたすらふしぎだった。

意識が戻ったのは、友人たちにかつぎ運ばれた自宅のベッドの上だ。咄嗟に、2掛ける3は6、円周率は3・14、ぼくの名前は石切俊介、と自問し自答して頭がおかしくなっていないことがわかり、とても安心してまた目を閉じた。体じゅうに激しい痛みを覚えたのはその後だ。

石切氏は過去を懐しむ性癖はない。小学生の時のことなど努力しないと思い浮かばないのに、あの出来事だけは成人してからも度々ありありと思い出す。まるで永遠のようだったあの数秒間に、本当の世界と自分とがぴたりと目を合わせたように出会ってわかり合った。残骸だらけの世界と自分の知覚が、寸分の隙間もズレもタルミもなく映し合った。何よりもあの異様な静けさ。

出来事のあと両親や友人たちにその経験のふしぎさを熱心に話そうとしたが、頭を打ったための妄想としか受け取られなかった。おとなになってからの友人や結婚する前の夫人にも話したが、興味をもった者はなかった。以来、石切氏にとってその出来事は自分だけの孤独な記憶、一種の秘密になった。こういうことは他人の前で口に出すべきではなく、まして興味を期待すべきではないのだ。学生時代に埋立地の荒地をよくひとりでうろつきまわったのも、そのことと関係があるだろう。

食堂に出た石切氏に夫人が尋ねた。

「こんなに遅くなってもいいんですか。わたしはもう出掛けますけど」

「きょうは寄って行くところがある。朝食は自分でつくるからいい」

多摩の神経科病院もそこの患者のことも、彼は夫人に言っていない。仕事のことは家に持ちこまない、ということではない。たいていのことは相手が理解できる範囲内で話す。助言を求めることもある。だがあの男のことはなぜか言うべきでない、言っても通りいっぺんの関心しか示さないだろう、ということを石切氏は本能的にそして体験的に知っている。

夫人は保険会社に仕事をもっている。「戸締まりを確かに願います。世の中どんどん危なくなってますから」と言って、夫人が濃い化粧品のにおいを残して出勤してから、石切氏は丹念に朝食をつくった。その間に喉仏のしこりは薄れ、頭の熱いざわめきも消えた。

ひとり朝食をとりながら、自分の少年時代の経験と、あの男に起こったこととは似たところがあると気づいた。あの男もあるとき、多分月面で、何かを見たのだ。誤ってか、あるいは僥倖にもか。少なくとも、自分自身にさえ秘密にしなければならないほどのことを。あの男なら、自分の体験に興味を示すかもしれない。

石切氏は紅茶をのみながら、そう自分に言った。濃く出し過ぎた中国原産葉のアール・グレイの醱酵味が、苦くほの甘く意識の奥を誘うように開くのを感ずる。

昼近く身なりを整えて、石切課長はおそく自宅を出た。世田谷の住宅地区。この地帯の住宅やアパートが、かなり前のある時期からいっせいに、まるで夢の中で申し合わせでもしたように、壁や塀が白いモルタル塗装あるいは白タイル貼りになるとともに、急に人通りが少なくなったことに、石切氏はいまもって奇異の感をおさえられない。無意識の何の象徴なのか、あるいは何かの予兆なのか。長期的な景気停滞の時代になってから、家そのものの建て替えは減っても住宅やアパートは絶えず塗りかえられて、冷ややかな白い表面を守り続けている。

ここでは真昼間と夜には通行人を見かける方が稀である。からっぽのアスファルト舗装の道路と、その両側に白い建物がほとんど隙間なく並んで静まり返った光景は、深夜はもちろん昼間でさえほとんど不気味だ。家々の玄関や窓に灯はついているから人が住んでいることは間違いないのに、どうしてこんな生気が気化してしまったような〝白い町〟なのか。ネコだけが時折道を横切って走る。郵便ポストだけがなまなましく赤い。缶入り飲料の自動販売機だけが低くかすかな電流の唸りをあげている。

だがそんな白々と鉱物的な光景が、石切課長は必ずしも嫌いではない。むしろ意識がしんと冴えて、自分ひとりで世界の剝き出しの感触と相対しているような張りつめた気分にもなる。家から電車の駅までの途中に、簡素なつくりのプロテスタント系の教会がある。庭に極端に細長い四角錐状の塔があって、その頂にさらに高く白塗りの十字架が立っている。満月前後の夜に月光を受けて濁った夜空にそそり立つその十字架は、簡潔でノーブルだ。立ちどまって長い間仰ぎ見ていることがある。キリスト教もその他の宗教も、自分とは無縁だと思っているのに。

いまも真昼の住宅街に通行人の姿はひとりもない。白い家々は鉄パイプの門を閉ざし、玄関のドアも窓も締めて、窓ガラスの内側でレースのカーテンが動かない。風景の全体に不意に深い亀裂が斜めに走るような気配。

これがおれが育ち、暮らしている町だ。都心部や湾岸の超高層ビル群は壮大に廃墟の影を深め、盛り場は猥雑に荒れてゆくが、それを取り巻くこの住宅地帯では時間がひっそりと揮発してゆく。これ以上の変り様も変る意志もなく、新しい空間もなく、ここではもう驚くような何事も起こらない。

彼は心もち眉を寄せ前方の宙に視線をすえて（いまさら興味を凝らして眺めるような物はない）、いつもの通り正確に大幅な足取りで駅へと歩いた。最初のころは病院まで役所の公用車を使ったが、少し前からひとり電車で行くようになっている。あの患者に個人的な興味を覚え出してから。

特急電車で西へ二十分。通過する駅のまわりに店や小さな雑居ビルがかたまっているが、駅と駅との間で人家が次第に疎らになったと思うと、特急の停車する多摩センター駅に着く。密集する山の手住宅地帯の外側に幾つかつくられた衛星小都市のひとつ。何十階もの高層ビルが幾つも聳え、古代ギリシャ風の神殿もあるというが、石切課長には関係もなく興味もない。各駅停車の電車に乗り換える。

病院のある駅の前でタクシーに乗る。小さな駅でタクシーが少ないせいか、運転手が顔を覚えていて、課長が行先を告げる前に「病院ですね」と言って発車した。何十年も前の農家風の頑丈な造りの、塀のない大きな家の広い庭の一角に新しいアパートが建っていて、その壁も白かった。

「面会ですね、よく熱心に。入院させたままほったらかし、という人も多いのに」

年輩の運転手が穏やかに言った。「ああ」と形だけ答えながら、前世紀の有名なイギリスの詩人が夫人の入院した精神病院を二十何年か毎週必ず面会に訪れたが、死ぬまで夫人は面会者が誰なのか知らなかった、という話を思い出した。大学時代に気まぐれに文学部の講義を聞きに入ったとき、老教授がしゃべっていた話だ。そのとき教室の窓の前で、見事に黄葉した公孫樹《いちょう》の樹が午後の陽にこの世のものならぬ輝きを帯びて光るのを眺めながら、この世の人生の苛酷さを思った。あれからもう二十何年もたつが、その感じは弱まるどころかむしろ強まっている。この世界には底深く何か理不尽に荒涼たるものがある。

病院の玄関前で、課長は黙って車を降りた。運転手が「お大事に」と言った。面会相手に対してそう言ったのだろうが、石切課長は自分自身に言われたような気がした。

いつもの通り、玄関前でコートを脱ぎ、玄関のガラス戸を鏡にして髪と服装を直したが、きょうはこれまで十回近くここに来たときと気分が何か違う。この病院の外装も大分汚れてきたな、とわざと内心とは無関係なことを呟いてみる。屋上から雨の痕が幾すじも垂れているし、壁の塗装もひび割れかけている。だが建物全部塗装し直すとするとかなりの出費だろう。

強いてそんなことを考えながら、エレベーターに乗る。看護婦がふたりと若い医師がひとり、外からの面会者はいない。四階でエレベーターを降りてナースセンターの前を足早に過ぎながら、自分を見つめている視線を石切課長は感じた。

振り向くと看護婦がひとり、腰の高さほどの仕切りの中から彼の方に顔を向けている。看護学校を卒業して間もない緊張しきった若い看護婦たちと違って、その看護婦には書類を片手にただ立っているだけで落ち着いた雰囲気があった。背はとくに高くも低くもなく肥ってはいない。頰骨が少し高く眼尻が幾分上がり気味で、意志が強そうだ。視線も偶然彼の方を向いていたのではなく、意志的なものがこもっている。石切課長の方は記憶にないが、相手は明らかに彼を知っている目つき。

石切課長が一般の面会人とは違うことは、医師も病院の責任者たちにも通じてある。身分を明かして公用なのだと告げようかと思いかけたが、看護婦の視線をはずして6号室の方へと歩き続けた。背すじを伸ばした背中に視線を感じ続ける。

病室は明るかった。真冬の低い日ざしが床に長く射しこんでいる。患者は窓際に立っていたが、振り向いた顔の表情にこれまでほど怯えの影がない。体全体にも生気のようなものが感じられた。サイドテーブルの上には昼食の食器が置いたままだが、少しの残りもなくからだった。ベッドの蒲団はきれいにたたまれている。ただ病院の所定の道具以外何も余分の物品もない室内が、陰気ではないとしても殺風景な印象を与えるのは仕方がない。

石切課長は一個だけの軽便椅子を自分で引き寄せて、部屋のほぼ中央に腰かけた。

「元気そうだな」

と殊更事務的な口調で言った。あの男は当分あそこに閉じこめておいた方がいいだろう、と無造作に言った局長の口調が思い浮かび、それがこれまで自分の声でもあったことにおれはどうやら嫌悪を覚え始めているらしい、と石切課長は思った。

「ああ、ぼくは子供のときから冬が好きなんだ、冬は光が透きとおる」

と言いかけて患者の声が少し沈んだ。

「光が透きとおる、というのはこんなものじゃない。あそこに比べたら……」

終りの方は独り言のように言った。

患者はゆっくりと顔を起こして、近頃には珍しく雲が高い空を見上げながら、頭を左右に振った。視野の下の端に、冬枯れの丘陵のなだらかな連なりが見え、稜線に並んだ雑木林の、葉が落ちた小枝が一面の刺のようだ。

あそこがどこか、はっきりと言ってやりたいと思いかけて石切課長は自制する。まだその時期じゃない。だがこの男の失われた記憶を覆う膜は明らかにヒビ割れ始めている。何があったのか。

記憶を失うということは、長い一本の鉄棒のある部分がすっぱりと切断される、というようなことではない。それはおれの過去を振り返ってみても明らかだ。幾重にも何十にも層をなしてゆるく巻きこまれたぼんやりした球に似たもの。ホログラムの球体あるいは球像。その一部の層が硬化して活性を失ったまま内側に巻きこまれる。いわば意識下の凍土層。掘削するか地面を暖めれば、あるいは内側からマグマが噴き出せば凍土層は溶けるだろう。

「何か変ったことがあったかな」

石切課長は腰かけた脚を組み変えながら話題を変えた。

患者もベッドの端に腰を下ろした。

この質問は課長がこれまで毎回尋ねてきた挨拶のようなものだ。患者はいつも沈んだ声で「何も」とだけ答える。だがきょう患者はすぐに答え返さない。また窓の外に視線を移し、そのまましばらく黙っている。いっとき翳りかけた表情が元に戻った。

確かに何かあったな、と石切課長は咄嗟に感じはしたものの、「この間、外に出た、初めて」という患者の答えは意外だった。

「外というのは庭ではなくて、病院の外か」

「そう」

「医者の許可を得て？　それとも勝手にひとりで？」

「医者の許可を得て」

患者は石切課長の目を見返して答えた。その答えよりさらに患者の答え方に課長は驚く。これまでおずおずと自分の内側にだけ向けられていた患者の目が、外に向き始めている。神経も外に開き始めている感じだ。

北海道十勝平野の海岸沿いにある宇宙空港の滑走路上で、軌道ステーション経由で戻ってきたこの人物と初めて会ったときのことを石切課長は思い出す。小型シャトル機から降りてきた彼が、気力にみちて精悍な宇宙飛行士《コスモノート》という伝説的なイメージとは違っていた、全く違っていたことを。顔がバラバラに崩れるのをかろうじて形だけ保っているように見えたのだ。宇宙服の内側は影のようなものではないか、とさえ感じられた。「心理的に若干問題があるようだ」と予め月面基地から非公式の通知はあったものの、その印象を石切課長は自分でも信じ難かった。

いまその男の顔の内側に、かすかにだが明らかに光がともり始めている。

「どこに行ったんだ」

努めて穏やかな口調で課長は尋ねた。

「電車で少し行った町に。丘の上に神殿がある」

「どんな有難い神さまが祀ってあるんだ」

課長の声に幾分皮肉な調子がまじるが、相手の態度は変らない。

「空を祀った神殿」

課長は窓の向こうに広がる丘陵地帯の上の空を見た。雲が低くなって、その分だけ灰色がかった薄青色にくすんだ空。

「空を祀るということがどんなことかおれにはわからんが、何でそんなところに行ったんだ」

「あそこから始まった気がしたから」

「何が?」

「おれの人生が」

どんな人生だったか、石切課長はその大筋なら書類上で知っている。だが略歴の行間に、あるいはその裏にその人の人生の実質があることも課長は知っている。そしてその実質を知らない。本人自身も語れない。

だがいま患者は自分を取り戻し始めている。少なくともそう意志し始めていることを、石切課長は感じとる。それは長年の勘だ。そしてそのことに職務上の関心以上のものを、自分が持ち始めていることもわかる。局長とその背後の巨大な力への不快さからだけではない。おれ自身このふしぎな男の意識下に封印された暗部に引かれ始めている。

すでに建物も情報も広がるだけ広がり密集できるだけ密集しつくしたこの東京という巨大都市では出会えないもの、おれがこれまで感じ考えてきた地平を越える何か——それを予感したから、おれはこの男の面倒を見続けてきたのではなかったか。他の宇宙飛行士、月面基地要員たちが地球周回ステーションで乗り換えたシャトルから晴れがましく意気揚々と降り立つ中で、この男だけは惨めに亡霊のように帰ってきた。この隊員は本人が意識化できる以上のことを体験してきたらしいことを、おれはひそかに直観したのだ。

役所に命じられた通りに「監視」し続けてきたのも、この男の封印された体験を少なくとも最初に知りたいと無意識のうちに望んだからだ。おれは役所の連中が思っている通りの、有能なだけの男じゃない。

課長は椅子を立って室内を行ったり来たりした。窓の近くに行くと丘陵の上を飛ぶ高速ヘリの甲高いエンジン音が聞こえ、出入口のドアのところでは廊下を小走りに急ぐ看護婦の柔らかい靴音がかすかにした。患者はベッドに腰かけたままだ。

課長は患者の前で歩みをとめた。

「そこできみの人生の何がわかったかね」

患者は顔を起こして答えた。

「空に行こうとあそこで決心したことを思い出した」

患者の顔に微笑が浮かぶのを、石切課長は初めて見た。それだけでもたいしたことだ。局長に報告したら顔をしかめるだろう。それ以上の処置を病院の方に直接依頼することだってありうる。だが、患者が外出したことも、そこで過去を思い出し始めたことも、自分は報告しないだろうということを課長は知っている。

「それから妙な夢をみるようになった」

患者はスリッパを脱いでベッドに上がって、たたんだ蒲団によりかかって天井を見上げた。

「おやじが死んだ。地方の町の郊外にある百年以上たっている古い屋敷で。おやじが死んだ夜遅く、ぼくは屋敷の外に立っている。どこかから汽車か車で急いでやってきたらしい。だがぼくは中学生ぐらいの少年のままなんだ。屋敷の門の脇には、青白い提灯が立っている。真暗な中にぼんやりと青白い提灯だ。おやじの死体が奥まった古座敷に横になっていることもわかっている。

少年はバッグを提灯の下に置いて、屋敷のすぐ隣の小山にある先祖代々の墓地への道を上がってゆく。小山は茂って荒れた樹に覆われているのに、ふしぎにちっともこわくない。老木が何本も小道の上に倒れて腐っている。少し登ってゆくと、いきなり小道が切れた。小山が半分なくなっている。切れた山道の端に立って、前の方を見ると一面の星空だった。手を伸ばせば届くほどの近さに。少年のぼくは目がくらむほど驚いてわれを忘れて、崖になった山道の切れ目から落ちた。星空に向かって」

それだけほとんど一気にしゃべった。患者がこんなにしゃべるのも初めてだ。

石切課長は窓枠にもたれて両腕を組んで聞いている。他人の夢の話というのはたいてい退屈なものだ。どれだけ目覚めてから後で意識化され直したものなのか課長にはわからないが、少なくとも患者の意識の深部がうごめき始めたことは確かだ。口で言っている以上のことを思い出し始めている。

そして患者の夢の話を聞きながら、誘い出されたように石切課長は、自分の少年時代のあの忘れ難い記憶を思い出してもいた。

それにしても夢がどこまで記憶にかかわるものなのか（患者の父親は彼が成人してから亡くなっていること、母親は子供のころに早く先立っていることを課長は知っている）、さらに実際の記憶と思いこんできたものも実は夢に近い意識下の産物なのではないだろうか、という混乱した気持ちになった。おれのあの〝体験〟ももしかすると、無意識の願望ないし恐怖がつくり出した夢なのだろうか。

石切課長はまた室内を歩き出す。ヘリコプターの音はもう聞こえない。

「よかったらおれもひとつ夢のような話がしたい。少年時代のある出来事の記憶だが、きみの夢に奇妙に似たところもある。なぜかけさこの記憶が思い浮かんできみに話してみようと思ったんだ」

石切課長は近所の半壊の屋敷、その二階の端から落ちたこと、落ちながら下の様子が実にはっきりと見えたこと、時間がとまったようにひどくゆっくりと経過したことを話した。

「いまもって奇妙で仕方ないのは、わずか数秒間のはずの落下の時間がほとんど永遠のように思われ、その間の知覚も意識も実に明晳だったことだ。いま落ちているということは意識しながら少しもこわくなかった。むしろふしぎな充実感を覚えていた。ただきみのように星の光の中へではなくて、埃だらけの散乱するガラクタの中へだったけれどね」

患者は黙っていたが本気で聞いているのを、石切課長は感じた。自分の言葉が相手の内部にじかにしみこんでゆく手応えのようなものさえ覚えた。それはこれまでこの話をしたどんな相手にも感じられなかったことだ。

やがて患者が上半身を起こして、囁くような調子で言った。

「時間なんてものはない。この世界の端から落ちるとそのことがわかる。無限が数秒間だということが」

石切課長が知っている患者とは別人のような声だ。顔のない声、とても遠くから静かに伝わってくる言葉。神経科病院の病室が古い寺院か修道院の仄暗い石造りの一室のようだ。

「あの夢の星空は、おやじの遺言だった気がする」

患者の低い声が自分の内側から聞こえてくる気がした。

この男を十勝平野の海岸に連れて行こうという思いが、不意に石切課長の心を過《よぎ》った。おれたちが初めて出会ったところ、そしてこの男が星空へと実際に飛び立ったところ、あるいは月に向かって落ちたところ。空へつまり宇宙に行ったことを、彼は恐らく思い出し始めている。

どうしてここを連れ出す？　局長はもちろん医師だってそんな遠出を許すはずはない。

だがこの思いつきは、課長の心を強く動かした。この患者のためだけでなくおれ自身がそれをのぞんでいる。この男の言ったとおり、目をあけて落ちなければならないのだ、何かを本当に経験するためには。


黄看護婦は不安だ。

ナースセンターのコンピューター端末機に向かって、この十日間の患者たちの病状とその変化、投与薬物の資料入力の仕事を続けたが、精神が集中しないで眼だけが痛んだ。午後の患者たちの見まわりと血圧測定、薬の配布もしなければならないのだが、6号室への面会人がまだ出てこないので後まわしにしたまま。

あの面会人は、いつもはたいてい短時間で出てくるのだが、きょうは異常に面会が長い。何をしているのだろう。その男については、他の看護婦たちや事務局の知り合いの者にまでそれとなく尋ねてみたが、正確には誰もよく知らなかった。政府の宇宙関係の役人らしいと言った事務局員もいたが、あの患者が宇宙と関係があるとは彼女には到底思えないので、納得できる答えではなかった。

どこの官庁にしろ高級役人としか思えないあの黒っぽい背広姿の長身の面会人が、物静かな自分の患者を訊問して問いつめ続けているという想像を、彼女は追い払うことができない。折角あの外出以来、患者は目に見えて精神状態が良くなっているように見えるのに。

あの日は夕食の時間前に無事に病院に戻った。面倒なことは何もなかったし、病院の人たちにも知られることはなかった。数日後に医師から言われた。

「ぼくの面接治療や向精神剤よりきみとの外出の方が治療効果があるらしい。時々また同行を頼むとするか」

「電車の中でも町でも一般の人たちと少しも変りはありませんでした。かえって落ち着いて見えたくらいです。町にはもっと精神の不安定そうな人たちが増えてますから」

「とにかくあの患者は妙な患者だ」と医師は言った。

他にも黄看護婦の気持ちを乱すことがあった。上海出身の麻看護婦が急に退職して寮を出た。担当患者の親族から「ずっと収入がよくて楽な仕事」を紹介されたのだった。新しい仕事の内容は話さなかったけれど、容貌も派手でスタイルもいい彼女の転職先の想像はつく。

とくに親しかったわけでもなく、収入の多少に強い関心のない黄看護婦は別にさびしくも羨ましくもないが、ここの病院と独身寮にこのままずっと居続けるということ、決して単純でも容易でもないけれど馴れた仕事、変化のない日々に明け暮れすることに、初めて心の一部が揺れるのだ。多分年齢のせいだろう。

何も個人的なことを深く話し合ったのではなかったが、この間6号室の患者とふたりで近くの町まで出かけたことを、夜遅く寮の個室にひとり坐りこんでいるとき心暖まる思いで思い返している自分に気づく。丘陵地帯の冬の夜は、ここが東京の郊外とは思えないほど静まり返る。

午後二時そして三時を過ぎても、黒服の面会人は出てこない。顔を向けてはいなくても、彼女の神経は6号室のドアに集中している。これまでは漠然と、あの面会人がとくに面倒のかかるわけでもない患者をここに閉じこめているのだと思いこんできたのだが、いまは逆に患者を麻看護婦のようにどこかに誘い出そうとしている、という不安が生まれ始めている。何を考え企んでいるのかわからないあの人物に、憎しみに近い感情を覚える。

「何かあったの？　黄さんには珍しくイライラしてるみたい」と日本人看護婦が声をかけるのに「いいえ、何も」と笑って答え返しながら、感情をそのままには言葉や態度に表さないという点では、わたしはあの人物と似ているところがあると気づく。

普通以上に他人に強い感情をもつのは意識しない共通のものがあるからだ、とむかし父がよく言っていた。いつも背すじを伸ばして大股に歩くあの無表情な男も意外に孤独なのかもしれないと黄看護婦は思った。

Ⅲ

6号室の患者が失踪した、という病院長からの報告を石切課長は直接に受けた。「失踪」とは大げさな、とことさら声をひそめる老病院長の電話を、課長は冷やかに聞いた。

「何かあったのですか」

「何も特別なことはありません。ご存知のとおりいつもおとなしい患者で」

「ではすぐ戻るでしょう。行くところもありませんから。家族もないし」

「そう思って私どもも三日待ってたのです。これまでここを出たがる兆候は全然なかったそうですから」

医師の許可を得て近くの町まで外出した、ということを担当医は上に報告してなかったのだろう。

「まことに相済みません。当方の不行届きで、おたくに特別に依嘱された患者を。担当の看護婦にも私自身問いただしたのですが、何も気づかなかったと」

あの落ち着いて意志的な目つきの看護婦だなと課長は思い出した。あの看護婦が6号室への唯一の面会人であるおれを強く意識している、つまり患者自身に義務的以上の感情をもっているらしいという印象も。だがあの患者について何か知っているとしても、あの女なら簡単には口にしないだろう。

「持物は残ってますか、全部持って行ってますか」

「担当の看護婦によりますと、患者には私物がほとんどなかった。気がついた限り腕時計がなくなっているそうで。目盛りや針が幾つもついている変った腕時計とか」

住人が二度と戻らないつもりで立ち去った家や部屋には、見棄てられた道具や壁や電球のひんやりとざらつく独特の気配があるものだが、自分の責任のことしか頭にない老院長にそんな微妙な感覚がわかるはずはない。だいたい病室に入ってさえもいないだろう。

「こちらで調べます。病室は明けておいて頂きます。それからよそには、たとえば警察とか保健所とかには通告しないように」

そう固い口調で言って石切課長は電話を切った。

課員たちはそれぞれの午後の仕事に追われている。その静かなざわめきを知覚の外に押しやるようにして、彼は意識を内側に集中した。まずこの件は局長には報告しない、ということを即座に心に決めた。ついで患者の身に想像を絞る。あの男は一年近くの幽閉——世間からだけでなく自分自身の意識の内部への幽閉から、急速に心を開き始めている。夢の中でも恐怖の森を抜け出そうとしている。父親の死んだ故郷の古屋敷に戻る、というようなことは今更ありえないことだ。

この前に病院を訪れたとき、いずれ彼を北海道の宇宙基地へ連れてゆこう、と考えたことを石切課長は思い出し、あそこだ、と思わず口に出しかけた。犯人と同じように記憶喪失者も思い出しかけた現場に戻ろうとするはずだ。少なくともそこに結びつく場所に。

患者が持って出たという腕時計は、日本時間、グリニッジ標準時、発射後の時間経過、月面の時刻（地球の約四週間が月の一日だ）など幾つもの時間表示を組みこんだ宇宙飛行士用の特殊な時計である。これまで彼は病室で時折その自分の腕時計を訝《いぶ》かしげに見つめて頭を振っていたものだったが、その腕時計をはめて自分がどこに行ったのか少なくともどこから出発したかを、あの男は思い出しかけたに違いない。

課長は振り返って広いガラス窓越しに東京湾を見た。海面は春の突風で波立ちざわめいている。カモメが一羽強い風に逆らって、荒れる水面の上を翔んでいた。部厚い硬質ガラスを通して外の音は一切聞こえないはずなのに、甲高くしわがれたカモメの叫び声を課長ははっきりと聞いたように思った。

世界がおれの咄嗟の思いつきに同意している。

彼は課員を呼んで「北海道のフライトセンターに行く。飛行便の手続きをしてくれ」と言った。課員が何か言いかけるのに、石切課長は続けてきびしい口調で言う。

「アポイントメントは全部キャンセルだ。フライトセンターの出迎えはいらない」

東京は桜が満開だというのに、北海道は雪だった。飛行場の滑走路や国道の表面は乾いているのに、山肌と平野は一面の積雪が日ざしにきらめいている。一日か二日前にかなりの雪が降ったのだろう。

冬の次に必ず春がきて春になると必ず桜が咲く、という単純な反復にイライラしたものを感ずることの多い石切課長にとって、わずか一時間余の飛行でいきなり季節が逆戻りしたような感覚は、思いがけなかっただけに快い。

海岸部に宇宙発着基地ができてからその表玄関に当たる帯広市も急に大きくなっている。かつて基地建設当時には市の郊外だった課長の好きな閑静な小ホテルも、今や市内になってしまった。だが昔の刑務所跡の一画に建てられたというそのホテルの広い敷地はそのままで、一階玄関の横手にあるレストラン兼キャフェテリアからは以前の通りに北方性の木立ちの庭がよく見える。

樹々の枝には雪は乗っていなかったが根元はうっすらと白い。葉のない枝も幹も固く黒く、根元に下草めいたもののないのが石切課長は気に入っている。基地内に関係者用の宿泊施設もあるが、彼はヨーロッパ風の落ち着いたこの小ホテルに泊まる。顔見知りのフロント係が微笑を浮かべるが余計な口をきかないのも、ここが好きな理由のひとつだ。

部屋に入って携行した冬の服装に換えると、キャフェテリアで昼食をとったあと珍しくコーヒーを飲んだ。日頃は紅茶か中国茶しかとらない石切課長がコーヒーを飲む気になったのも、幾分なりと気分がたかぶっているせいだろう。天井の一部とまわりの壁全部がガラスになっていて、庭の裸の樹の木洩れ日が、一組しか他の客のいない静かなキャフェテリアのなか、コーヒーカップの縁にまで、繊細な影の交錯を落としている。

彼は外側で起こることには（どんな急激な大きな出来事や変化にも）、運命という言葉を使わない。ただ自分の内部から自然に滲み出してきた自分でもよくはわからない意識下の衝動に突き動かされるとき運命的と感ずる。それに従って行動するとき、他人からはどんなに突飛に見えようとも不安と確信の溶け合った心のたかぶりを覚える。自分の咄嗟の勘のようなものだけに従ってここまで来てしまったことに、いまも石切課長は後悔はない。空気の濁った東京では信じられないほど澄んだ光の中にくっきりと立っている裸の黒い木立ちの鋭い形のように、自分自身の輪郭も重心も明瞭だ。

もともと大工場がなく牧場とジャガイモや甜菜《ビート》の畠しかないこの大気の透きとおった土地に、あの男も来ているという直観はいきなりここに来てむしろ強まっている。あの男も透明なものが好きなのだ。病室の窓から濁った東京の空を、信じられないという表情でいつも眺めていた。病院の庭の端で空を見上げて頸を振っている後姿も何度か見かけてもいる。粗い木立ちの庭いっぱいの、からっぽになったコーヒーカップの内側の光の中に、課長は彼を感ずる。

レンタカーで帯広の市街地を抜けて海岸の基地へと十勝平野を南下すると、光の感覚はさらに強まった。

基地建設とともに幅広く舗装を厚く作り直された国道はほとんど真直で、両側の平坦な地面は一面積雪に覆われている。西側に遠く日高山脈が連なっているが、何という大きな空と雪原だろう。その空にも雪の表面にも、午後の日ざしがきらめき渡っている。帯広空港から宇宙基地まで関係者専用のヘリコプターの便もあるのだが、石切課長がいつものようにそれを使わなかったのも、積雪の平野をじかに走ってみたかったからだ。それでよかった、と走り続けるにつれて、余計そう思う。

課長が知る限り、ここは日本で最も平野らしい大平野である。地図の上ならもっと大きな緑色の部分もあるけれども、一度地平線に沈む夕日が急に見たくなって関東平野の中心と思われるあたりまで車をとばしたことがある。ところがその辺一帯を走りまわっても、見えるのは農協の大倉庫、町工場の煙突、校舎、密集する住宅とアパート群で、どの建物の上にも高いアンテナが林立していた。一望の地平線などどこにもなかった。

ここには枯草や穀粒を収納する昔ながらのサイロのある色つき屋根の農家や牧場の建物が、離れ離れに点在するだけ。畠の区画が本州とは比べられないほど大きいからだ。その広い区画の境には、葉の落ち切ったカラマツの並びが、雪面に尖った黒い影を鋭く鋳込んでいる。

おれの遠い祖先はきっとモンゴルかシベリアの大平原をうろついていたのだろう、と石切課長は思う。大きな空と平原と天を指して垂直な針葉樹の姿が遥かな夢のように懐しい。本州の多くの町や村は山間《やまあい》にこもっているし、高層ビルのために東京の空は年毎に狭くなる。澱んだ空気を高層ビルの乱気流がかきまわしているだけだ。

何台も鋼鉄材を満載して徐行するトレーラー車を、課長は追い越した。対向車線ではからの大型トラックの列が路面を震わせてとばしてゆく。基地の関連施設や関連工場が建設中なのだ。ロケットなしに滑走路から離着陸できるスペースプレーンのエンジン燃焼テストも、最終段階にきているはずである。

あの男がどうして、訓練がきつくて危険の多い宇宙飛行士になろうとしたのか、改まって尋ねたことはなかったし、彼もそんな内心を筋道立って話せるような状態ではなかった。だがこの広大な平原の、雪面が音を吸いこむ一種鉱物的な静寂の光の中で心の奥がひとりでに開いてうずく快感を意識し続けていると、彼を宇宙へと駆りたてたものの少なくとも一部を石切課長は感じ分けられるような気もしてくるのだった。

いつだったか局長がはっきり言ったように、いま再び月へ、火星へと、各国の政府と大企業が政情不安と資金難にもかかわらず争って乗り出しているのも、現実には資源獲得のためであり技術的ブレイクスルーのためであり新たなビジネスチャンスのために他ならない。しかし、実際に現場でロケットに乗り、月面基地を作り、スペースプレーンを作っている連中を動かしているのはもっと精神的、いわば深層心理的なものだ。自分自身でもよくわからない内面の衝動に違いない。無意識を含めた人類の意識そのものが、新しい何かを求めている。

平野は海岸が近づいてくると地面に起伏が現れてくる。小山というより丘だ。防風のために人工的に植えられたカラマツの列に替って、ずっと丈が低い柏の疎林が丘を覆っている。大型トラックが行き交う広い国道から、わき道にそれると、まわりが急に静かになり動くものの気配が消えた。石切課長は車の速度を落とした。これまでほとんど一直線の国道と違って、道路はなだらかな丘の起伏の間を縫うように屈曲する。両側の柏の木は前年の枯れた広い葉が幹に付いたままだ。冷気に縮れたその茶色の葉にも雪が薄く積もっている。

この丘の連なりの向こうが海岸まで基地の敷地になっている。丘を切って海に流れこむ何本かの小さな川に沿う道路もあるが、その道路から患者が基地のゲートに行ったとは課長には思えない。関係者として正式にゲートを通過できるカードを彼がそろえているはずはないし、一般の見学者にまじってガヤガヤと所定の見学ルートをバスでまわるとも考えられない。基地内の施設や配置なら元宇宙飛行士は知りつくしている。

彼がここまでやってきたとすると、そんな目的ではないはずだと石切課長の直観はいまや確信に近い。彼は基地そのものを見に来たのではなく、そこから出発しそこに還ってきた自分自身を確かめるために来たはずだ。不安のうちにも高揚して射ち上げロケットの先端に乗りこんだときの自分、精神を傷めて惨めに戻ってきたときの自分の現実感を。

だとすれば、基地の中までわざわざ入る必要はない。基地の全景をひとりで静かにほぼ見渡せるところ。基地のフェンス外の小高い丘のどこか。しかもできるだけ基地に近いところ。だが基地に最も近い丘ないし台地の部分は、いま関連産業用地や研究開発施設用地として開発が進んでいる。

いったいどこにあの男はいるのか。曲がりくねった丘の狭い道路を、すぐ近くで見ると幾分気味悪いほど大きな葉が枯れ切っている荒涼たる柏の疎林に沿って、課長はのろのろと車を進めた。広い国道と違って脇道は一応舗装してあっても雪が残っている。道の両側には吹溜りもできている。昼過ぎには晴れ上がっていた空も、夕暮が近づきかけて低い暗灰色の雲がひろがり始めている。平野の真中を真直に走っていたときの澄んだ高揚感が翳ろうとする。

だが単なる追跡調査とは違ったもの、内部からの暗い衝迫のようなものが張りつめてくるようだった。過去を確かめて自分を取り戻そうとしているあの男、その男とのいわば無意識の共感と勘だけに従って積雪の丘の道に苦労している自分。自分もひそかに現実と信じられる現実を求めている。ということはおれもこれまでずっと、いやいまも真実にじかにつながる現実というもの、その実感を確かに感じ切ってはいないということらしい、と石切課長は思った。現在の仕事にも家庭にも、意識する限りとくに不満でも不安でもないはずなのに。

間もなく下りになったと感じられた道を曲がったとき急に柏の林が消えて、鉄骨を組み合わせた建築中の大型の建物の骨組が丘の斜面を切り崩して建っていた。赤褐色の太く頑丈な鉄骨の表面にも雪が積もっている。赤っぽく塗られたクレーンが空を大きく斜めに切って停止している。地中に鉄骨を打ちこむ段階の場所、まだ整地されただけの場所もある。

そして雪をのせた鉄骨と鉄骨の間から、十字に直交する全長五〇〇〇メートルの二本の大滑走路が見え、そのすぐ先には太平洋の青い海面がどこまでもひろがっていた。

切り残された林の蔭になって大型ロケット発射場の方は見えないが、急に眼前に開いた敷地の広大さ、鋼鉄とコンクリートの巨大な人工物の剝き出しの光景に、基地内に幾度も入ったことのある石切課長も気圧されるほどの迫力を感じた。滑走路と敷地内の連絡道路とヘリコプター発着地点は除雪されているが、フェンス内の芝生の大部分、管制塔はじめ点在する幾つもの施設も雪をかぶっている。大型ロケットの射ち上げもシャトルの着陸もないので敷地内の人影も連絡道路の車の動きもまばらだが、派手な色を塗った見学バスが第二ゲートの外に三台も駐車している。滑走路を整備しているらしい白い作業服の人影が、豆粒ほど小さく虫が動くようにのろのろと見えた。

石切課長は車を降りて雪道を林の端まで歩く。途中の平野では風を全く感じなかったのに、持ってきたコートを着て襟を立てても海から丘に吹き上がってくる風が冷たすぎて襟頸が痛い。片手で襟もとをおさえながら、課長は眼下の建設地区を目を凝《こ》らして眺めた。車の中では聞こえなかったのに、組み上げた鉄骨で海風が唸っていた。雪の残っている鉄骨の上で作業している者はいないが、林立する蒸気槌のまわりでは黄色の作業帽をかぶった人たちが動いている。丘の斜面を削った地面の土が雪とまじってドロドロだ。絶えまなく蒸気槌が鉄骨を地面に打ちこむ重い音。白く吹き出す蒸気。地ひびきがここまで伝わってくる。見える限りの基地のフェンスの連なりも注意して眺め渡したが、黄色のヘルメットをかぶっていない人影はない。フェンス際をうろついている人影もなかった。

柏林の丘はもう一か所、ロケット発射場が見えるあたりに張り出している。そのあたりは工場用地ではなく、見学者ないし観光客用の施設用地で工事はまだ進んでないはずである。課長はコートを着たまま車をバックさせ、林が薄くなったところで向きを変えた。林の奥の方はすでに薄暗くなりかけている。急がなければ。

だが道を戻って目当ての丘の張り出しの方に出ようとしたが、その方向に車の通れる道がなかった。人が通る小道さえ雪のために見つからない。もうすぐ日が暮れる、いったん帯広に戻って明日また出直そうとも課長は思いかけたが、自分がここまで来た偶然の意志は、あの男がいまこのあたりにいるという偶然と、世界の深いどこかで通じているはずだ。

迷って課長は車の外に出た。柏の梢の先の方が、海風に枯葉を吹き上げられ吹き飛ばされて、裸になっている。その方角の空の一角で、ちょうど重なり合った低い雲の隙間から夕日の光が、雪に覆われながらもところどころに赤黒く岩肌を露出した日高山脈の山々に、幾条ものすじになって射し下っていた。しかもその光のすじの一本一本がはっきりと見えるのだ。空の一画を毛の強《こわ》い刷毛でさっと刷《は》き下ろしたように。光がそのまま見える、と石切課長は畏怖の念さえ覚えた。空気の濁った東京では考えられもしないことだ。雲は濃く灰色で、地上へと放射される何十本もの細い光のすじは淡く緑色がかり薄紅色も含んで輝き、山のすそは一面に純白である。体は雪の林に沈みこんだ冷気に震えながら、課長は偶然のその静かな光の劇を見つめ続けた。それはいま自分がここにいることへの、ある絶対的な是認の徴《しるし》のように思われた。

彼は自分を徹底的に合理的な人間と思っている。民間療法から宗教儀式まで、神秘めかした一切に嫌悪と侮蔑しか感じない。にもかかわらず、この雪の平野の彼方の空の思いがけなく鮮明な光の放射に、言い難く説明し難い何かを覚えずにいられない。光は意識の隙間を通して自分の体の最深部から射し上がってくるようにさえ感じられた。身動きすることができない。少なくともこのまま引き返すことはできなかった。

林の中へと雪を踏んで歩み入った。

木立ちが薄れて再び基地が見えてきた。すでに夕暮が基地の全体に垂れこめ、海は黒く静まり返っている。

前の丘の端からは見えなかった大型ロケット発射場の高い二基の発射塔の上部で、赤く標識灯が点滅し始めている。直立したロケットを支える発射塔の骨組が炭化した巨人の背骨のようだ。夕闇の底に横たえられた大十字架を思わせる滑走路はかなり右手に寄って見える。管制塔にも大型レーダーのアンテナにも幾本もの電波塔にも、それぞれ標識灯が赤い。帰還したシャトル機の再整備工場とゲートの守衛室の窓から洩れる灯火が、敷地の雪面を青白く照らし出している。

近いうちに射ち上げも帰還もない基地は穏やかに夜を迎えようとしているが、軌道ステーションと、月面基地との間では不断に電波の交信は続けられている。その見えない波動の気配がこの丘の斜面からも感じとれる。

柏の枝を両手でかき分けながら雪を踏んできた石切課長の気分は火照っていたが、手足の先は冷えきっていた。とりわけ雪に濡れた足指の感覚がなくなりかけている。何度か朽ち倒れた古木の幹につまずきかけた。

呼吸が不規則になって膝の関節の動きも以前ほど滑らかではなかったけれども、先程雲間からのふしぎな光の縞に出会ってから彼の内部で何かがふっ切れていた。いまとなってはあれは冷気の中での一場の幻影あるいは自分自身の深層風景の不意の投影だったとも思われるのだが、心の奥の方が澄んで自由になっていることは事実だった。世界も自分自身も、日頃の決まりきった日々の中で思っているほど単純な仕組みではない、という感動と畏《おそ》れとを小道もない雪の林の中で、この老練な役人は若者のように新鮮に意識した。この世界は思いがけないいろんな形を見せるのだ。

だから立ちどまった少し先の、林が切れた丘の斜面に坐りこんでいる男の後姿に気づいたときも彼は驚かなかった。コートも着てなくマフラーも巻いてなくて、この場所では考えられない格好だったにもかかわらず。

何か模様を編みこんだ白いセーターを着ているだけ。そのために夕闇の雪の斜面の中で、咄嗟に見分けにくかったのだ。だが近づいてその肩の張り具合、髪と頭の格好を見分ける前に、石切課長はあの男だとわかった。基地のほぼ全体を見渡せる丘の林の切れ目から、ひと目につかぬようにしてロケット発射場を眺めている男。この冷気の中で。

海風と夕闇の中で、発射塔、正式には射座点検塔の標識灯が正確に点滅している。

ここでずっと彼が何を思い何を思い出し何を思い出せなかったのか、そしていま何を考えているのか。課長は男のすぐうしろでいったん足をとめて、肩をすぼめた後姿を改めて眺めた。ここに還ってきたときは短いクルーカットだった髪が入院中にすっかり伸びて、その長すぎる髪が風で乱れている。

課長は声をかけずに男の右側にまわって、そっと雪の上に並んで腰をおろした。

男は振り向かない。課長も黙っている。夕闇が急速に濃くなるだけの沈黙。基地の高い建築物の標識灯の点滅だけが時を刻んでいる。基地は広く、海はもっと広く一面に暗く、空はさらに広く静かだ。

「おれだ、石切だよ」

とうとう課長は低く声をかけた。

「………」

「ここだとわかってたよ。おれもきみをここに連れてこようと思ってたからな」

「……」

「いつからこんな雪の中にいたんだ。そんな格好で」

ようやく男はのろのろと顔を向けた。表情のない顔。

男の呼吸が不規則に小刻みなことに課長は気づいた。片方の掌を男の額に当てた。恐れたほど熱くはなかった。立てた足の膝の上に置かれていた男の握りしめた手の甲に触れた。感覚がなくなりかけている課長の指先より冷たかった。北海道でも四月に凍死することはないだろうが、この男は冷え切っている。生体機能が低下しすぎている。

「話はあとだ。おれの車に戻ろう」

そう言って課長は男の手首をとって立ち上がろうとした。

だが男は蹲ったままだ。発射塔の高い影を見つめている。発射塔は単なる鉄骨の櫓《やぐら》ではなく、ロケットの先端に取りつけたシャトルに乗員が乗りこむためのエレベーター、ロケット本体への冷却液体水素と液体酸素の注入装置も完備した構築物なのだが、夕闇の中では何かの巨大な亡霊のように、石切課長には見える。そう、この男にとって、それは失われた過去の亡霊なのだ。

「あそこのエレベーターの中で、あれを忘れてきたことに気がついた」

男が初めて口をきいた。だが課長に向かって話したというより、すでに心の中で繰り返してきた内心の呟きがひとりでに声になって洩れたように低く単調だった。

「あれって何だったんだ」

しばらく間があった。その間にやっと石切課長の存在に気づいたようだ。改めて課長の方に顔を向けて幾分表情が動いた。ただそれは驚きでも喜びでも安堵の表情でもなかった。シャトルから降りて来たときの表情だ。いま薄暗がりの中で目の奥まで石切課長は見分けられないが、そんな異常だったときの男の様子が改めて甦る。ここまでやってきて、過去の現場を目の前にして、精神状態はかえって混乱したのだろうか。患者の精神状態を単純に前向きに開かれ始めたとばかり考えていただけに、課長は不安になる。

「あれって何だ」

重ねて尋ねる自分の声がいっそう不安気に低くなっていることを課長は意識する。

「お守り」

「そんなものを信じてたのか、きみは」

「交通安全の。彼女が渡してくれた、あそこのゲートわきの面会所で」

「きみに家族はいないはずだが」

「一緒に暮らしていた女。訓練が続いて滅多にアパートには帰れなかったけれど」

「じゃあ、なぜいま面会にも来ない」

また長い沈黙。ひとしきり冷たい風が吹いてきて、二人とも体が震えた。

やっと元宇宙飛行士が震える声で呟く。

「死んだ」

今度は課長が黙る番だ。人生の夜の中でも灯は点滅している。基地の端と海面との境目がくっきりと直線に見えたりぼやけたりする。ロケット発射台の向こうで小さな沼が積雪で仄白い基地の敷地にくいこんでいて、そこが海面より暗い。

海上の方角の上空でキーンと鋭い爆音が聞こえたと思うと、翼端に標識灯の赤いランプをつけたジェット旅客機の黒い影がみるみる高度を下げ、基地の西方で海岸線を切って帯広空港の方へと去りながら爆音は忽ち消えた。

「大丈夫か」

石切課長の声には意識した以上の感情がこもった。体と精神の状態への両方の意味で。

「おれは生きている……」

ただひとりの身寄りが死んでも自分だけは生きているとも、おれは確かに生きて還ってきたというようにも課長には聞こえた。

「機内のモニター画面にこの海岸線がチラリと映ったとき……還ってきたんだと思った……きょう一日ここを眺めていて……そのことを少しずつ思い出した」

切れ切れに喘ぐように男は言った。声は少し高まったと思うと忽ち弱まって途切れた。

「あれは本当に……死んだ……のだろうか……いまもあのゲートの面会室に坐って……待っているんじゃないだろうか……ほら面会室には明りがついている」

だが石切課長が幾ら視線を集中しても、ゲートと守衛室は明るいのに、その背後の雪をかぶった面会室があるあたりは冷え冷えと真暗である。

本当にそんな女性がいたのだろうか。出発前の訓練中にも帰還後の入院時にも、役所は幾度も徹底的に身許の調査をしているが、そんな女性の影さえ浮かんでいなかった。

ここからロケットで出発し、あの滑走路にシャトルで戻ってきたことはやっと思い出したようだ。だがそれ以上のこと、あるいは細かなことは、まだ忘却と幻影の境で大きく揺れている。

「どこから帰ってきたんだ、きみは」

課長はいきなり尋ねた。

しばらくたって相手はあやふやな口調で答えた。

「遠いところから……とても遠いところから」

暮れ切った林の中を戻るのは難しかった。

男はすぐうしろからついてくるが、課長は幾度も方角を失う。月はまだのぼっていない。枯葉の表から雪がこぼれ落ちるかすかな音だけが聞こえる。

とうとう課長は立ちどまって言った。

「十勝の海岸は地図では真直に東南に開いているのだから、北西か北北西に歩けば、車を置いてきた道路のどこかに出られるだろう」

ふりかえると、男が空を見上げていた。林の高いところは葉が落ちていて、重なった小枝を透《す》かして空が見える。天頂のあたりは雲がなく、星空が意外に近かった。課長は想像の地図を覗きこむことしか頭になかったのに、元宇宙飛行士は反射的に星を見上げていたのだ。

「あの星があそこであそこにあの星座が見えるから、この緯度なら北西はこの方角だ」

と男はさっきまでと別人のように的確な口調で言った。

男の方が時折星を見上げながら先に立って進む。神経科病院から「失踪」した患者に道を導かれて行く自分に、課長は皮肉な思いを覚えずにいられない。

一分でも早く車を見つけてもぐりこんでヒーターを最強にしないと凍傷を起こしそうに、手足の先が冷え切ってしまっている。だが気分は弾んでさわやかだ。自分でもなぜかよくはわからないが、きっと自分の心の深い部分の動きのままに思いきって行動したからだろう。

裸の黒い小枝が交錯する間から、大きな濃紺の空一面にきらめく星々を見上げながら石切課長はそう思った。


あの黒服の男が患者を連れ出したのだ、と黄看護婦は思っている。男が長い時間、病室にいた時に打ち合わせあるいは説得したことは間違いない。どういう目的で、どこに連れ出したのかはわからないが、患者が自分に黙ってひとりで出て行ったとは思いたくない。

院長の命令で病室を調べながら、彼女が遺留品保管室から持ち出して患者に与えたトナカイの模様入りの白いセーターがなくなっていることに気付いたとき、彼女は複雑な気持ちを覚えた。自分なりに気を使って選んでひそかに持ち出したのに、その配慮が無視されたようにも、同時に患者がそれを持って行ったことは自分とのつながりが切れてはいない徴のようにも思われたのである。

院長や医師たちに問われたとき、彼女は終始、何も気付かなかったし思い当たることは何もないと答えた。彼らはあからさまに彼女の責任を追求しはしなかったけれど、わたしの不注意で、と彼女は頭を下げた。

院長や事務長のあわてぶりは異常だった。それはあの患者が特別の事情のある患者に違いないという彼女のかねての思いを裏付けるものだったが、患者のカルテの空欄を埋めるような事情は少しも彼女には明かされなかった。

定時の病室見まわりのとき、彼女は必ずのように6号室に入る。明りをつけたままにしてある病室の中は、青白く明るくそしてからっぽだ。彼女はしばらく病室の真中に立って、体温や血圧その他の事項を記入する用紙を挟んだボードを両手で胸に抱いて、乱れていないベッドを、位置の変っていない椅子を、大型の腕時計がなくなったサイドテーブルの上を眺める。昼だと窓のカーテンを開け、夜は閉める。患者のいない病室にカーテンがレールを滑る音だけがする。

もう六日、患者は戻らない。今夜は戻っているのではないか、と期待する気持ちのすぐ裏で、室内の床と壁とわずかだがすべての物体からひと気が消えている、すっかり消えていることを黄看護婦は全身に感じとる。冬の間より弱くなっていても確かに暖房された空気が通じているのに、物体はどれも死んだように冷やかだ。

患者はもうこの部屋には戻らない、二度と。

その直観は次第に彼女の意識を底深くゆり動かす。目に見えるもの、手で触れられるもの、日頃考えているものをすり抜けて、何かがらんどうの大きな空間の隅っこにポツンと点のようにほうり出されて、浮かんでいるのでも漂っているのでもなく……何と言えばいいのか、どう考えればいいのか、彼女の思いは震えて擦《かす》れる。

気がつかないうちに、厚いプラスチックの紙挟みを胸に強く押しつけていた。詰めていた息をそっと吐く。わたしは心が弱くなっていると思う。そしてそうなった自分を必ずしも恥かしく感じていない自分に驚く。

患者がどこに行ってしまったのか、全く見当もつかない。自分がここにこうしていることがうまく感じとれない。それはよくない兆候だ、と神経科の看護婦はかろうじて自分を保つ。これではまるでわたしが替ってこの病室の患者になりかけているみたいではないか。

元宇宙飛行士は、東京環状線電車の駅から線路沿いの夜道を足早に歩いている。線路の反対側には屋根つきの「動く歩道」があるのだが、人通りが多くて壁や床が派手なその道を無意識のうちに彼は避ける。

線路との境にはガードレールが連なっている。街灯の光が最近塗り直したらしいその白い表面を無表情に照らしている。坂がある。車の滑り止めの舗装の線条がすり減っている。ガードレールの下には雑草が茂り始めている。伸び過ぎた茎が一本鋭く折れている。

街灯の光が届かなくて薄暗い線路を、背後から電車が追い越して行った。立っている乗客のまばらな車内が視野の端に見えたが、車輛の重さが感じられない。遠ざかってゆく車輛の列の赤い後尾灯だけが目に残る。

急に小雨がぱらつき出した。顔が点々と濡れる。雨のすじが街灯の光のひろがりを次々と斜めに切る。光の外には雨滴は見えない。紫色の夜空が近いのか遠いのかわからない。街灯と街灯の間で道路が仄暗くなると、線路の向こう側に幾つもの超高層建築が重なって見えるが、次の街灯の光の中に入ると眩しくて消える。雨のすじだけが光る。

帯広空港からの夕方の便で、彼は羽田空港に着いた。前夜、帯広のホテルで、石切課長が声をひそめて東京と長い電話をしている間に彼は部屋を出た。自分が聞いてはいけないような気がしたからだ。廊下を二度端から端まで歩いてから、エレベーターでロビーに降りた。エレベーターの中で若い男女のふたり連れが、たじろぐような目付きで彼の顔を見て黙った。ホテルの部屋に入ってすぐ顔と手を洗ったから、別に傷や汚れがついていたわけではないのに。

ロビーにしばらく立っていたが、自分をつかまえに来た人物と同じ部屋で寝る気がしなかった。玄関を出て夜の街に出た。街に興味はなかった。ひとりだけで眠れる安ホテルを探した。

ひとと口をききたくなかったので、知らない街をかなり歩いた。ようやく見つけた小さなホテルのフロントで、宿泊カードを渡され、お名前と年齢と住所を、と言われたとき、ある住所を自動的に書いていた。書き終ってカードを渡しながら、なぜそんな東京のなかの所番地とアパートらしい名前と部屋番号まで書いたのか、自分で驚いた。郊外の病院の名前を書いてはまずい、とちらりとは意識したけれど。

そのふいに現れた思いもしなかった住所へと、いま元宇宙飛行士はこの道を急いでいる。ただ確信がない。確信がないから急いでいる。

左側はガードレールを隔てて電車の線路、右側は小さな事務所や商店。戸は閉じられている。古びた小住宅の並び。時折横道から人影が現れて小走りに小雨の中に消える。小さな公園があった。もちろん無人だが明りがついていた。滑り台のステインレススチールの手すりが濡れて光っていた。その横の立木の根元で、太い根が放射状に何本も地面の上に盛り上がって、蛇の這うような曲がりくねった影をつくっていた。こんな根を見たことがあったろうか、それも街なかで、と立ちどまって見つめた。見ているうちに根がひくひくと息づいているように思えて息苦しくなると同時に、よくわからない快感を覚えた。長い間、女と寝てないなと思ったが、欲望とは少し違っている。記憶の一部が他人のことのようにうずいている感触だった。

顔を上げると、雨が一滴、睫毛に当たって片目がぼやけた。公園の一本だけの柱の青白い灯が散乱し、露出した根の蛇がうねった。〈ここでは地面が息をしている〉という声が思念の中を過ぎた。全然他人のような中性的な声。

夜遅く小雨に濡れながら、自分がこんなところを歩いていることが信じられない。だがこれもいつかかき消える、場面全体が不意に変るという不安。薄茶色いタイル貼りのがっしりとした建築物の前に出た。三、四階程度で、道路に沿って細長く角張って余分の装飾がない。この建物の記憶がない。新築のようにも見えない。いきなり「救急外来専用」という赤い標識が目に入った。

病院、と気付いたとたんに反射的に気分が硬化しかけた。足音を忍ばせるような歩き方になっている。塵ひとつない大型検査機械と低い電流の唸《うな》りの記憶。実際には電流が音を出すことなどはない。とてもイヤな感じ。悪い予感ばかりが意識の縁でひしめいている。自分が壊れている、というじわりと意識にくいこむ感覚。

線路を隔ててちょうど反対側に、いずれも超高層のオフィスビル、ホテル、共同住宅が建ち並んでいるのだから(幾つもの赤い標識ランプが紫色の空の遥か高くで点滅している)、患者は結構いるはずなのに病院の窓の明りはほとんど消えて静まり返っている。ああ、もう入院患者の消灯時間はとっくに過ぎているんだ、と本当は自分も入院患者の男は一瞬平静に考えた。一階の中央あたり、二、三箇所の窓だけが明るい。窓の内側には隙間を開閉できるプラスチックのブラインドがついていて、その隙間から看護婦がひとりだけ机上のコンピューターのモニター画面を眺めているのが見える。彼の病院の看護婦たちとそとても似ている白い帽子。病院じゅうで彼女ひとりだけ起きて全責任を負っているような緊張した横顔と頸すじ。

彼はいつも落ち着いて勤務に熱心な自分の担当看護婦を、思いがけなく懐しく思い出す。病院を出て以来、彼女のことを一度も考えなかったことがふしぎだ。彼が明らかに記憶しているこのしばらくの間、人間同士らしく口をきいた唯ひとりの人間。彼女だけが自分を修理中の、あるいは再生不能の壊れた物体のようにではなく対してくれた。いちいち飜訳するように日本語をゆっくりと、あいまいにではなくしゃべる中国の女。相手が自分と同じように感じ考えてはいないことを意識して、思わせぶりやことさら微妙なしゃべり方をしない。あの役人も論理的な口をきく方だが、あの合理性は意識的すぎる。本当は何を考えているのかわからない。

ただ彼女への懐しさが、何か遠い過去のことのように感じられる。病院を出てから確かまだ二、三日しかたっていないはずなのに。ある期間の記憶を失うということは、その期間内の記憶にだけ障害が起きるのではなくて、記憶の全体に自信がなくなることだ。たとえばこの数日間のことさえ現実感が犯される。記憶と現在の意識との境目がひどくあいまいで、あやしい気配にみちている。全く覚えていないはずなのに手がひとりでに書いてしまった住所、そこで何かに出会えるような予感。茫々と大きな影のようなものが心の果てに見え隠れしている。あるいは人間、もしかすると女性。霧の中の後姿のような。

中国人の看護婦が白い制服姿でこれから行くアパートで待っている気さえした。逃げるようにして病院の前を通り過ぎて、動悸が高まっている。

間もなく橋に出た。環状線の線路を跨《また》ぐ高くて大きく頑丈な架橋。両端の階段を含めて手すりが濃い緑色に塗られている。一般に緑色は人工の光線の下で最も鮮やかに発色する。昼間だったら結構色も褪せて剝げかけているのだろうが、橋の上の明りの下で、濡れた手すりの一部が線路の上の薄暗い空間に浮き出して見えたとき、彼はこの橋をいつか渡ったことがあったような気がぼんやりとした。

さらに階段をのぼって、淡くくすんだ色のモザイク風に装飾された橋の床の部分の中央に埋められた二十センチ四方ほどの色模様入りタイルを目にしたときには、その模様を知っているとも思った。

それは単なる模様ではなく、人間の顔面のような形のまわりに幾本もの触手が伸び出ている独特な一種の絵。橋の床にずっと四、五メートルおきぐらいに一枚ずつ埋められている。それぞれにその絵柄は少しずつ違うのだが、どれも中南米の古代アステカあるいはインカの伝統的デザインに似ている。人間と棘皮《きよくひ》動物と熱帯植物の一部分ずつが混交しながら単純化され誇張された、こんな幼児画に近い色模様を焼きこんだタイルを、橋の真中に埋めこんで通行人の足に踏ませるなんて、この架橋の設計者かデザイナーは頭がおかしいか、余程の変り者にちがいない。

そう、おれはこの緑色の手すりの橋を通ったことがある、という情感がじわじわと滲み出てくる。この風変りなタイルの奇怪でユーモラスで、気味悪くてとてつもなく間抜けた感じは、橋の下をくぐってゆく電車の長い列が模型か玩具のようにしか感じられないのと違って、異様になまなましい。

もしかすると、おれはここにつまりあの不意に現れた所番地のアパートに、少なくともある時期、住んでいたのではあるまいか。

濡れてざらつく緑色の手すりに両手をついて、元宇宙飛行士は架橋の上から線路の並びと駅の建物と橋の向こうにかたまって聳える幾つもの超高層ビルと、その彼方で濁って紫色に染まった都心の夜空を眺め渡したが、小雨は顔と両手の甲に当たるだけで空は見えない。黄色味を帯びた糜爛《びらん》性の霧が一面に垂れこめているだけだ。平行する線路の銀色の表面さえ光っていない。駅に近い信号の赤と青の灯も滲んでいる。

電車が下を走り過ぎる度に、架橋は重く揺れる。足もとのインカ風の黄色のタイルの絵の上を、雨滴が流れる。まん丸の太陽みたいな顔。まわりに触手のような髪が揺れている。奇怪な人面みたいな太陽。燃えさかる水素の焔《フレアー》が四方に伸び出して震えている。太陽風、骨を溶かすプラズマの奔流、見えない死の光の舌……。

元宇宙飛行士は身体の奥から突き上げてきた恐怖に、一瞬知覚を失う。身をよじって叫びそうになる。本当に大声で叫んだかもしれない。気がつくと、濡れた手すりにしがみついていた。全身が小刻みに震えながら、意識は虚脱して喘いでいた。宇宙服の内側の呼吸音の反響が耳いっぱいに鳴って、やがてゆっくりと遠ざかって、記憶の彼方に沈んだ。

病院におとなしく閉じこもっていればよかったのだという思いが、地球に閉じこもっていればよかったのだという言葉と重なって真空の空間にむなしく消える。外は危険で恐ろしい。だが何かが、体と意識の奥でうごめく抑さえ難い暗い潮流のうねりのようなものが、否応なくひとりでに外へとおれを押しやり連れ出し、いまこんなところで立ちすくんでいる。中国人の看護婦のいつも落ち着いた足どり、低くゆったりとした話し方、自然に意志的な表情が、眼前に浮き出すように現れた。このままいますぐ病院へ戻りたい、という感情が強く渦巻いた。過去なんてすべて過ぎ去って消えてしまったことで、いまさら何で生き返らせることがあるだろうか。たとえ偶然に不意に切れ切れに甦ることがあるとしても、それがいまさら何の意味があるというのだろう。まだ終電車には間に合う。

男は手すりによりかかっていた体を起こして橋の上を戻ろうとした。掌で顔を拭いて、垂れていた髪を上げた。だが歩き出しかけて、足もとの絵タイルがまた眼に入る。太陽の形をした顔面が妖しく笑っている。触手をうねらせて脅すように誘うように。

立ちどまってしまう。

不安のままにあたりを見まわす。橋の向こうの一番手前に聳えている超高層の集合住宅が、暗い茶色なので輪郭は夜空にぼやけて巨大な亡霊のようだ。灯のついている部屋の方が少ない。人の、生活の気配が感じられない。幾つもの高所標識灯の赤い灯だけが、正確な間隔をおいて点滅して息づいている。亡霊も生きている、濁った霧の中も生きのびようとする黴のように。

神経科病院を脱け出た男の怯えかけた内部で、かすかに小さな光の点が息づいて明滅した。それが本ものの亡霊になってしまう恐怖を改めて意識させる。明りのつかない部屋がふえる超高層住宅のように、じわじわと忘却の暗部がひろがる……。

橋の中央に、男は濡れて立ちすくんでいた。

橋の下を何本もの電車が通り過ぎた。

人面の太陽が幾度も揺れて笑った。

やがて頭を垂れて男は橋を渡り始める。

橋を渡り終えると、道は真直にかつてビール工場があった台地の建物群の中央に向かっているが、男の足はひとりでに右に曲がって脇道に入る。男はもう足の記憶に驚かない。

道は台地の外側をめぐっている。台地の端の部厚いコンクリートの崖が次第に高くなる。道が低く下るのだ。建物群の中央に向かう広い道路には、傘をさした人影が幾つも現れては消えたが、この外側の道にこの時間、通行人はいない。

道はどんどん低くなり舗装も荒れてくる。ほとんど垂直のコンクリートの崖の表面にも、ひび割れから洩れ出た雨水の痕に、溶けた鉱物質と黴《かび》の群が、白く黒く黄色っぽいしみを幾条も付着させている。そのしみの複雑に入りまじった色も、その言い難い感触も、男の目と皮膚は覚えていた。無人の道路の凹凸を、崖の粗い表面を、そのしみを、気分のたかぶりの去った男のうつろな心を、明るすぎる街灯がただ照らし出している。

台地の下はひっそりとした住宅の並び。古びたままのアパートも手入れのよさそうなマンションもまじっているが、どれも崖よりもはるかに低い。平凡な住宅地。男には何の記憶もない。

男は機械的に歩く。春の気まぐれな小雨がいつの間にかやんでいた。コンクリートの崖が小雨のしみこんだ部分とそうでない白っぽい部分との乱れた斑模様になった。その間をひび割れの直線が幾本も勝手な方向に走っている。

地面が急に最も低くなったところ、ということは崖が急に最も高くなったところで、道路が三方に分岐していた。その分かれ目の一角に何本もの高い樹が集まって立っている。どれも恐ろしく高く大きな古い樹だ。頸すじが痛くなるまで仰向けにならないと全体を見上げられないほど高い崖よりさらに高い。街灯の光の範囲をはるかに越える梢の先の方は、夜空に溶けこんでいて確かめられない。正確に幾本の樹なのかもわからない。幹が根元の近くで幾つにも分かれていて、どの幹がどの樹のものか見分けられないからだ。

そうして分かれた幹からさらに分かれに分かれた枝に、葉が茂り放題に茂っている。幹は黒っぽく滑らかに固そうで、葉は大きくも小さくもなく厚手で濡れて艶やかな緑色をしているが、蔭になった部分の茂みは肉食動物めいて獰猛に暗かった。上の台地が造成されるよりはるか以前、もしかするとこのあたりに人間が入りこんだ時よりさらに昔に自然に生え伸びたものだろう。古代武蔵野の原始林地帯の生気と妖気とその記憶とを、濃縮して伝え続けている気味悪い威厳があった。

全身の毛穴を圧迫してくるその感じも、男の皮膚はぼんやりと覚えていた。野原か広い公園の中ではなく、コンクリートの崖の真横、超高層の建築物の並びの下という不自然な位置が、意識下の記憶を残し続けたのだろう。

小雨の残りの水滴が葉を伝って滴り落ちる音がひっそりと聞こえ、次第に間遠《まどお》になってふっと消えた。その後の、地面の一番低い一画に沈みこんでくる濃い静寂の彼方から、かすかな声が伝わってくるのを男は感ずる。

〈ここに帰ってくるはずだったんだ〉と、その声は言う。

〈ここに帰ってくるはずだったのよ〉と、女の囁く声のようにも聞こえた。

だがその〈ここ〉は〈いつ〉の記憶と結びついていない。その声が、誰のものなのかわからないように。身近に親密な気分だけが、ひとつの場所と結びついて、男の中を浮遊している。

崖から遠ざかる方向に、分岐する道のひとつを百メートルほど行ったところ。道に面して、住宅と小さなマンションがほぼ交互に並んでいる中のひとつ。こぢんまりと地味な三階建ての、もう新しくはないマンションというよりアパート。その103号室。帯広の安ホテルでどこからか立ち現れてきた部屋番号。

アパート出入口わきの幾個かのビニール袋が置いてある薄暗い場所から、痩せた白っぽいネコが一匹出てきていったん路上で男の顔を注意深く窺うと、矢庭に道路の反対側の家並みの間に走りこんだ。黒塗りの乗用車が音もなく男の横をまわりこんで道の先の方へ遠ざかってゆく。その道路がどこに通じているのか、男にはわからない。

アパートには玄関がない。道路から内部の通路がじかに見える。街灯よりも暗い照明のコンクリート敷きの狭い通路。壁も灰色にくすんでいる。だが各部屋の入口の扉だけは部厚く重そうで、濃いオリーブグリーンの色に塗られ、外縁に沿って十センチほど内側に直線と曲線の組み合わされた太い金色の飾りの線が描きこまれている。低地の沈みこんだ空気とも建物全体の地味な感じとも灰色の通路とも全く不似合の、扉だけが宙に浮き出したようなその異様に派手な暗緑色を、男は驚いて見つめた。

アパート全体の艶のさめきって薄汚れた白っぽい色には、男は懐しさに似た情感を覚えるが、この緑の扉には異物感しか感じない。最近扉だけが塗り替えられたのかもしれない。外からも101号と102号の扉が見える。その部屋番号の数字も、扉の表面に金色で描きこまれている。103号室は外からは見えない。帰ってきたはずの男は、引き寄せられて拒まれたように混乱した。

ここに、あるいはここに似たどこかの場所に、長くはないが一時期住んでいたことがある、という気分は強い。すぐ近くの住宅の門柱に出ていた番地も間違いはなかった。だがそれが不意に甦った友人か女友達の住所だった可能性もなくはない。もし扉の色だけが最近塗り替えられたのだとして、では元の色が何色だったか、彼は全く思い浮かばない。

通路の手前の壁に郵便受けがある。ペンキが剝げかけている。部屋毎の番号と姓名が貼りつけてある。男は103の番号のところを見た。名前はなかった。投げこみのちらし広告が幾枚も押しこまれて汚れていた。

102と金色の数字の扉が内側からおもむろに開いた。別世界への通路が突然開きでもしたように男は息をのんだが、現れたのはごく普通の、白いブラウスに黒のスラックス姿の三十歳代ぐらいの女性だった。ほとんど化粧もしていない。ゴミの袋を両手に下げて、男の前を通り過ぎ道路わきのゴミ置場に袋を置いた。そのまま男を無視して部屋に戻りかけた女に、男は声をかけた。

「103号室は空いているのですか」

女は振り返って、警戒し緊張している。

「ええ」とだけ答えた。

「前にどんな人が住んでたのですか」

男はできるだけ丁寧に言ったつもりだったが、女は上目遣いに男の顔を窺って黙っている。

「女のひとがひとり」

視線をそらしてやっと呟くように言った。

「どんなひとでしたか」

「知らないわよ。親しかったわけじゃないから」

「背が高かったですか」

と男は尋ねたが、背の高い女のイメージが浮かんだわけではなかった。どんな女の顔も姿も浮かばない。

急に女が俯いたまま陰気に笑う。

「よく男のひとが来てたわね」

咄嗟に男は相手に顔を近付けた。

「それはぼくではなかったですか」

相手の笑いが途端にこわばるのが、通路の入口の薄暗い灯の下でもわかった。声も甲高く変った。

「ひとをからかってるの？ もっとずっといい男だった、ちゃんとして。あんたみたいなまるで……」

そこまで言って言葉を切ると、女は小走りに自分の部屋へと戻る。扉に手をかけてから顔だけ振り向いて、一気に言った。

「彼女は死んだわよ。車に轢《ひ》かれて、そこの崖の下で」

「いつだ」

と男が叫び返したとき、緑の扉はすでに固く締まって、飾りの線と番号の金色だけが光っている。他の部屋の扉から人が出てくることも、その気配もなかった。通路もその先の階段も、刺すように静まり返っている。

男は両手を垂れて、放心して通路に立っていた。いま聞いた女の言葉が、いつどこで聞いたのかわからない様々の、切れ切れの声のない言葉ともつれ合って、男のうつろな心のなかを繰り返し尾を引いて反響する。


道路に戻って、元宇宙飛行士は二度三度と続けて身震いした。

春の夜は更けてくると急に気温が下がる。雨の後だけに地面が冷えている。看護婦からもらった厚い毛のセーターもしばらくは小雨の粒を弾いていたものの、やはり水気を吸いこんでいた。気分まで冷えこんで、彼はひとりでに背をかがめて俯いて歩いた。何も考えなかった。考えたくなかった。遠い郊外の病院までの終電車にはもう間に合わないだろうとは思っても、今夜の眠るところを考える気さえなかった。

背後から来た空車のタクシーが横で徐行したが、彼が顔を上げなかったので、またスピードを上げて走り去った。

惨めな気分は半強制的に神経科病院に閉じこめられ続けていた間に十分に味わっていたから、惨めだとさえ感じなかった。先程まで濃くなっていた既視感に似た情感も薄れきっている。こんな道路をただ歩いている自分がおかしくてふしぎだ。

路面の一部が乾きかけている。梅雨時とちがって湿度がそれほど高くないせいなのだろう。

だが湿ったセーターが乾く気配は全くなく、いよいよ重い。まるで中身がからっぽのセーターだけが、人間の上半身の格好をして宙を動いているみたいだ。

コツコツと靴音が近づいてきた。踵の高い女性の靴の音。顔を起こすと、黒のスーツ姿の若い女性が駅の方向から歩いてくる。すれ違いかけて目が合った途端に、相手が矢庭に怯えきって走り出した、懸命に。

コツコツという靴音がカカカカとせわしなく変ったと思うと間もなく、その音が急にやんで激しく倒れる気配がした。振り返ると、女が路面に倒れてスカートがめくれ上がっていた。反射的に助け起こそうと彼が道を引返しかけたときには、女は身近に転がった靴の一方だけを拾い持って、片脚を曳きずりながら靴下だけの足で再び走り始めていた。乾ききっていないアスファルトの上を、ペタペタという不規則な足音が遠ざかってゆくのを、彼は肩をすくめて見送った。おれはそんなにおかしな男に見えるのだろうか。

また元の方向に歩き出す。両側の住宅とアパートの窓の明りが減っている。街灯の光が明るさを増したように思われ、道の先の老樹の茂みがいっそう濃く暗く、風もないのに葉並みが無数の足のないムシの群のようにうごめいている。

街灯の光を受けて、台地の崖のコンクリートは固く垂直だ。正面から近づいてゆくにつれて、崖はみるみる高くなり、その上の、ほとんど崖の端ぎりぎりまで重なり合うように接近して立っている四棟の超高層住宅の、形状ではなくその異様なまでの実在感が、まざまざと迫ってくる。

いよいよ崖の真下までくると、とくにすぐ真上の建築物は百階もの高さに感じられ、見上げているうちにいきなり頭上に倒れかかってくるような恐怖感を覚えた。途中の架橋の上から眺めた建築群と、この崖下の一番低い位置から見上げたそれとは、別のもののようにさえ思われた。窓にはまだ幾つも灯がついていても、それは黒々と聳える鋼鉄とコンクリートの巨大構造物。

アパートの女が口走ったように、１０３号室の女が本当にこの崖下で死んだのだとすれば、彼にはどうしてもイメージの伴わないその女は、走ってきた車ではなく倒れかかってくるこの超高層物の黒い影にのみこまれたのではないかという思いに強く捉われる。

そして元宇宙飛行士はついに思い出したのだった——同じような不安とともに、巨大構築物の真下に立ったときの自分を。すでに燃料が注入され最終点検を終えたロケットを支える発射塔のエレベーターに乗りこむ直前、過冷却された液体水素燃料のためロケットのまわりで露点化された空気が霧状になって渦巻く下で、夜空に溶けこむ大型ロケットと発射塔の高さを見上げて、一瞬激しい不安と緊張に駆られて震えたことを。月面までの遥かな行程、これまでのあらゆるシミュレーションを越えてそこで出会うかもしれぬ信じ難いもの、そして自分の意識がそれに耐え通せないかもしれないという予感を。

その予感が当たったということだ。いまこんなところをさまよって途方に暮れているということは。自分を見失ったにも等しいこの状態は。

だが垂れこめた雲の一部が、ほんの一部だとしても、不意に切れて、ひとすじの光が射しこみ始めた思いも、彼は覚える。

宇宙空港の発射塔を雪の丘の端から実際に眺め下ろしていたときではなく、こんな場所で超高層ビルを見上げながら、失われた記憶の現実感の一部が不意に甦ったことに、彼は不可解な畏れを感じた。それが恐怖に近い不安の、悪い予感の、実は思い出したくない記憶だとしても、本当の現実だった。自分自身の現実だった。

そしてここが、本当におれにかかわりがあったのかどうかわからないひとりの女が死んだ場所だとすれば……この低く深い場所、それは彼自身の意識の最も暗い場所に違いない。

不運な宇宙飛行士は、いつのまにか、崖の真下の道路に崩れるように坐りこんで、まだ乾ききっていない冷たくざらついたアスファルトの表面を、繰り返し撫でた。

道路を隔てて名前を知らない大樹の葉並みが暗くざわめいている。

Ⅲ

石切課長は、新宿の高層ホテルのミーティングホールで行われた「月面基地建設会議」の委員会に、局長の代理として出席していた。

この日の会議は、地球と月の周回通信衛星を介しての月基地との通信システムがテーマだったので、もともと技術系の出身でない彼にとって、報告も討議も理解不能に近いことが多かった。「光通信の高精度ポインティング制御」とか「光マルチプルアクセス技術」というような問題に意見があるはずはなく、率直にいって興味もなかった。

幸い席が窓に近かった。報告書と討議予定のプリントをデスクの上にひろげ、最新型の多色ペンを手にしてはいたが、目は四十何階の窓越しに中心部の東京の街を眺めていた。眺めるといっても、梅雨空の下の大市街は湿気と排気ガスがまじってどんよりと澱んでいて、ガラス壁面の新築ビルにきらめく日ざしも、明治神宮や新宿御苑の森の濃い緑もなかった。いまにも小雨になりそうな暗灰色の雲が、低く視界の周りに垂れこめている。

だが隣り合って聳えている超高層ビルの間からは、新宿周辺の街並みが見下ろせる。昔から東京の街は高い位置から見下ろすと、下の街路を歩きながらの眺めとは余りにも違って味気ないことに石切課長は驚いてきたが、とりわけ梅雨空の下にひしめき合って建っている古い低いビルや雑居ビルの密集は、海岸に引き揚げられた廃船の船底に隙間なくしがみついて重なり合った貝殻の群のようで、荒涼と白っぽくほとんど兇悪だ。

道路から直接に見えるあるいは見上げられる部分は、店の構えにしろショーウィンドーにしろ看板にしろ、結構気を配って華やかに洗練されてきてもいるのに、それぞれの屋上の部分、互いの配置関係、上からの構図には全く無関心に見える。多分高所からの視点いわゆる鳥の目が、この列島の人々の意識の中には本来的に欠けているからだろう。砂漠の鳥の目を知らない人間たちが、湿潤な列島の一画にコンクリートの砂漠をいつのまにか作り出してしまったわけだ。

積雪のきらめく十勝平野に、すっきりと垂直に立っていたカラマツの幹を、課長は懐しく思い出した。あそこからロケットで垂直に空に昇って傷ついて帰ってきた男のことも。

そして課長の意識は現実に戻った。局長とはあの男のことには触れないようにしている。病院側も直接局長に報告してはいない、これまでのところは。だがいつまでも隠し通せることではない。おれから患者が行方不明になったとさり気なく告げるか、それとも……この最後の考えには、彼自身全く意外だったので、ゆっくりと心の中で言った。

「おれも行方不明になるか」

それから声を殺して静かに笑った。

会場正面のスクリーンには、カマボコ型の月面通信システムモジュールの映像が映し出されていた。Ｓバンド、Ｘバンド、Ｋａバンド、光通信の使用周波数の数字が並んでいる。Ｓバンドのアップリンクが2025〜2110MHz、ダウンリンクが2200〜2290MHz……。

石切課長は頭を振って腕時計を見た。間もなく終る時刻だった。

席を立った。

エレベーターに乗ってから停止階のボタンをおすのを忘れていた。誰かが下でおしたらしく、停止したのは地下一階だった。そのままエレベーターを出た。高級ブランド商品の店が並んでいた。ホテルの内部は空調がきいているのに空気は動いていなかった。先程窓から眺めていた市街の風景が不快に意識に残っている。コンクリート塊が乱雑に積み重なった砂漠《デザート》。デザートとは風紋美しい砂丘が連なる場所だけではなく、乾ききった地面にひねこびた雑草と石塊がごろごろと転がった荒地の意味だ。空気が透明で斜めの光でも射していたら、そんな荒地も結構魅力的だろうが、黄色っぽい靄の立ちこめる梅雨の季節の灰色の荒地は不快でしかない。

「イヤな季節だ」と石切課長は呟く。「生きてるのがイヤになるくらい」

そして今月が自分の生まれた月だったことを思い出して苦笑した。この世に生まれてきた途端に、イヤなところだという感触が、おれの皮膚に最初にしみついたのだろう。

キャフェテリヤの横の小さなドアを抜けると、地階からそのまま地面より低い歩道に出た。

少し先の方で車道が頭上を交差している。忽ちムッと濃い湿気が、イガらっぽい排気ガスの臭気と溶け合って体を包む。そのまま低い歩道を歩いた。

多分この方向に地下道路に入れば新宿駅に出られるはずだ、と課長は頭上を眺め上げて位置を確かめようとした。離れたところから見てもこの一画は超高層ビルがひしめき建っているところだが（その幾つかは彼の子供の頃から建っていた）、真下の、地面より一段低いところから見上げると、峡谷の谷底の感じだ。灰色の雨雲だけしか映っていないガラス壁面のビル、ざらついた塗装に凹面の細かな襞《ひだ》が入って、立ち上がった巨大爬虫類を思わせるビル、小さな壁面が複雑に組み合わさった紫っぽい灰色の、荒地の果ての砂岩の塔のようなビル。その遥か先にわずかに曇り空の一部だけが見える。地下道に入る手前の道路の両側に並ぶ街路樹が、生き生きと緑色をしているのが何かの間違いのようだ。

彼は前の世紀が終る年に行ったトルコ中部高原カッパドキアの峡谷を思い出す。ローマ時代の末期、世界の終末が迫ったと信じた初期キリスト教徒、修道僧たちが集まったところ。切り立った深い崖が幾つもあり、頂の尖った円錐形の奇岩が谷毎に林立していた。崖の途中に、尖塔のような岩の中に彼らは穴を穿《うが》って、その不毛そのものの地に生き、祈り、世界の終りを待った。異教徒の襲撃にそなえて地下都市も掘り抜いた。

だが終末はついにこなかった。奇岩のからっぽの洞窟には鑿《のみ》の痕が、壁には泥絵具で描かれた意味不明の抽象的な赤い記号が残り、枠もない岩の小窓から乾いた風が吹きこむ音と、風化する砂岩の粒がさらさらと床にこぼれ落ちる音だけがした。ひとつの帝国が終ろうと、ひとつの世紀が終ろうと、世界はそう簡単には終りはしないのだと二十代だった彼は感じた、骨にくいこむむなしい思いで……。

われにかえると、眼前の道路を鋼鉄とコンクリートの高塔から勤めを終えて出てきた人たちが、歩道をいっぱいに埋めて、駅の方へと地下道に入ってゆく。夕暮の色は空のどこにもないが、もうそんな時間だった。

石切課長も、そのサラリーマンやオフィスガールや公務員たちの切れ目ない流れに入った。勤めに疲れきってという風でも、家路を急ぐという雰囲気でもなく、ほとんど話し声も笑顔もなく黙々と人たちはひとつの方向に歩く。

車の通らない地下道の幅は広い。道路の片側はずっと店が並んでいる。世界的にも有名な電子機器やクォーツ時計の店があり中国料理の店もあって、どの店も中は明るく店先の照明も華やかだ。だが駅へ向かう人波にはショーウィンドーを覗く人はいない。

広い真直の地下道の、店の並びと反対の側は壁になっていた。その壁から一メートル余り離れて太い柱が数メートルおきに立っている。路面は白いタイルが敷かれ、柱は黒や暗緑色の飾り板で四角く囲まれて、コンクリートの地肌は隠されている。その落ち着いた色調の角柱と角柱の間には、白いプラスチックの容器に植物が植えて置かれている。つまり幅十メートルほどある地下道の片側一メートルが、角柱の列と小柄な植物の容器によって一応区切られている。

人波にまじって人工照明の地下道に入る前、その道路に特別の意識はなかった。都庁やホテルには仕事で幾度も来たことはあるが、地面の上か地下の車道を、役所の車かタクシーで通って一階の正面から出入りする。

地下道に入って間もなく、偶然に道路の右寄り、柱の列の傍を歩きながら、角柱の根もとに折りたたんだダンボール箱の束が置かれているのを目にしたとき、課長は思い出した――この地下道がずっと以前から、ホームレスと呼ばれる人たちが幾度禁止され追い出されても集まってきて住みつく場所だったことを。

思わず足を停めかけた。だが次の角柱の裏側に、すでにダンボールの囲いが組み立てられていて、その端から二本の足が出ているのが見えて再び歩き出した。靴下をはかない足の裏の厚く固くなった皮膚に刻みこまれた幾すじもの深いひび割れが、はっきりと目に映った。覗きこんではならない、という声を心の中に感じた。

この時刻、彼らはまだ本格的に集まってはいないようだが、それでも角柱の列のひとつおきぐらいにダンボールの厚紙が路面に広げられ、すでに囲いができているところもあった。柱を背にして伸ばした脚の傍には、飲料かアルコール類の缶やビンがあった。軽便弁当のビニールの空き容器もあった。

これまでだって石切課長は、通勤途中の地下鉄の駅の構内やビルの外の石段に、膝を抱いて蹲ったり、目を閉じて寝転がっている浮浪者の男を、時には老女も幾度となく見かけていた。

公園のベンチでも出会ったこともある。だがひとりあるいはふたりか三人ほどの人間が、多分ぎりぎりの必要物だけを入れた大き目のビニール袋を傍に置いて蹲っている姿には、偶然に個人的な、一時的な仮の姿という印象しか覚えない。

ところがここ、角柱と鉢植えのプラスチック容器の列で区切られた道路の片側、地下道が数百メートルの長さがあるとすればその細長い区域の全体が、半定住的なダンボール箱製の極小ハウスの連なりになっている光景には、何人かの変り者の気まぐれではない必然的なものの迫力があった。道路のほとんどの部分を埋めて歩き過ぎてゆく人たちの、仕事が、家庭が、帰宅の行動が現実だとするなら、その狭く細長い区域もまた現実だった。

決して好奇心ではない。定職と家庭を持つ者の後めたさというものでもなかった。偶然に入りこんだ（といって妙な裏通りでも路地でもない）都心の主要道路で思いがけなく出会った光景に否応なく気圧される気持ちと、自分でも咄嗟にはよくわからない心の一部がひりつくような熱い気分とを同時に覚えながら、石切課長は他の勤め帰りの歩行者たちと同じように、時折いかにもさり気なく柱の裏側に目をやりながら歩く。

そうして歩き進みながら、他の歩行者たちの誰も、ダンボール箱の住人たちに少しの関心も奇異の感ももっていないらしいことに、課長は驚く。毎日の朝と夕方通り過ぎているサラリーマンたちには、馴れすぎた光景なのだろうが、それにしても彼らの無関心というより全くの無視ぶりは、柱の列の向こう側の人たちよりむしろ奇怪だ。

ふと立ち停まって何気ない風に後を振り返る。道路のほとんどの部分を埋めて家路を急ぐ人たちと、のろのろとダンボールの家を組み立て始めている人たちとの間に、見えない境界線が厳然とあることを石切課長は見た。その一線によって、ひとつの地下道路にふたつの異質なゾーンが全く無関係に共存している。

完全には互いに無関係ではないだろう。ダンボール小屋の住人たちが目の前を過ぎてゆく人波に、かつては自分にもあった仕事と家族への郷愁めいた気持ちを覚えることがあるとすれば、職場と家庭に縛られている人たちの側にも、一切の束縛と顧慮を振り捨てて自由になることへの、そこはかとない誘惑のうずきがちらと心をかすめることもあるに違いない。それだから故意にも柱の列の向こう側を見ないのだ。「おれも行方不明になるか」とつい先程呟いたとき、自分では冗談のつもりだったが、ごくわずかでも本心が含まれていなかったと言い切れるか、と課長は再び人波の動く方向に歩き始めながら思う。

おれも小学生の頃、物置の中で引越し用の木の枠やダンボールの空箱を使って〝自分だけの要塞《シエルター》〟作りの遊びに、遊びというには余りに本気の、自分でもよくわからない情熱のままに熱中したことがあったではないか。自分しか知らない迷路をもぐってシェルター中心部に辿りついて、暗闇の奥にひとり閉じこもって蹲っていたときの安心感と甘美な思い。

雨が降ることも風にさらされることもない地下道の柱の蔭で、住人たちがわざわざダンボールの屋根を、ビニール紐を丹念に結んで作っている心理がおれにはわかる。自分だけの孤独の自由な仄暗い小空間。荒れ果てた谷間の尖塔状の岩の中に、小さな洞穴を掘ったカッパドキアの修道士たち。彼らも籠《こも》ったのだ、終末の迫る世界を逃れて。

道路のほとんどいっぱいを埋めて、ひとつの方向に流れるサラリーマンたちの群の方が、異様に見え始めた。彼らはいっせいにどこに向かっているのか。駅へか、家庭へか、そのさらに先はどこに通じているのだろう。じわじわと恐怖に近い気分が、いつも冷静な役人の心を思いがけなく底の方からゆする。逃げ出さねばならないのではないか（あらゆるものから）、閉じこもらねばならないのではないか（ダンボールの箱の中でも）、蹲って祈らねばならないのではないか（何に？）。

あの男、あそこで月面表土《レゴリス》で厚く覆った密閉居住モジュールに籠ってきた宇宙飛行士も、ここに来ているのであるまいか。角柱の蔭でばらばらに何人かずつの男たちが声をひそめて立ち話をしていたが、彼らしい姿はなかった。彼が帯広から空路羽田に戻ったことは調べがついている。東京にいることは間違いない。

ようやく地下道路が、新宿駅の地下広場につながるところまで来て、角柱の列の前を歩いてきた間に、汗と脂のにおいや排泄物のにおいを含めた異臭を全く感じなかったことに気付いた。幾本もの地上電車や地下鉄の線が集まり通過している入り組んだ駅構内の方が、様々な飲食物のにおいや地下駐車場から巨大な円筒形の吹き上げを通して昇ってくる排気ガス、構内を埋めてせわしなく動き続ける正常なはずの人群の体臭で、かえって空気は濃く濁って息苦しい。

ダンボール紙の寝床に黙って横になり、柱の蔭で声を低めて立ち話をし、俯いてひとり小びんのアルコールを少しずつ飲んでいる人々の、そこだけひっそりと希薄な空気の感触が、課長の心に尾を引いて残った。

風がない、と遠くから声が聞こえた。だが彼はいま口を動かしてはいないし、意識して呟いてもいない。多分記憶の空白地帯を越えて聞こえてきた自分の声。

本当に風がなかった。一瞬吹き止んだのでも、風の方向が変る合間でもない。ぎりぎりまで湿気を含んだ重くなま温い空気、薄暗い灰色の光が、さっきからずっと流れも震えもしない。彼の鼻の先だけで空気がかき乱されている。吐く息と吸う息で。

元宇宙飛行士は、通りがかりの他人の家の庭に立っている。前世紀も前半期に建てられたとしか思えない木造瓦屋根の古い屋敷。北海道まで行って東京に帰ってから、病院には戻っていない。環状線電車の駅に近い安ホテルに泊まって東京の中を歩きまわっている。空白だらけの自分の中をうろついている。

いつのまにか梅雨の季節になっていた。超高層ビルの頂はしばしば低く動かない雨雲に隠れ、ごくたまに垂れこめた雲が薄れて日ざしがわずかに透過するとき、ビルの谷間に淀んだ湿気と濁った空気は灰黄色に染まる。

いまこの屋敷の庭にひっそりと沈みこんだ空気は暗緑色だ。全く放棄された廃屋ではないらしい。最低限の手入れはしてある。だが暗褐色に黒ずんで木目《もくめ》の渦巻が無数の眼のように浮き出した雨戸の並びの前の、広い庭に植えられたさまざまの種類の樹木は、どれもいま新しく伸び放題の葉が連日の小雨に洗われて、なまなましい緑が剝き出しだ。そよとも動かない緑の葉並みは殺気に近い生気を漲《みなぎ》らせている。コンクリートを溶かす酸性雨も、次第に住民が減ってゆく都心部の腐蝕性の空虚さも、彼らのしぶとい細胞を犯すことができない。

塗りのはげ落ちた塀の表面を、蔦《つた》の蔓の先端が無数の蛭《ひる》かミミズのように、音もなく伸び続けている。そしてそこここの樹の蔭、塀の下には、何十本という紫陽花《あじさい》のそれぞれに十も二十もの花が満開だ。仄暗がりに一面に浮き出した紫っぽい水色の球形の花。むしむしとなま暖かいのに、ひどく冷たい気配が、頸筋から手首から体全体の皮膚にじわりとじかにしみこんでくる。

彼はこの家にも庭にも何のかかわりも記憶もない。このあたりの地区に子供のころ一時住んだことがあった気はしたけれど、高台の古い住宅街の、両側を高い樹や塀にはさまれたひと気ない道路をとくに目当てもなく歩いている途中、錠がこわれて半開きになっていた長い塀の一部の裏門を、ふらりと入ってきただけである。ちょっと覗いてみるだけのつもりが、人が住んでいる様子が感じられないままに入りこんだ。

そしてふいに「風がない」という声を、遥か遠くの誰かの声のようなのに紛れもなく自分の声を、聞いたのだった。

子供のころから彼は強い風が嫌いだった。樹の枝をゆらす音、屋根を吹き過ぎる音、ガラス戸が鳴る音を、彼は異常なほどに恐れた（なぜかいまもってわからない）。だがこのように完全に風がない状態も、改めて不安だ。樹々が息をひそめて何かを窺い、紫陽花の青い花が何かの予兆か標識のように、宙に浮いている。

梅雨の季節の一日、こんな気味悪い日がある。

彼は足もとを見た。縁側らしい朽ちかけた雨戸の並びのすぐ前に、コンクリートが敷いてある。そのコンクリートの表面が荒れて、凹みやひび割れが出来、カビかしみが黒ずんでひろがり、雑草の先端が庭の方から伸び出している。そして湿りきった黒ずんだ部分に、何枚かの庭の広葉樹の葉が落ちて貼りついていた。その葉が燐光を放つように異様になまなましく青かった。いぜんとして風はなく、雨雲も、かすかにそこを透き通って遍在する微光も、樹々の葉も、紫陽花の花球も、あたりのすべてが静まり返っている。何も動かない。

地獄とはこういうところかもしれない、という声が今度はいまの自分の内心の呟きとして、はっきりと聞こえた。「地獄」などという言葉を自分の言葉として、冗談にも彼は使った覚えがない。そんな思いがけない言葉が自分の意識の奥を一瞬過ったことに、元宇宙飛行士はいっそう気味悪い感触を全身に覚えた。

「どうして、いまこんなところで」

低く口に出して言った。その声は沈みこんで動かない湿気の澱みに吸いこまれる。周囲を放心して見まわした。紫陽花の花弁の塊が、樹蔭の仄暗がりに漂っている。その数がさっきより増えている気がする。

「風がない」という声が今度ははっきりと頭の中で聞こえた。

その声のまわりを見つめた。埃が、いや黄褐色の粉が、顔の高さまでまわりじゅうに同じ濃さで舞い上がっていて、揺れも流れも漂いもしない。やがてとてもひどくゆっくりと粉の一粒一粒の動きが目に見えて、ヘルメットの遮光顔面の視野一面を真直に沈んでゆく。

そして思わず彼は言ったのだ――「ここには風がない」と。

月面上の行動のシミュレーション訓練は飽きるほど繰り返してきたはずなのに、実際に着陸船のタラップを降りて、重力⅙の月面を初めて数歩歩いたとき、ヴァーチャルではないリアルな真空の光景を、彼のなまの知覚は即座に受け入れることを拒んで混乱した。

「何て言った、どうしたんだ、何かあったのか」

イヤホーンからひびいた他のクルーの声が誰のものだったのかは思い出せない……。

カラスが鳴いている。幾羽ものカラスが道路沿いの古い屋敷の庭木や屋根を飛び移って鳴き叫んでいた。いまやこの静かに荒廃してゆく巨大都市の中心部で、生気に溢れているのはカラスたちだけだ。ドブネズミも無人になった古ビルの地下室や老化した下水道で増え続けているというが、元宇宙飛行士は見かけたことがない。

カラスたちの叫び方、飛び方が何か異常だ。多分野良ネコの死骸でも見つけたのだろうが、二、三回近くの空と梢を見上げただけで彼は視線を庭に戻した。鳴き騒ぐカラスより、動かない植物たちの執拗な沈黙の方が気味悪い。びっしりと塀の表面を埋めて音もなく伸び続ける無数の蔦の蔓の先を、自分の内側まで忍びこんでくるような言い難く不快な感触とともに見つめていた。

いぜんとして風がなかった。

雲の色も光の量も変らないので、ここに入りこんできてからどのくらいの時間がたったのかわからない。宇宙飛行士用の腕時計がポケットに入っている。わざわざ取り出して見る気はない。その必要もない。この風のない廃園で、時間は停まっている。

縁先に鋳鉄製の古びたテーブルと椅子が二脚、置いてある。椅子の背には入り組んだ唐草模様が打ち出してある。古びて薄汚れた塗装の白ペンキがまくれ上がっている。しばらくその椅子に坐っていた。

足もとのコンクリート塗りの表面を見た。湿気を吸いこんだしみの広がりとひび割れの屈曲する線のほか、何の痕もなかった。靴痕があそこではひと足ごとに鋳込んだようにいつまでもはっきりと残ったことがぼんやりと思い浮かんだ。その地面が何色だったか、正確に思い出せない。石膏の白さだったようにも、乾いた粘土の黄土色だったようにも、粉末状の鉄錆色だったようにも思われる。初め見たところは埃ひとつたっていなくて鉱物質の硬さを思わせたのに、踏むとたちまち粉塵が舞い上がる粉の層の軽さの奇妙な靴底の感触。地球上と比べて1/6の重力という世界の表面。

この地球の重力は重い。戻ってきた直後ほどではないが、今でもここでは考えることが重い。思い出すという努力が重い。しゃべるとき口の中の舌が重い。呼吸するのも重い。ひとつの姿勢から次の動作に移るのが重い。まるで重力という井戸の底。

息を詰めるようにして椅子から立った。カラスたちがまだ騒いでいる。

錠の壊れた裏門の方へと戻り始めた。入ってきたときは気付かなかったのに、雨戸のしまった長い縁側の先に洋間風の部屋があった。しみだらけの茶色がかったモルタル壁に、窓枠を白く塗った（それも剝げかけている）出窓がふたつ。両方ともレース織りのカーテンが引かれている。

その前を通り過ぎようとして、ふと横顔に視線を感じた。立ち停まって振り向くと、カーテンの端からひとつの顔が彼を見つめていた。小さな顔。子供ではなくおとなの、それもひどく高齢の女性の顔。白い髪。目もとは見えないが、瞳孔が固定したようにきつい視線。カーテンは動かない。

彼も歩みを停めたまま、夕暮のない昼の終りの数分間を（もしかすると十分間に近かったかもしれない）、見知らぬ老女性と顔を見合わせて立っていた。その間にカラスが三度、不安気に鳴いた。そのうちこれは決して思いがけないことではなく、庭を歩き椅子に坐っていた間も自分がどこかから見られていると感じていたことを思い出した。雨戸は閉め切られていても、ここが無人の廃屋ではないことも何となくわかっていた。

だから彼は驚いてもいなかったし、他人の屋敷に勝手に入りこんだという気おくれもなかった。黙って相手の視線を見返していた。先に動いたのは相手の方だった。カーテンが揺れて、片手が窓ガラスに向かって伸びた。人差指が玄関と思われる方向を指していた。

彼がその方向へと出窓の部屋を曲がると、固く閉じた鉄棒の表門が見え、そこから草色のタイルを敷いた小道が褐色の重いドアの玄関へと通じていた。屋内からの電子錠を解除されたらしいドアは、容易に開いた。

玄関の床の上には、痩せて小柄な老婦人が、薄紫の襞の多いワンピースに、原色の刺繍で縁取りした白い袖なしのベストを着て立っていた。淡く丁寧に化粧しているが、額と目尻のしわと頬の老人斑は隠せない。

黙って廊下を先に立って歩き（片方の脚が少し不自由のようだ）、出窓のある洋間に招じ入れた。老婦人の居間のようだった。落ち着いて上品な部屋だ。老婦人は窓際の柔らかそうなソファーに坐り、彼には小型の長椅子に腰かけるよう身振りで示す。

しばらくふたりとも黙って坐ったままだったが、見知らぬ他人を家の中に入れた緊張の様子は老婦人には少しもなかった。何を考えているのか、全くわからない。だが部屋の雰囲気と老婦人の小柄な姿全体の気配には、梅雨空の庭の不気味な植物たち、とりわけ紫陽花の青い花球の群のために思いがけなく不安に波立った彼の神経を、自然に和ませるものがあった。

老婦人が片手を伸ばして、ソファーの横のスタンドの灯をつけた。スタンドの淡紅色の傘を通して、室内がいっそう落ち着いて柔らかな陰影が生まれる。

「やっと帰ってきましたね」

老婦人が初めて口を開いた。か細く震える高目の声。表情からは想像できなかった情感がこもっていて、彼は戸惑う。

「いいのよ、何も言わなくて。さぞひどいところだったでしょうね」

と言いながら、上体を起こしかけた彼の動きを止めるように、皮膚のたるんだ細い手を顔の前で振った。

「空気がなかったんでしょう。酸素マスクをつけたあなたの写真を新聞で見ましたよ。子供の時からあなたは高い所に登りたがって、うちの塀の上を歩いたりして、みんなをハラハラさせたものでしたよ。覚えてません？　うちは運よく残ったけれど、坂の下の方はすっかり焼夷弾で焼けてしまって。都電がなくなるって話、本当ですか。主人も自動車を買うなんて言い出してますよ。アメリカ人じゃあるまいし、おかしいったら」

自分を誰かと、多分身内の自分ぐらいの年齢の男と間違えているらしいとは気がついたが、この老婦人の頭の中の東京ではいまも路面電車が走っていることに、彼の意識の一部が妙に同調する気分もした。現実は幾重もの層をなして、現在の中に折りたたまれている。

それにしてもこの婦人の中で、おれに似た男はどこから帰ってきたんだろう。

「空気がないから風もなかったんです。きょうみたいに」

元宇宙飛行士は膝の上で両手を組み合わせながら、顔を上げて静かに言った。相手のズレた意識に誘い出されて、少しずつ記憶の現実がかえってくる。

「そうでしょうね。苦しかったと思いますよ」

「でも体が軽くて、ちょっと膝を曲げて跳ぶと、走り高跳びの選手のように跳べるんです」

「あんな厚い服を着たまま?」

「岩のかけらをほうり投げると、どこまでも飛んで行って、落ちるところが見えないほどでした」

しゃべりながら本当にそうだった、と実感が皮を一枚ずつめくるように甦ってくる。

「でも寒いのでしょう?」

「日蔭になったところは零下百何十度。空気がないので熱が循環しないので」

「そんな恐ろしいところなのですか」

「そう恐ろしいところでした」

最新の装備と施設を信頼してはいても、ヘルメットの強化プラスチックの外は死の空間なのだ。気圧ゼロの空間にじかに触れたら、体内の気圧が瞬時に全身を破裂させるとチラリとでも意識すると、精密に温度を保たれている宇宙服の中で全身が冷たい汗で震える。

その体の記憶が滲み出てきて、指先が震えた。

「ヒマラヤってそんなところなんですね。よく帰ってこられたわ、無事に」

「全く無事というわけでは……」

「往き帰りは飛行機でしょう。新しいジェット旅客機とかいう。考えるだけでもこわいこと」

「訓練はしていても実際は苦しい。本当にこわかった」

ロケット射ち上げ直後の背骨をねじ曲げる加重のめまい。

こんな素直な気持ちで自分の恐怖を口にしたのは初めてのことだ。医者たちにこんな調子で話したことは一度もなかった。子供の頃に死んだ母親がもし生きていたら、こういう風に話せたのかもしれないと彼は初めて思う。これまで一度もそんなことを考えなかったのに。

おれはひとりで生きてきた——普段は滅多に意識しないその無意識の奥の緊張感が、多分クルーたちの中でおれだけの神経を乱すことになったに違いない。

改めて相手の老婦人の顔を見つめた。かすかにしか覚えていない母の顔とは全然似ていなかったが、もしこの年齢まで生きていたらこのように顔も小さくなり背も縮まっていたかもしれない。

「いまはどこに住んでるの。ずっとあそこに?」

「あそこ」がどこか想像もつかないが、彼は率直に言った。

「行くところがないのです」

相手は軽く両手を打って、初めて笑った。

「うちにいればいいのよ。空いた部屋もあるし、坂の下に都電の停留所もあるし。家の者たちも喜ぶでしょう」

それから急に表情が曇った。

「でもどうしたんでしょうね。暗くなるのに誰も帰ってこない」

現実がにわかに戻ってきたようだった。ソファーの肘掛けに片手をついてやっと立ち上がると、よろよろと片脚を曳きながら、老婦人は暗い廊下へとよろめき出て行った。

雨戸を閉め切った家の奥に向かって、何人かの名前を呼ぶ力ない声がいつまでも消え残る。


目が覚めかけて、実際瞼も半ば開いて、無重力の浮遊状態にあるような体感を元宇宙飛行士は覚える。その感覚は必ずしも不快ではない。苦痛の奥にふしぎな開放感がある。これまで気がつかないままに、いかに体が見えない力に縛られ意識が閉じこめられていたかと初めて気付くような。だがその状態は危険だという神経も反射的に働いて、手が手近な物をつかもうとする。彼はベッドのヘッドボードを握ろうとしたのだが、伸ばした指先が何物にも触れない。

そこで目が覚めた。病院の頑丈なベッドにもビジネスホテルの安ベッドにも寝ているのではなかった。畳の上にしいた蒲団の上に寝ていたのだ。そしてその敷蒲団はベッドの固いマットレスと違って、部厚く柔らかい。その柔らかさが浮遊感の記憶を呼び出したに違いない。

しかもまわりは真っ暗だ。いつも彼は窓のカーテンを引いて眠るのだが、カーテンは完全に外光を遮《さえぎ》ることはできない。カーテンではなく雨戸を閉め切った部屋で寝ていたことに気付く。畳からか蒲団からかカビくさいにおいが感じられ、それが無重力状態の記憶の嘔気《はきけ》とまじり合う。

今どき、雨戸のある畳の部屋で蒲団をしいて寝るなんて——と暗闇に横になったまま、元宇宙飛行士は心の中で呟いてみるが、殊更意外でもなければ不安でもない。むしろ時間の流れの小さな窪みのようなこの古屋敷、違った幾つもの現実を生きているらしいその老いた女主人に、彼は自分でも思いがけない親近感を、同類に近い感じさえ持ち始めている。ありのままの自分というものがもしありうるなら、あそこから戻って初めてそんな自分になれた気がする。

家の中の遠くで、冷蔵庫のモーターの低く唸る音が、聞こえたり途切れたりしていた。

目が闇に馴れてきて、雨戸の一か所からひとすじの細い光が洩れこんでいるのが見えた。とても細い光線で、視線を少しはずすと全く気がつかないくらいだが、光は真直に射しこんできて闇の一点に、多分部屋の家具か壁の表面のどこかに光の点をつくり出している。何気なく見つめているうちに、その光点は輝くように明るくなったりふっと翳ったり、ぼやけた円形になったり強く一点に凝縮したりした。

次第にその小さな光に捉われる。完全には覚めきっていない意識の奥に、光が直接射しこんでくるように感ずる。それに応じて、ひくっと何かが震える。ずっと以前に読んだ話を思い出す。ナイル川のずっと上流の渓谷地帯で、夜明けになると岩山の洞穴からヒヒたちの群が下りてきて、崖の端にじっと並んでいる。やがて朝日が密林の上に昇り、その最初の光が深い谷を越えて崖に達する。ヒヒたちは身動きもしないでその光を見つめ、それからまたぞろぞろと岩山へ戻ってゆく。それだけの話。

少年時代から彼は光に敏感だった。成人してから、他の多くの人たちが自分ほどそうではないことを知った。おまえの心が暗いからだ、と友人たちは言った。多分そうかもしれないとも、それは違うとも思った。

ワレワレハ、光ヲ求メテ、森カラ草原ニ出タ。ワレワレガ自分ノ足デ立ッタノハ、光ヲモットヨク見ルタメダッタ。空ヲ見上ゲルタメダッタ。

そんなことを日記に書いた気がする。またこうも書いた気もする。

ヒヒタチノ委託ヲ果タサネバナラナイ。

そこまで思い出しかけて、元宇宙飛行士は急に息苦しくなり、動悸が激しくなるのを覚えた。闇の中の光点が激しく光って揺れた。

意識のもっと奥の方で、恐怖のマグマが渦巻いている。だがそれは目がくらむ至福の白熱のようでもあった。糊のきき過ぎたシーツの上で両手の拳を握りしめていた。月面の真上で、有人キャビンの逆推進ロケットを噴射したときのような心身の揺れだった。

「どうしてあの雨戸を開けないんです?」と尋ねると、女主人は混乱した。「ぼくが開けましょうか」

冷麦を挟みかけていた朱塗りの箸をとめて、彼女は怯えた表情になった。

ふたりは庭先の、塗りの剝げかけた鉄製のテーブルで昼食をとっている。朝のうちは薄日も射していた空に雲が垂れこみ始めていた。

誰にでも簡単には説明し難い習慣というものがあるものだ。現実といわれるものの芯は、たいていそういうもので成り立っている。元宇宙飛行士は俯いて冷麦をすすった。麺はゆですぎて、ツユは妙に濃く塩からかった。路面電車が走っていた頃の麺ツユはこんなだったのだろうか。

家じゅうを歩きまわったわけではないけれども、彼が寝た部屋を含めて庭に面した側の雨戸は日中も閉じたままだ。きのうは気付かなかった二部屋ほどの二階の雨戸もしまっている。広い一階部分で外光が入っているのは、角の女主人の居室と台所だけ。その間をつなぐ長い廊下は昼間も電灯が薄暗い。

だが女主人は陰気ではない。その両側の部屋はカビくさく湿気がこもって真暗である。朝もほとんど浮き浮きした声で彼を起こしに来た。彼はとっくに目を覚ましていたが、「若いひとはよく眠るから、起こすのを我慢してたのよ。年寄りは早く目が覚めてね」と言った。自分の年齢はわかっているらしいのだが、彼女の居室で一緒に朝食をとったとき、リプトンのティーバッグの入ったカップに神妙な手付きでお湯をそそぎながら「進駐軍のPX《ピーエックス》ものよ」と感情をこめて言った。

PXが何のことかわからないが、進駐軍は前世紀の敗戦後のアメリカ占領軍のことだろう。とすればこの老婦人はいったい幾つになるのだろうと改めて驚くが、プラチナの色に染めたらしい髪にはウェーヴがかかり、控え目ながら丹念に化粧している。ティーカップの把手を上品につまんだ指には、マニキュアも丁寧に塗られていた。

雨戸についての質問も忽ち忘れたらしい。表情の混乱もすぐに消えて、少女に近い好奇心に光る眸が窪んだ両眼の中から現れる。

「女の子のくせにって笑われたけど、小さいときからわたしは電車が好きだったの。銀座のにぎやかな通りを、柳の並木の葉並越しに店や看板をゆっくりと眺めて過ぎるのも好きだけれど、本当に好きなのは、三宅坂から皇居の濠端や上野の山の下の池のそばを走る電車。水と電車っていう取り合わせに興奮して、用もないのによくそんな線にひとりで乗るんです」

そこで少し声が翳った。

「でもここしばらく乗ってないわ。左の脚が重くなって。よかったら近いうちに一緒に乗って下さいます?」

「できたら晴れた日に。曇った暗い日の水際ってこわいもんで」

「見かけによらないわね」

冷麦を食べかけの口を軽くおさえて笑う。

「人にはそれぞれこわいものがあるんです。あの紫陽花の花も気味悪い。とくにこう曇ってきて風がないと」

元宇宙飛行士は箸をもったまま、ぐるりと広い庭の塀際を見まわして言った。

「なまなましいいま頃の緑の茂みも」

「どうして？」

「多分マンションのコンクリートの駐車場でばかり遊んで育ったから。小学校の校庭もラバー敷きでしたから」

女主人は顔を寄せて言った。

「お母さんと早く別れたからじゃない？　あなたの親を悪く言うわけじゃありませんけど、まだ小さかったあなたを置いて、アメリカに行ってしまったんですからね」

彼女が間違えている誰か他の男のことだろうが、全く他人のこととも思えなかった。

ことしは梅雨明けが早いのか、空の一部から雷雲がひろがり始めて相手の背後の空がみるみる暗くなり、ぼやけて黄色っぽい梅雨空が硬く深い鉄色になっていた。まだ幾分光が洩れこんで、仄明るい近景と暗く鉄色の空とのコントラストが、音もなく劇的だ。元宇宙飛行士は急に気分がたかぶってくるのを覚えた。

「岩と土が好きなんです。いや土じゃない。こんな微生物だらけの黒っぽくなま温かい土とは違う。岩の細かな破片だから、砂、いやもっと細かな石の粉。その粉に覆われた黒っぽい熔岩の大平原を、電動輪送車で何時間も走りました。木もない、草もない、逃げる動物も飛ぶ鳥もなく虫もなく、微生物一匹もいない。動くもの、叫ぶもの、生きているものの気配さえなく完全に静まり返って……」

そう話しているうちに、その一語一語が、決して大きな声を出しているのでも力をこめているのでもないのに、次第にふしぎな力で一連の風景を心の奥から引き出し始めるのに気付いて、彼は恐ろしくなる。この半年余の間、最新の心療技術と向精神剤によっても甦らなかった記憶が、こんな場所でこんなに鮮やかに現れてくるとは。

そしてその記憶がさらに言葉を誘い出してゆくほとんど自動的な内心の動きを、彼は自分で圧《お》さえることができない。

相手も上体を乗り出して、目を輝かしている。いまも頭の中で路面電車が走っている老婦人の好奇心。おれが思い出し始めたことを決して理解はしないだろうが、多分そのままに信ずるだろう。他人には窺い知ることのできない彼女自身の現実感で。

その背後で空がいっそう濃く暗くうごめき出している。

封印が剝がれたように急に巻き戻ってくる記憶。

…………到着して地球時間で十日ほどたった日、初めて「雨の海」北部の基地から遠出した。月面で最も美しい場所と言われてきた「虹の入江」へ。月の長い一日のちょうど夕暮に当たる期間。

だが大気のない月面に黄昏もなく夕焼けもない。視覚的に太陽の位置が低くなるだけだ。大気で弱められない剝き出しの太陽光は、真昼の期間と同じように照射し、蔭になった部分は昼夜の時期の別なく常に変ることない漆黒の空と同じ暗さ。信じ難いその強烈なコントラスト。至るところに窪みをつくった微小隕石落下の痕の、大小となくひとつひとつの底が日射しを翳られて底なしの井戸である。

地球から眺め上げても周回軌道衛星からの電送写真でも、黒っぽく平坦にしか見えない海の大平原が実は無数の微小クレーターの他に、隕石が飛散した破片や大古の熔岩の流れの痕が複雑な段差を残していて、輸送車の走行は決して容易ではなかった。「虹の入江」も外海の「雨の海」になだらかに開いているように見えて、入江をつくった大隕石のクレーターの外壁の名残りが大きなしわになっている。

だがそうした走行の苦労も、入江に入って入江を半円形に囲む西側の長く高く壮大な崖、「ジュラ山脈」の頂の連なりの全体を目にしたとき忽ちに消し飛んだ。断崖はその蔭になった地面とともに暗かった。その真黒に切り立つ壁の上に、かつて入江をつくった大クレーターの外縁だった「ジュラ山脈」の尖った峰々の頂が、裏側からの太陽光にきらめいて、百三十度の光と太陽風の陽子流を反射して、見えない糸でつながった巨大なダイヤモンドの連なりだった。下方だけでなくその上方も、大気のある地球上では絶対に見られない宇宙の大暗黒。その永劫の闇の宙に、白光の環が浮き出して動かない。

太陽も山脈の向こうで動かない。地球の夕日のように赤黄色く変色して、みるみる沈んだりはしない。輸送車を停めて、時間のない夢の場面に降り立つ思いで私は外に出た。背後には輸送車のタイヤの痕だけがジグザグと屈曲しながら金属板に鋳込んだようにはっきりと残っていて、そして前方には三十億年間の岩の粉塵の堆積と巨大な崖の暗丘と宙に動かない光点の列と静寂だけがあった。

この入江をつくった隕石の落下が何億年前だったか正確には知らないし、その後も微隕石の落下は常にあっただろうが、億年単位の時間が、風化、侵蝕されることなく、真空中に露出している光景には、われわれの日常の知覚を確実に超える何かがあった。あるいはその何かを感じとる知覚以上の知覚、張りつめて透きとおる超知覚があった。

そのとき私がじかに即座に、心と体をつなぐ最も深い層に感じたのはいわば懐しさだ。決して寂寥感でも孤独感でもなかった。意味を求めず、見られることを期待することもなく、時間を超えてひたすら実在してきたもの、真空の中の実在、静寂の中の物質。その必然への、一種絶対の親近であり懐しさだった。

暗黒の空には地球が見えている。地球から見る月の差渡し三倍以上の大きさで、海面のブルーの上に雲が不断にざわめいているが、それに対して懐しいという感情はほとんど覚えない。少数の知人の記憶を除いて。その記憶でさえ露出した何十億年の鉱物化した時間の前では、気化しかけるのだ。

遥かなる故郷にいま来ている、という意識を強く覚えた。故郷は廃家でなければならない。その真底からの懐しさ、根源への帰郷の思いは聖なるオーラを帯びている。聖なるものは限りなくリアルで、そして幻想的だ。この巨大な半クレーターに「虹の入江」という美し過ぎる名をつけたのは誰だったのだろう。リアルなものと幻想との間に懸かる真空の虹。

地質探査、地震（月震）計の設置、鉱物標本の採集など分刻みの作業スケジュールが待っていたが、私は宇宙服姿で広大な入江のほぼ中央あたりに立ちつくしていた。地球の時間で二十分か三十分ぐらいだったと思うが、自転が極度に遅いここでは光は変化せず影もほとんど伸びることなく、何も動かず何も聞こえず、きらめき続ける山脈の稜線が、永遠の闇と沈黙の中に信じられぬ鮮烈さで、手を伸ばせば触れられる近さにただ実在していた。若いころから異常に好きだったカスパール・D・フリードリッヒの荒涼たる静寂そのものの絵の中にいる気がした。彼の多くの絵の中で後向きに凝然と立ちつくしている黒服の男に、自分がなったように（宇宙服は白いが、ここでは逆光の後姿は完全に黒になる）。

フリードリッヒの絵について書いた誰かの文章に、「肉体の目を閉じる」という言葉があったことを思い出し、その意味が初めてわかったと感じた。私はいま外部の風景を見ているのではなかった。自分の内部の幻影を覗きこんでいるのでもなかった。それは別々の違ったことではない、ということが実に自然に実感できるのだった。

……………………

ひろがりきった雷雲性の雨雲から、大粒の雨が降り出した。なま温かい夏の雨だった。雨滴が額から眉毛を伝って、テーブルの上の手の甲に落ちた。掌の下で古ペンキがまくれ上がっていたことに気がついた。

元宇宙飛行士は食器を重ねて立ち上がりかけたが、老婦人はプラチナ色の髪を雨滴が伝うのも気がつかないで、目を開き続けている。ブルーの水玉模様の薄地の白いブラウスが濡れて、肉の落ちた肩の骨に貼りついた。

「あなたの行ってきたヒマラヤだったかアンデスだったか、そんなに恐ろしいほど美しいところだったのね」

濡れ始めた両手を貧しい胸の前で、少女のように握りしめて言った。

「わたしも行ってみたい。宝石の環のような山脈を見たいわ」

「空気がありません」

元宇宙飛行士は中腰の姿勢で言った。異様に泡立った体じゅうの細胞に、夏の雨がしみこんでゆく。

「大丈夫よ。もうそんなに空気を吸いませんから」

口をすぼめてそっと呼吸する真似をして笑った。それから真顔になって、眼窩の奥の小さな両眼を瞬《しばた》いた。

「この目でものを見るんじゃないってこと、それは本当よ。美しいものが見えるのは別の目。年齢をとって目がよく見えなくなると、そのことがよくわかるわ」

「そうだと思います」

元宇宙飛行士は本気に答えた。

「ぼくはまだこの目が見え過ぎる」

自分で自分の目を潰す場面がぼんやりと浮かびかけて消え、まだ本当の記憶は、最も思い出したくないことは見えていないという気がした。

〈だがそれもこのように、思いがけないときに不意に向こうからやってくるだろう〉

彼は黙って女主人の食器と箸も重ねた。

やっと彼女も立ち上がった。

「とてもおもしろかったわ」と上機嫌に言った。

疲れた。体の疲れより心の疲れ、意識し知覚するという脳の機能そのものの深い疲れ。

元宇宙飛行士は雨戸を閉じたままの部屋の畳の上に横になっている。昨夜寝た部屋とは別の部屋のようで、もっとカビ臭く湿気のこもった空気が澱んでいる。家具はほとんどなく、壁に額がかかっていたらしい目だって白っぽい四角い部分がある。

雨の音が続いている。かなり強い雷雨性の雨だ。屋根瓦を打ち、庭先のコンクリート部分にはね返る雨粒の音。ずれた瓦の隙間から洩れ落ちる滴の間のびした音もまじっている。夏の雨は好きだ。冬の光ほどではないけれども。

近くはないようだが、雷鳴も時折聞こえてくる。なぜか子供の時から雷は嫌いではなかった。落雷の瞬間を撮った写真を集めたこともある。暗い天と地を結ぶ光の神経の一瞬の震え。反対に激しい風が樹や家をゆさぶり続ける音は、とてもこわかった。雷は金属的だが、風は植物的だ。樹を全部切ってしまえば風は吹かないのに、と子供のころ本気で考えたことがある。

昨夜柔らかい蒲団の上で長時間眠ったのでいま眠いわけではないが、電圧が急激に低下したような放心状態は浅い眠りにも近い。失われていた記憶の一部が鮮明に戻った、という喜びは意外なほどなかった。少なくとも実感できなかった。抑圧していた記憶を急に想起するという行為は（自分の意志によってではなくても）、多大の心的エネルギーを消費するらしい。反エントロピー的秩序の急激な形成は、偶然であってもまわりの混沌度を増す。汚れた湿気の空間を鋭く切り裂く雷鳴の度に彼の意識はヒクッと刺激を受けるが、単調な雨滴の音の繰り返しの中でまた放心状態に戻る。

むし暑い。のどの渇きが我慢できなくなって（冷麦のツユが塩からすぎたのだ）、のろのろと起き上がり、ところどころで床板がゆるんでいる仄暗い廊下をやっと通って、キッチンに行った。キッチンの広い窓はすりガラスだが一部が開いていた。水道の水を飲んでいると、そこから真赤なスポーツカータイプの車が、門のわきの車置場にバックで入ってくるのが見えた。丈の低い車体の一面から雨粒が滴っている。

派手な車だな、と思っただけでとくに興味はなかった。もう一杯水をゆっくりと飲んだ。キッチンは広くて手入れが行きとどいていて涼しい。ぼんやりと流し台の前に立っていた。

廊下で足音がして、キッチンの入口にドスンと重い物を置く音がした。振り向くと、ひとりの女性が立っていた。玄関のドアの音は聞こえなかったが、いま車で来た人だろう。だが車体から想像したほど、その女性は若くはなかったし派手な感じでもなかった。

相手も彼に驚いたようだが、咎めることも挨拶らしい言葉も口にすることなく、大きな紙袋をまた両手に下げて、冷蔵庫の前まで運ぶと扉を開いて、袋の中の包装された物体を次々と手早く冷蔵庫の中に入れ始めた。透明なラップに包まれた厚切りの冷凍肉らしいものが見えた。広いキッチンの中でも不釣り合いなほどの大きな冷蔵庫だ。

彼も黙ってキッチンを出た。先程の部屋に戻って横になった。通いの家政婦のようだが、車は高価そうだった。だが忽ち興味をなくした。水を十分に飲んだことで落ち着いて、本当に眠りかけた。

どのくらいたったのか、人声が浅く切れ切れの眠りと雨の音の向こうから聞こえてきた。一方は女主人の静かな声だが、もう一方は家政婦らしくない感情的な遠慮のない口調である。

「こんなボロ家、早く出なさいよ」

とその感情的な甲高い声が言っている。女主人の居室の方からだ。

「イヤですよ。私の家ですからね」

「娘として、母親をひとりでこんなところにほっておくわけに行かないわよ。世間体も悪いし」

「ひとりじゃありません」

女主人はきっぱりと言い切っている。

「みながいつ帰ってくるか、わかりませんからね」

「まだそんなこと言ってる」

娘の声は苛立っている。

「お父さんは死んだのよ。本当に忘れたの、青山斎場での立派な告別式を」

「出張ですよ、父さんは。わたしはここでいつも電話の前に坐ってます」

「ここを売れば医者つきの立派な老人ホームにでも入れるし、うちに来たっていいし」

「何のことかわかりませんよ」

多分娘の方は溜息をついたのだろうが、それは聞こえない。規則正しく間をおいて屋根から洩れ落ちる水滴の音。

雷鳴が近づいてくる。濡れた紫陽花の花がきっとなまなましいだろうと思い、濃密な大気が渦巻き返っている金星や木星では、さぞ激しい雷が轟き渡っているのだろうと元宇宙飛行士は考えた。雷がこわくはないが、おれはやはり月の静寂の方がいい。火星も悪くないだろう。

「誰よあの男、感じよくないわ。いつからいるの」

誰かの名前を女主人は答えたようだ。

「そんな……あの人はとっくに死んでるわよ。ヒマラヤかどこかで遭難して凍死したわ」

娘の甲高く苛立った声は、雷鳴の余韻の中でも聞こえてくる。

「じゃあ、幽霊だって言うの？　そうね、そんな感じだった。ニコリともしないでスッと廊下に出て行った。どうしてあんな気味悪い男を家に入れたのよ」

「あの人は遠くから帰ってきたんだよ。よくはわからないけど、そこがとても遠い遠いところだということはわかるの。そしてまだ心が帰り着いていない。月がどうとかこうとか言ってた」

「月だなんて……きっと頭がおかしいのよ」

しばらく沈黙があった。

それから女主人が、低いがきっぱりとした口調で言うのを元宇宙飛行士は聞いた。

「でも間違っておかしくなったんじゃない、まともにおかしいのです」

それに娘がどう反論したかは、急に近くなった雷鳴のせいでわからない。女主人の声をかろうじて聞きとった。

「いえ、わたしにはわかります。年齢をとり過ぎたから」

また同じ声がこう言うのも聞いた。

「自分がちっともおかしくないと思いこんでいる人の方がおかしいのよ。あなたみたいに」

落ち着いて言われたこの最後の言葉は、娘を興奮させたようだった。

「こんなお化け屋敷みたいなところにひとりで住んでるから、お母さんもおかしくなったのよ。わかってるの？　ご自分のことを」

「いまほどいろんなことがよくわかることはありません」

「それでいまも都電が通ってるのが見えるわけ？」

娘の口調は意地悪く皮肉だったが、老いた女主人の短い答えには迫力があった。

「その通りですよ」

彼女がボケかけていると思ったのは間違っていたのではあるまいか、と目が覚める思いを彼は覚えた。見えないはずの物が見え、覚えているはずのことが消えて何が悪い？

元宇宙飛行士は自分で気がつかぬうちに、畳の上に坐り直していた。

東京の街には路面電車が走っている。

おれの記憶の中心には穴がある。

それが〈現実〉というもので、掛値なしの現実は何と異常で気味悪く透明なものだろう。

雷鳴と雷鳴の間の束の間の沈黙の中を、夏の雨が降り続けている。

「このボロ家、売りに出しますからね」

金切り声に近い娘の声が雨音を切る。

答えは聞こえない。


「ボールシチでいいかしら、夕食は」と女主人が尋ねた。

「あなたの口に合うもので……」

元宇宙飛行士は、年寄りの口に合うものの方がいいのではないか、というつもりで答えたのだが、女主人は若々しいと感じられるほど機嫌のいい声で言った。

「あら、わたしはロシア料理が好きなのよ。ボールシチとピロシキ程度だけど。しばらく食べてないからちょうどいいわ。あなたも疲れてるようだから栄養とらないと」

　微笑しながら、こうつけ加えた。

「心が心を助けることはできないのよ。他人に出来るのは体を助けてあげられるだけ。それと自分でよく眠ること。そうじゃない？」

それから娘が詰めて帰った大型冷蔵庫の引出しを探していた女主人は、ああ、と声を上げた。

「甜菜《ビート》がない。あれがないとボールシチはできないわ。あの色が出ないのよ」

目に見えて落胆して、一時に年齢をとった表情になって言う。

「しょうがない。お肉とタマネギはたくさんあるから、ハヤシライスにでもしましょう。タマネギを切ってね。わたし涙が出すぎて目が痛くなる」

元宇宙飛行士はタマネギの皮を剝いて丹念に細く縦切りにした。流し台の上の窓から赤いスポーツカーはもう見えなかった。かわりに紫陽花の青い花が幾つも、雷雨のあとの澄んだ夕闇の中に水中花のように浮かんでいた。

　広いキッチンの隅のテーブルで、ふたり向かい合って食べた。タマネギが溶けた艶やかに濃いブラウンソースの上に散らした小粒のグリーンピースが鮮やかだ。自分のために作られた料理を最後に食べたのはいつだったか思い出せない。おかわりして二皿分食べた。

　女主人はほとんど口にしなかった。

「いいのよ。あなたがそうしておいしそうに食べるのを見ているだけで、お腹がいっぱいになった気がするわ」

それから久しぶりに本気で料理を作って急に疲れた、と言って女主人は居室に戻った。不自由な方の脚を曳きずるスリッパの音が長い間、廊下から聞こえた。

彼はひとりで紅茶を入れてゆっくりと飲んだ。筋を知らない映画の一場面の中にいる気がした。自分は相手の名前も知らないし、相手は自分の名前を間違えている。いや彼女はもう名前が間違っているか正しいか、というような次元で生きてはいないのだと彼は思った。くいちがった会話をしているけれど、本当はおれが月面から帰った宇宙飛行士だということもわかっている。身体は帰ってきても心は帰り着いていないことを知っている。

流し台で丁寧に食器を洗いながら、さらにこんな思いが鋭く心の中を過った。彼女の年齢を超えたふしぎな力のある声で。

〈帰リ着カネバナラナイノデショウカ。ドコニモ帰リ着カナイコト、行キッ放シニナルコトガ、アナタノ使命デハアリマセンカ。運命デアルノカモシレマセン。アナタハモウ、ドコニモ帰リ着クコトハデキナイデショウ〉

紫陽花の花がすっかり濃くなった闇の中で、現れたり消えたりしている。

と不意に、森の奥で老いきった巨木が自然に倒れるような、瀕死の鳥が最後のひと声を闇に向かって叫ぶような気配が、風も通らない廃屋に近い屋敷の中を一気に走り抜けるのを元宇宙飛行士は背中に感じた。

あそこでも風はなくても気配はあった。動きそよぐ物はないのに張りつめるものがあった。そのことを一瞬、彼は思い出しかけた。どんな不毛の世界でも、現実を現実たらしめている見えない力がある……。

そして電灯のスタンドのような物が倒れて、電球が砕け散るような音、人間の身体が床に倒れたらしい現実の音が、廊下の彼方からはっきりと彼の耳に聞こえ、続いてこの世のものならぬ、真空のあそこにこそふさわしい〈叫び〉が夜空に突き刺さってゆくのを心の奥に見た。

水道の流れを停め、濡れた手を布巾で拭き、流し台の上の窓を閉めた。この家で外に開いている唯一の窓。なぜそうしたのか自分でもわからない。

廊下を走り出そうとして、ここの床板の幾箇所もが腐りかけていることに気付いて咄嗟に意識して脚の力を抜いた。そのために跳びはねるような走り方になり、それがあの岩の粉で覆われた⅙Gの地面で急ぐときの自然な脚の動きだったことを思い出して元宇宙飛行士は笑いかけた。

廊下の突き当たりの女主人の居室は暗かった。廊下の薄暗い明りが洩れこんでいるだけだ。天井の明りをつけるスイッチをドア近くの壁面に手探りした。化粧品のにおいがしみついている。それとかすかに鼻をつく吐瀉物《としやぶつ》のにおい。

スイッチがなかなか見つからない。仄暗い室内で動くものは感じられない。呼吸する空気の動きもない。そのような感覚は、元宇宙飛行士は極度に敏感だ。この部屋だけ空気を抜き取られたような沈黙。真空は死だ。

やっと天井の蛍光灯がつく。薄紫の長椅子に、ほぼ同じ色の薄い布地のガウンを着けた女主人が倒れこんで、両手を胸の下に抱えこんでいた。いつも履いていた薄桃色のスリッパは離れた床の絨毯の上に転がっていたが、ガウンの裾は乱れていない。両足も内側に屈められていて、小柄な体全体がいっそう小さく縮んで見えた。

肩はまだ温かく肉が薄かった。呼吸はなく頸動脈の血流もなかった。人知れずひっそりと脚を縮めて死んだ昆虫の体のようだった。見開いたままの両眼の眸に、天井の蛍光灯の小さな光がくっきりと映っている。

月面から見た地球を、元宇宙飛行士は思い出していた。地球から見える月に比べてとても大きく明るいはずなのに、広さも濃さも奥行も無限の闇の中でそれは余りに小さかったことを。自分がどこにいるのかうまく感じとれない。何が不意に起こったのかということも。早く帰らなければ——という気持ちだけが強まる。だがどこに帰るのかわからないまま、宙に浮いたように立ちつくしていた。

それから、絨毯に砕け散ったスタンドの電球の破片を無意識に避けて部屋を出た。

日本という国は……と考えかけて黄看護婦は心の中で言い直す、東京という都市は一年に二度素顔を現す、と。東京以外のこの国はほとんど知らないのだから。

V

彼女は早番の勤務を終って、病院敷地の端にある看護婦寮に戻りかけていた。気がつくと、コンクリート建ての寮の西側の壁が夕日の光に異様に明るく照らし出されていた。寮のまわりに立っている名前を知らない高い樹々の西側の部分も、樹の下にひとつだけ置いてある雨ざらしのベンチの背も。

光線はもう地面とほとんど平行に近くなっているのに、赤っぽくもなく明らかな黄色味も帯びていない。寮は全室南向きに建てられていて、その広い方の面はベランダのガラス戸さえ薄青く翳り始めている。西側の縦に細長い壁面だけが、くすんだクリーム色の塗装も見分けられないほど一面に明るすぎて、地肌のコンクリートの砂粒のひとつひとつが発光しているようにさえ見える。その前の樹の葉の茂みも真直な幹も、光の当たった部分は植物とは何か別の光る物質で出来ているようだ。

寮の上の空も余りに鮮やかに青すぎる。遠く東京中心部まで広がるその空は、いつも晴れた日でも排気ガスが紫がかった灰色に終日煙っているのに。

もう何年も前から、黄看護婦は八月半ばと新年の数日間ずつ、東京の空と光が鮮烈に変ることに驚いてきた。「お盆」と「正月」だけ東京の人はいっせいに仕事を休んで、郷里に帰るか旅行に出てしまって東京はからっぽになるから、と同僚の日本人看護婦の説明を聞いて一応は納得したけれど、一年に必ず二度東京の突然の変貌がふしぎでならない。中国の彼女が育った地方でも春先の黄塵で太陽に暈《かさ》がかかることもあるけれども、これほど一時の劇的な変化ではない。

とくにいま、その光景は劇的というよりほとんど魔的だ。もうすでに馴れてきたはずの病院と寮と東京という彼女の小世界（東京もほんの一部しか知らないけれども）が、いまのようにふと気がつくと不意にめくれ上がっていて、見知らぬ別世界が露出している。その不気味なほど鮮やかな別世界に直面して、彼女は立ちすくむ。

だがその透明すぎる光と空の青さが醸《かも》し出す魔的な気配に、心の一部が魅入られたようにうずいていることも彼女は感じている。この光景の方が、そして勤勉で冷静な看護婦としてのいつものわたしよりもこの別人のようなわたしの方が本当なのだ、とその気配は囁く。きっといまわたしの背中も、同じ光に照らされて金色にきらめいているだろう。

この光景とその思いを心の奥にしまいこむように、彼女は立ちどまって両眼を閉じた。瞼の裏でも光の点が金粉のようにくるめいたが、なぜこの夏とくにこうなのだろうと思いかけて、その答えはすでに知っている。あの患者が急にいなくなってから、わたしの心は自分でもよくわからない不安に揺れている。この国に来て以来初めて、思いがけなく自然に心を開いて話した。そしてわたしの心を半開きにしたまま、彼は消えた。庭の柵のところでいつもひとり夕日を眺めていた後姿。階段の途中から神殿めいた銀色の柱の列の彼方の空を、神殿の奥の荒廃した庭と池を、憑《つ》かれたようにして見つめていた。目に見える日々の世界の向こうに、もうひとつの世界があるように。

「アナタハドコニ行ッテシマッタノ？」黄看護婦は気味悪くたかぶる心の中で、叫ぶように中国語で言った。

そして目を開いた。さっきまで誰もいなかったはずの樹の下のベンチに、人影があった。腰掛けたまま、彼女の方に手を振っていた。

最初、黄看護婦は自分に向かって手が振られているとは思わなかった。何となくうしろを振り向いた。誰もいなかった。なだらかな丘陵の連なりの彼方から、病院の敷地の柵を越えて射しこんでいる夕日だけがただ眩しかった。

目をベンチに戻すと、人影は手を振り続けていた。黒っぽい服の男。背後で寮の壁が、色彩をなくしてきらめいている。

一瞬、彼女は言いようのない体の震えと、こんな場面を自分はすでに幾度も想像していたというふしぎな現実感とを同時に感じた。あの患者のことを自分でも気がつかないうちに考えていると、その背後に必ずのように黒服の男の影があった……。

怯えきって立ちすくんだのでも、自分を見失ったのでもなかった。逆だった。来るべきものが来て、起こるべきことが起こって、いまわたしはわたしの現実に歩み入ろうとしている、いまベンチの方へ、黒い人影の方へと歩き出すことによって——と彼女は静かに自分に言った。

それからその一歩を踏み出した。

ちょうど、空の一角でカクンと掛金《かけがね》が落ちたような音がして、明るすぎた光が一面にいっせいに翳った。寮の壁の表面にひび割れの線としみのひろがりが現れ、樹は乾いた緑を取り戻して、手を上げている男の顔が見える。


同じ敷地内であっても病院の建物の外で見ると、看護婦がほとんど別人のように違った印象を与えることに石切課長は驚く。しかも彼女は異例に強い夕日の光を背にして逆光に立っていた。体の輪郭は（とくに帽子のまわりの髪の毛の先は）光っているのに、顔の部分は暗い。人違いだったかなとも思いかけるが、はっきりと顔を起こしている姿はこれまで数えるほどしか見かけていないにもかかわらず、確かに6号室担当のあの看護婦だと彼は手を振り続けた。

彼女の方も自分がこんなところで待たれていることが信じられないらしく、しばらく道の真中に立っていたが、やがてしっかりした足取りでベンチの方に歩いてきた。

「ぼくを知ってるね」

と課長は意識して役所風にではなく、気さくに声をかけた。女の表情は固いが、うなずいた。

「ぼくもきみを知ってる。妙なことだが、よく知っている気がする。こうして話をするのは初めてなのに」

課長は自分の位置をずらして、ベンチに女の腰掛ける場所をつくったが、女は彼の斜め前で足をとめたままだ。彼も相手の顔を見上げないで、広くない道路の粗い路面を眺めながら自然な調子で言葉を続ける。正面から相手の目を見つめたりしない方が警戒心を強めないことを、体験的に課長は知っている。

「ぼくたちはある人物に関心をもっている。仕事上の関心以上の関心を。好意と言ってもいい」

幾つも小さな鉱物の粒が乾いた舗装の表面で光っている。暗く灰色で固いだけのように見えるアスファルトの中にも光る小さなものが必ず混っているのだ、と課長は心の隅でふっと考える。

看護婦は真直に彼の顔を見下ろしている。きつい視線。

課長は膝の上で両手を組んだ。汗をかかない体質なのに、指の股がかすかに汗ばんでいた。

「きみはあの患者をここに閉じこめ続けたのも、不意に連れ出したのも、ぼくだと思ってただろう」

少し間をおいて、非番の看護婦は初めて口を開いた。

「ええ、いまもそう思ってます」

固い声。だが落ち着いている。感情の不安定な人間は、男でも女でも彼は嫌いだ。

「病院でぼくを見るきみの目つきから、わかってたよ。そう、その目」

石切課長は顔をあげて一瞬だけ相手の目を見てから、微笑した。

「きみの推測は半分は当たっているが、半分は間違っている。ぼくたちは敵同士じゃない」

相手の表情がわずかだけゆるみ、片手をあげて髪を上げた。

課長はベンチの隣に空けた場所を指さした。

病院から看護婦寮へと通じる道路に沿って立っている数本の電柱の蛍光灯が、急に点滅し始めた。樹の下や建物の蔭以外、暗くなったとは肉眼では全く見えないのに、近づく夜を敏感に感じとる自動点灯装置の正確な作動を、ふたりとも何となく劇的な思いで黙って眺めた。

やがて蛍光灯がそろって点灯した。

看護婦は薄地の白っぽいストッキングの両膝を合わせて、やっとベンチに浅く腰をおろした。

石切課長は幾分前屈みに前を向いたまま、声を落として言った。

「きみの患者はひとりでここを出て行った。ぼくにも何の知らせもなく」

女が息を整える気配を感ずる。

「いまどこにいるのですか。わたしの患者は」

元宇宙飛行士の患者が失踪する直前のころ、確か医師の許可を得て神殿風の建物のある近くの町まで外出したと言っていた。医師が神経科の入院患者の単独外出を許可するはずがない以上、きっとこの看護婦と一緒だったのだと課長は思ったが、口にはしなかった。

「ぼくもずっと彼の行方を探している」

と言っただけである。

北海道で一度だけ彼を見つけたことも言わなかったのは隠すためというより、この真夏の夕暮の中で、残雪に震えた雑木林のはずれでの出会いはうんと遠い以前の、何か非現実的な出来事だったような気がしたからだ。事実その直後、彼はふっと夢のように消えた。

「東京にいることはわかっている。他に彼には親しい場所はない。地方で訓練を受けた場所は幾つかあるが、そこにはわれわれの方から通知してある。現れたらすぐ連絡するようにと」

途端に相手が上体を自分の方に向けるのを課長は感じた。

「われわれとは何ですか。あなたはいったい誰ですか」

咄嗟の感情的反発というより、以前から考えつめていた疑問を思いきって口にしたように、声は低いが迫力があった。

蛍光灯の光が、いつのまにか濃くなり始めた夕闇の中に浮き出し始めている。

石切課長も姿勢を変えて相手に向き合って、殊更冷静に言った。

「われわれとは彼がここに来る前にしていた仕事に直接関係する役所のことで、ぼくはその役所で仕事している人間のひとりだが、最初に言ったように、仕事の関係以上の個人的な友情を彼に対してもっている。いや友情以上かもしれない」

「では彼は以前に何をしていたのです？」

今度は囁くように相手は言う。

「カルテにも職業は書いてありません。年齢以外には何も。家族も住所も」

そのとき連れだって寮に戻ってくる若い看護婦たちが笑い声をあげて話し合いながら通りかかり、ベンチに坐った同僚に手を振る者もいた。

風がなくて静まり返っていた夕暮の空気が一時《いっとき》はなやかにかきまわされたあと、いっそう薄青く透明になった。

石切課長は短く答えた。

「宇宙飛行士。月から帰った。家族はいない」

相手は黙っている。驚いた気配は感じられなかった。

ベンチの背後の草むらで、虫の鳴く声がした。月面では虫の声は聞こえないんだな、と宇宙の静寂を体の芯にしみつけたような元宇宙飛行士の風貌を思い起こしながら、石切課長は妙に切実にそう思った。まともな神経で戻ってくる方が狂っている……。

この看護婦の神経も相当なものだ。看護婦という仕事のせいばかりではないだろう。生理的な神経が強靭とか鈍感ということではなく、人間としての聡明な力、事実をありのままに受け入れるしなやかな強さがある。この女は「使える」と役所言葉で課長は考えた。おれが予想した以上に。

「それで、わたしに何をしろと……。患者から連絡でもあったら、すぐに知らせろとでも」

「それ以上のこと……」

石切課長は一歩踏み出す気持ちで言った。この女に通り一遍のウソはむしろ逆効果だ。

「一緒に探してもらいたい。きみには担当の患者、ぼくにも世話をしなければならない元宇宙飛行士だが、そういう仕事の関係を越えて、共通の友人としての彼を。多分われわれが想像している以上に不幸な……もしかすると想像以上の何か貴重なものを持ち帰ったかもしれない彼を。もちろんそれはダイヤやプラチナのような物質的な物のことではないけれど」

そこで課長は息を整えた。これまでひそかに自分の心の中だけで考えてきたことを、初めて口に出して耳からも聞くことにひそかな心のたかぶりを覚えた。

「きみも知っているように逆行性健忘症という心理的障害が、その貴重な、多分恐ろしい精神的体験を自然に封印してきた。その封印が解け始めている。それで彼はここを出たんだと思う」

「わたしも同じようなことを感じてました。あの患者は他の患者たちと違う。どこか遠い別の世界から帰ってきた人のような……。いなくなる前、よく空のことを言ってましたから」

課長とは逆に相手はしみじみと、悲しみを帯びたようにさえ聞こえる口調で言った。

暮れ切るのが遅い夏の夕暮もようやく薄暗くなって、蛍光灯の光がいっそう青白くなっていた。

また新しい看護婦たちのグループが出てきた。

「もう少し話したいんだが、ここはもう暗くなった。東京に出て食事しながら話そう。いいだろうね」

課長は弾みをつけてベンチを立った。相手ははにかんで言った。

「いいですけれど、わたし上等な着るものを持ってません」

急に女性に戻ったようだった。

看護婦が寮に着換えに戻っている間、課長はベンチの前を行きつ戻りつして待った。

そこここの草むらから虫の声がいっそうはっきりと聞こえ、人間が宇宙に移住する時が来るとしても、この惑星では秋になると必ず虫は鳴き続けるだろう、と妙にはっきりと想像したりした。


病院の玄関前に運転手つきの車が待たせてあった。

いつも黒服姿の役人にふさわしい黒い車。だが屋根に黒光りする金属盤が並んでいて、全体の形も普通の自動車と少し違っていた。車に乗りこむ前に、黄看護婦が珍しそうに車の屋根を見ていたら、それは太陽電池のパネルで、少し前から役所は電気自動車を使わなければならなくなったのだと役人は説明した。

「最近は太陽電池の性能も良くなって、結構スピードも出る」

そう言ってから、急に気がついたように名刺を取り出して渡した。車のヘッドライトの近くの明りで「石切」という名前と「……課長」という肩書を、黄看護婦はかろうじて読んだ。本人の印象によく似た名前だと思った。

生まれて初めて、庇《ひさし》つき帽子をかぶった運転手が開けてくれたドアから車に乗りこんで、黄看護婦も自分の名前を、日本読みと中国読みで告げた。石切課長は意外そうな表情を見せなかった。「中国はどこの出身かな」と、あの患者と同じように尋ね、山東省と答えると、「多分そのあたりの人だろうと思ってた」とだけ言った。自分が中国人だということはすでに調べていたのだろうと考え、何か得体《えたい》のわからない気味悪い男、という自分の最初の印象は必ずしも間違っていなかったのだとも黄看護婦は思った。

そんな人物といま同じ車の隣に坐っていることが不安でもあり、おかしくもあった。寮と病院の間を往復するだけだったこれまでの自分の生活が、他人の事のようにも感じられる。神経を傷めた患者相手だけにこちらも神経を使うケースが少なくなかったけれど、決まりきった穏やかな生活、静かな丘陵地帯の中の同じような日と夜。

その生活がいま終りかけている、と路面の照明だけが明るい郊外の夜の高架高速道路を走りながら、黄看護婦は不安と心のたかぶりとのまじり合った複雑な思いの中で自分に言う。自分の意志とか判断を超えるとても大きなものの見えない力。両親や友人たちの反対を押し切って日本へと向かう旅客機のシートでも、そんな力を感じたように思う。

普通の車と違って、この車の走行は滑らかだ。道路は空いていた。石切課長も病院のベンチの時とは別人のように口を閉ざしている。この人は状況に応じて意識的に自分を切り換えられるのだろう。本当のところ何を考えているかわかり難いが、ぎりぎりのところ自分自身という芯を確かにもっている人だ、と彼女の血は感じとっている。このような人間は他人を裏切っても自分は裏切らない。本当に恐ろしいのはその逆の人種だということを、前世紀後半の変転の中を生きのびてきた父母たちの話から、彼女自身の幼少時の体験からも知っている。

いま現実がわたしを呼び出す……いやそうではない、と黄看護婦はまわりの夜から囁きかけられたように気付く——6号室の患者と初めて心を開いて話すようになった時から、現実はわたしの心の戸を叩き始めていた。

この黒服の人物は、月から帰ったというあの患者の秘密の使者だ。

（だから運転手のいるところでは口をきかない）

東京の市街地に入って夜空が次第に明るくなった。だが高架道路の両側の防音壁が高くて、市街は見渡せない。都心部に近づいて、ようやく側壁を越える近くのビルやマンション、さらにはその向こうに聳える超高層ビル群が見え始めた。

だが夜もまだ早い時間なのに、それらは光り輝く塔ではなかったし濁った闇に滲む灰色の影の並びでもなかった。超高層ビルの窓はほとんど暗くて、きれいに並んだ小さな黒い穴のようだった。そしてその輪郭、とくに真直な縦の線が鮮やかに鋭い。東京中心部の夜景をほとんど見たことがなかった彼女にも、今夜の東京は異常に思われた。

「さすがに空いてるな」と石切課長が腕を組んだまま言った。

「いつもこうだといいんですがねえ」と運転手は答えた。

それから石切課長は黄看護婦の知らないホテルの名前を運転手に告げ「食事するからもう一度待っててくれ」と言った。

人影はまばらだったが、豪華なホテルのロビーで黄看護婦は何となく気後れを覚え、わざと顔を起こして部厚い絨毯を歩いた。エレベーターの中でも、石切課長は口をきかなかった。何か自分だけの物思いに沈んでいるように見えた。

石切課長が彼女に口をきいたのは、二十何階かの中国料理店の隅の方の席で、部厚いメニューの中からてきぱきと幾つかの料理を、かなり正確な発音の中国語でボーイに注文してからだった。

「山東料理でなくて悪いが、四川料理よりは口に合うと思うよ」

意外に細かな配慮もする人なのだ、と病院の廊下を脇見もしないで大股で歩いてゆくこの隙のない人物の後姿を、敵意に近い思いでにらみつけていただけの自分の単純さを彼女は恥じた。料理が運ばれてからも、石切課長は馴れた手つきで小皿に料理を取り分けて、さり気なくすすめた。そのためにこういう場所に馴れない彼女も落ち着くことができた。

だが黄看護婦の心にもっと強い印象を与えたのは、窓越しの東京中心部の眺めだ。これまでこんな高い位置から東京を眺め渡したことがなかったからだ。席は窓際だった。

何より彼女が驚いたのは、視界のほぼ中心に聳え立つ東京タワーの銀色と橙色の照明の美しさ。美しいだけでなく冷たく品があって、天を指す聖なる塔という感情さえ覚えた。それは長い間忘れていた彼女の血の奥の古い感情でもあった。北京の天壇、西安の大雁塔、蘇州の虎丘の塔……。それに比べると、他の明るいあるいは暗い超高層ビルは地上の現実的建築物に過ぎない。

それとともに彼女が思いがけなかったのは、東京の中心部には森が多いことだった。彼女は名前を知らない幾つもの広い公園。確か天皇が住んでいる皇居の森。幾箇所もの盛り場らしい場所のネオンの明るさよりも、その森の広さと濃い暗さと静寂に、彼女の心は引き寄せられる。そしてその暗さは東京の夜の底に、超高層ビルの根元にまで滲みひろがっているようにさえ、彼女には思われた。空気が濁っていないために、その深い暗さがかえってなまなましく現れているようだった。

料理が一応出終ってから、彼女の熱心な視線の先を追って石切課長が言った。

「この眺めのどこかに彼がいるんだよ」

その言葉で、黄看護婦も幻想的な夜景から現実に戻った。

「ぼくたちも急がなければならない。今夜すぐというわけではないけれど」

石切課長はテーブルの端に両肘をついて上体を相手の方に近づけ、声を低めて続けた。

「警察も彼を探し始めているらしい。いや顔色を変えるほどのことではない。手短かに言うと、彼が多分偶然に入りこんだ屋敷町の古い家で、ひとり暮らしの老女が急死した。たまたまその日、母親の家を訪れた娘がその家でひとりの男に出会った。その夜母親は心筋梗塞で亡くなったのだが、一か月以上たってからその娘は、男の顔を不意に思い出した。何年か前テレビで宇宙ロケットに乗りこむクルーのひとりとして、彼の顔を見た気がすると言い出したんだ。母親の死因は行政解剖ではっきりしているし、盗まれたものもない。ただその夜、男は家を出ている。推定死亡時刻は夜も早いうちだ。男はまだ家にいたはずだ、と娘は言う。それなのに何の手当ても、救急車も呼ばないで家を出て行ったのは許せない、と娘は警察に言い立てた。宇宙飛行士なら救急手当ての訓練を受けているはずで、以前から心臓の悪かった母親はこれまで幾度か発作を起こしたときは居合わせた人が咄嗟の手当てをして助かっているのだから、結果的にはあの男が母親を殺したようなものだ、と……」

「でもその男が彼だとは……」

「われわれの役所に一応連絡があって、彼の顔写真を他の宇宙飛行士たちのも一緒に提供した。娘は彼の写真を迷わずに選んだのだそうだ」

石切氏の顔に苦い表情が浮かぶのを、黄看護婦は息をつめる思いで見つめた。

「もちろん刑事的な事件ではない。警察も形式的に事情をきくために、彼を探そうとしているだけだ」

看護婦として、患者の家族からの感情的な申し立てのトラブルに彼女は多少ともかかわった経験があったし、これは実際上彼女には全くかかわりのないことなのに、不意に横腹に部厚い鉄板を圧しつけられたような圧迫感を覚えた。これが現実というものだ、と具体的に対応する手だてが全く思い浮かばないままに緊張した神経だけが不快に震える。

このまま丘陵地帯の病院と寮の間を行き帰りする単調な日常に逃げ帰りたい気持ちが、強く湧いた。この巨大都市の内部には、深く暗いものが沈みこんで渦巻いている、たとえ目に見える濁ったスモッグは年に二度は晴れることがあってもこの見えない暗いもの、たとえばこんな悪い偶然が消えることはないのではあるまいか。窓の下にひろがる森の聞こえないざわめきが皮膚にじかに迫ってくる気がして、黄看護婦は目を閉じかける。

超高層ビルの頂で明滅している赤い標識ランプが警告のようだ、あの患者への、そしてわたし自身への。

「どうすればいいんです？　わたしたち」

石切課長の顔を正面から見つめて彼女は言った。

相手も彼女の目を、その奥を覗きこむように見た。

「きみの患者が病院を出てゆく前、きみたちはどんな話をした？」

石切課長はいっそう声を低めて、目つきとは反対に穏やかな口調で尋ねた。

「わたしの育った都市《まち》の近くにある泰山の話、そこで皇帝が天を祀った話、黄河の話、以前は鳥の声がよく聞こえた話、それから空を祀った神殿のこと……そんな話ですけど」

もうずっと以前のことだったような気がしていたが、実はまだ半年も経っていない患者の声や後姿の記憶が、話すにつれて改めてとても身近に黄看護婦の脳裏を過ぎた。

「その話に比べたら、こんなことは小さなことなんだ」

静かな声で石切課長は言った。

「でもそれはみんな話で、これは、警察のことは現実です」

黄看護婦は相手の視線を押し戻すように、力をこめて言った。「公安《コンアン》」はいまも彼女にとってわけもなく恐ろしい。

「そうじゃない、話が現実をつくる」

さり気なく視線を外してほとんど呟くように石切課長は言ったが、自分自身に向かって言いきかせているように彼女には聞こえた。

「あまり熱心に面倒をみなかったらしい母親が急死して動揺した中年女が、ヘンな妄想をこしらえ上げた。きみと患者とはまっとうな大きな現実の話をしたんだ。たとえ彼は一時記憶を失っていたとしても。きっと今ごろその記憶を取り戻し始めていると思うよ。最初に記憶を取り戻すきっかけになったのはきみとの会話だった。きみのしっかりした心の持ち方が、彼に自分と向き合う力を与えたのだ、とぼくは思う。彼は自分の体験から逃げようとしていた。月から戻ってきた彼を迎えたのはぼくだったんだからね。マスコミに引っ張りまわされて、彼が自分を全部すり減らしてしまわないように、ぼくが彼をきみの病院に匿したのだ。余り有名ではない病院という繭《まゆ》の中に。どんな美しい蝶が出てくるか、それとも毒のある蛾になるか、ずっとぼくは楽しみで恐ろしかった。いまでも不安だ。わかるね」

「わかるような気がします。そう言われると。でもわたしがよくわかって考えたうえでしたことでもありません。ただ何となく、偶然に……」

病院の庭の柵のところにひとり立って、よく夕日を眺めていた患者の後姿の深い孤独の影を、黄看護婦は思い浮かべた。

「良い偶然のことを必然という。悪い偶然は……何というかわからないけど」

話しながら石切課長の声が張りを取り戻して、微笑さえ浮かんだ。

「それで、ぼくがきみにして貰いたいのは、いやお願いしたいのは、これまでのように彼を助けてほしいということだ」

窓の方に向けた黄看護婦の目に、再び東京タワーの銀色に輝く塔が、東京の中心にではなく彼女自身の心の中心にひっそりと立っているように見え、ふしぎな澄んだ安心感がそのまわりに漂い始める気がした。現実には中心が、核が、芯がなければならない。本当の中心のあることが現実で、地の底をかたちなく這いひろがる暗さではない……。

「でも急がなければ、とあなたはさっき言いましたけど」

彼女も初めて冗談めいた口調で言った。

「そう、まず彼を見つけ出さなければ。でも東京はこの通り広いんでね」

窓に向かって石切課長は黒服の両腕を大きくひろげながら、初めて笑った。

第二部　魂の地下

I

こうやってもう何か月も当てもなく転々と安ホテルに泊まって歩きまわっていると（数日、部屋にとじこもったままの時もある）、東京というこの巨大都市の、とりわけ中心部が空洞化し始めている気配を、元宇宙飛行士はイヤでも感じとる。

東京じゅうをうろつきまわるわけではない。やはり子供のころ、学生時代からなじみのある東京都西半分の環状線電車の駅周辺が多い。時に青山通りから赤坂、麴町あたりに入ることもあり、世田谷や中野の住宅地区までぶらつくこともある。

駅の前や表通りはビルが建ち並び店々のショーウィンドーは結構華やかで、高価そうな乗用車も少なくない。住宅街の家々の出窓には鉢植えの花が並び、静かで清潔だ。だが昼間からブラインドが降りたままの、暮れかけても明りのつかない部屋あるいはフロアーの目立つ高層ビルや高層マンションが意外に多い。「テナント募集中」の汚れた垂れ幕がはためいているオフィスビル、「空室あり」と赤文字の掲示を下げた純白のアパート。

ビルとビルの隙間にはひんやりした空気が沈みこんでいる。繁華街の夜の裏通りでは外国語の話し声の方が多く、路地には雨に濡れたままのダンボールの空箱や錆びた電気製品が積み重なって、どこからか蒸気が洩れ臭気が澱んでいて、実際に血なまぐさい事件に直接出会ったことはなくても、何か兇悪な気配が張りつめているのがわかる。高層ビルの屋上の巨大な広告の電光とネオンだけが、濁った夜空に狂ったようにけばけばしい。

東京の内圧がいつのまにか確実に落ちている。少なくとも内部圧力の分布ないし循環がアウト・オブ・オーダーだ――この感覚は宇宙飛行士はとりわけ敏感である。宇宙船の中でも月面基地の気密モジュールの内部でも、気圧の変動は致命的なのだから。

高架高速道路の橋桁の下面に、酸性雨がコンクリートに浸みこんで溶かした石灰分のツララが垂れ下がっている箇所を、彼は幾度も見かけた。

大気層がとくに青色の光を乱反射するために、外からは美しいとさえ感じられるこの「青い惑星」の内側の光景はこの通りだ。世界じゅうの大都市でも同じようなものだろう。

ひとつだけの窓の外は一メートル余の仄暗い隙間を隔てて、隣のビルのヒビとシミだらけの壁しか見えない。ビルに囲まれたビジネスホテルの一室で、元宇宙飛行士はそんなことを茫々と、だがじかに骨にしみる実感をもって考えながら、もう三日を過《す》ごした。同じ壁しか見えないことを承知のうえで時折窓から外を覗いては、狭い室内を俯いてぐるぐると歩きまわり、眠っているのか覚めているのか判然としないまま固いベッドに寝転がって。

だがミジメではない。穏やかな丘陵の連なりの見える病院ではどうしても自分が病んでいると思いこみ、実際自分の過去も自分自身さえもうまく実感できなかったのに、ここでは自分が妙にまともな気さえする。自分も東京もともにおかしいから、その関係は身近で正常だ。病院はおれを患者にし、このFUCKING TOKYOはおれを癒す。おれはおれを取り戻す。

ただ……と神経科病院の元患者は室内の歩みをとめて、宙を見つめる。このヘンな東京との神経的狎れ合い、暗黙の魂の密通にはどこか不道徳なにおいがある。事実冷え冷えと饐《す》えたにおいを咽喉に感じる。ビルの谷間のこの安ホテルの部屋の、たとえばなかなか水が落ちない古い排水パイプのにおいなのか、彼自身の魂のにおいなのかわからない。このまともな気分、取り戻され始めた自分は、見知らぬ他人のように何か気味悪い……。

午前二時。終電車に乗り遅れたらしい酔払いが、廊下で言葉にならないわめき声をあげていたが、急にふっと静かになった。


表通りではなかったが、路地でもなかった。

夕暮近かったが、決して暗くはなかった。

元宇宙飛行士は新宿駅周辺の二車線ほどの道路を歩いている。

道路の両側には三階建てから七、八階建て程度の古い雑居ビルが並び、その一階の道路に面した部分のほとんどは店屋である。ラーメン屋に毛が生えた程度の中国料理屋、電気製品の安売屋、化粧品店、回転式のすし屋、編上げのブーツの多い靴屋、店内が痴呆的に照明の明るいハンバーガー店、店の外まで刺激的なにおいが洩れてくる漢方薬店、電子ゲームコーナー、昔のままのタコ焼き屋の店があり、ビヤホールはすでに混み始めていて、三軒並んだブティックの店先では勤め帰りらしい若い女性たちが、真剣な表情でセール品の籠を次々とかきまわしている。

時代に取り残されたというより、いつの時代も変らぬ都市庶民、とくに若い給料生活者や学生たちが気楽に集まる商店街。いまの都心にまだこんな一画もあったのだ、と店々からの違ったにおいのなか、点灯し始めたネオンの下を、人の流れのままに彼もめずらしく浮きたった気分で歩いていた。ことさら懐しいとも思わなかったが、あそこから戻って以来の人ごみへの神経的な違和感も珍しく意識しなかった。ただ肘や肩先が通行人と触れると、反射的に身を避ける。だから背後から汗くさい男の体が近寄ってきたときも、彼は無意識のうちに足を速めた。だが相手も同じように歩度をあげたようだった。それでも彼は夕暮の人ごみのせいだろうとしか考えずに歩き続けた。

体ごと押しつけてくるような気配を感じて彼がとうとう振り向いたとき、背後の男はほとんど彼に寄り添っていた。男の呼気を頸筋にはっきりと感じた。同時に背中に鋭く尖った固い物体が押し付けられているのがわかった。他のふたりの男がすっと彼の両脇に現れ、歩きながら後と左右から挟まれた格好になった。

「騒ぐと、刺すよ」

と背後の男が低いが冷静な声で言った。アクセントが日本人のものではなかった。

「そのまま、歩く」

ひと呼吸おいてそう言った。

親しい友人のように四人の男は、ひとかたまりになって道の端を歩き続ける。背後のリーダー格の男は彼より背が低く、両脇のふたりはもっと小柄だがスキのない体の動きだ。三人とも髪が黒くアジア系である。

何年にもわたって様々の教育と訓練を受けたが、格闘技の訓練だけはなかったことを思い出して、元宇宙飛行士は笑いかけた。月には敵も猛獣も怪物もいないからな。起こりうるあらゆる状況のシミュレーションにも、こんな場面はなかった。

彼はまた、学生時代に読んですっかり忘れていた有名な小説の最後の場面を思い出した。黒いフロックコート姿のふたりの男に挟まれて月明りの石切場まで連れて行かれて心臓をえぐられる男の話だったが、おれの連行者たちは薄汚れたジャンパー姿とは。ひとりはジャンパーさえ着てなくて茶色の汗くさいシャツだけ。お安く見られたものだが、おれだって似たような風体だ。

行き交う通行人たちも店から道に出てくる人たちも、誰ひとり彼らに気がつかない。

背後の男が多分とび出しナイフの切っ先に力をこめたらしい。尖った痛みをちょうど腎臓の裏側あたりに感じた。

「財布を隣に渡して」

セールで買ったばかりの上衣の内ポケットから、財布を出して手渡した。この滑らかで手ざわりのいい黒いなめし革の財布は誰かに貰ったはずだが、誰にいつ貰ったのだったか思い出せない。

最初に、財布を受け取った男がすっと路地に消え、それから二人が同時に彼からさり気なく離れると前方と後方に分かれ、人ごみに忽ちまぎれて見えなくなった。

現実感が感じられないまま歩き続けた。宵の商店街はいっそう人ごみのざわめきと照明の明るさを増して賑わっている。カレーの強いにおい。ゲームコーナーの電子音。手渡したときの財布の革の感触がしばらく掌に残っていたが、やがて背の痛みとともに薄れた。

暮れ切ったとき、元宇宙飛行士は西新宿の公園にいた。何か誘われるような気分を心の奥に感じたからだが、何が誘うのかわからなかったし強いてわかろうともしなかった。このところいつものことだ。

むかし学校を出たばかりのころ、この公園には一度来たことがあった気がする。だが自分の記憶がたいして当てにならないことに、いまさら彼は驚かない。遠い記憶によれば、貧弱な樹がすかすかに生えている小さくて貧弱な公園だった。ベンチが幾つもあって若い男女が肩や頬を寄せ合っていた気がするのは、そういう光景が気になる年齢だったせいだろう。

いま樹は高く大きく隙間なく葉が茂って、頭上にほとんど空が見えない。舗装された小道が曲がりくねっているせいか、葉の厚い茂みで外がよく見えないせいか、想像以上に広い。本ものの森に誘いこまれた感じだ。

大むかしのガス灯に似た（映画のなかでしかガス灯を見たことはない）青白い電灯の光がぽっと幾箇所もともっていて、しわがなくて硬い幹の色と葉の形からすると欅《けやき》が多く、「メタセコイア」という樹名の標識をかろうじて読めた大木もあった。樹皮が粗くて直立した太い幹に比べて、意外に繊細な葉だ。

丸く広く芝生になった場所に出て、初めて大きく外が見えた。都庁と西新宿の超高層ビル群がいきなり目の前にそそり立っていたことは、位置関係から想像して意外ではなかったが、巨塔のような超高層のビルとビルとの間に昇りかけた月とじかに向き合ったとき、元宇宙飛行士は息をのんだ。

満月である。そして帰還してから雲影に汚されない満月をまともに見たのは初めてだった。超高層ビルの垂直の側線の間で、満月は円より丸かった。黄色味がかった銀色に高地の全面が光って大きすぎた。もう秋だったのだ。

「静かの海」「晴の海」「雲の海」「嵐の海」「雨の海」と灰黒く広く大きく平坦な熔岩流平原の

それぞれのかたちが、くっきりと見えた。「虹の入江」までは見分けられないが、あそこに、あの「雨の海」北部におれは降りた、あの柔らかい粉の地面をこの両足で踏んで、歩いて、跳んだ、輸送車で走った、と彼は自分に言った。

どうしてこれまで、一年以上も月を見なかったのだろうとも思った。少なくとも満月を、こんなにはっきりと。

〈心ニ浮カバナイモノハ見エナイノダ〉

どこからか声のようなものが聞こえた。

おれはあそこまで行ってきたのだ、という誇らかな気持ちはなかった。すぐそこのようにも見えるけれど、とても遠く苦しい旅だったと訴えたい気持ちでもない。

「雨の海」の暗部に視線を集中しながら、圧さえ難い体の深い震えとともに彼は思った――あそこでいっぱいいろんなことを、おれは見て感じて考えた。いまやっと思い出し始めているより遥かに信じ難く言い難いこと、明るすぎ暗すぎること、晴やかで恐ろしいことを体の奥に、魂に刻みつけてきたはずだ。もしその全部を思い出したら、このままの自分ではいられないかもしれないようなことを。

〈ソノ時ガ近ヅイテイル〉とまた声が聞こえた。

芝生を囲むベンチの空いたひとつに、そっと腰をおろした。頭上から欅の葉が垂れていて、上端も下半分も左右の端も暗い葉と森影に囲まれた視野の真中に、月は冷たく優しく「海」の部分を翳らせながら光っている。

不意に涙がにじんだ。郷愁に近い懐しく激しい感情を覚えた。あそこでおれは確かに自分だった、だがその自分をおれは担い通せなかった……。月面の円周が崩れて、光が溶けた。狂暴な衝動がこみ上げてきた。自分自身へと向けられた破壊的衝動。

森は青白く暗く静まり返っている。

背中に突きつけられたナイフの切っ先の感触が蘇った。財布には銀行の預金カードも入っていたことに初めて気付いた。一瞬ハッとした。もう残り少なかったとはいえ、あの金は月面基地勤務の特別手当てだった。本当の自分から逃げながら、その自分を当てもなく食いつぶしてきたようなものだという羞恥が、いま向き合った月面の反射光に冷然と照らし出される。カードは再発行してもらえるとしても、あの自分の金でこの自分が生き続けてはならない、とその光は告げた。あそこからのじかの光、あの自分の声。

それをおれは思い出しきっていない、取り戻しきってはいない、と元月面基地要員は声もなくうめいた。

〈恐レルナ。逃ゲマワルダケデナク〉

再び見えない声が言った。

「どうしたんだね。ひどく気分が悪そうだ。そんなに震えて」

おずおずと遠慮がちの声が、すぐそばから聞こえた。

隣のベンチからだった。ベンチに腰をおろしたとき、隣のベンチに誰かが寝転がっていたことを彼は思い出した。ビニール貼りの買物袋のようなものを枕替りに、靴をはいたままの両脚を屈めて、人影がちぢこまって横になっていた。

いまも人影はその姿勢のままだ。顔をこちらに向けてはいなかった。汚れて型の崩れたスニーカーが月明りでかろうじて白く見える。片方の結び紐がだらしなくほどけている。

「何でもない」

と元宇宙飛行士は素っ気なく答えたが、違和感はなかった。むしろ浮浪者めいたその男がいまこの場にいたことに、とても自然な、ほとんど身近な感情さえ覚えたことが意外だった。

「熱でもあるのかと思ってな」

穏やかで気持ちのこもった口調。顔はよく見えないが明らかに老人の声。東北弁の訛《なまり》がある。

「こんなきれいな月を見てると誰だっていろんなことを思い出すもんだ。月に魘《うな》されるというもんな」

仰向いたままの姿勢で相手はそう言った。

「わしはあれを見るためにここにいた。いつもは下ばかり見て歩いてるけど。でも時には人間、空を見上げないとな。そうじゃないとあの野良ネコどもと同じだ。ほら、たくさんいるだろ」

そう言われて視線を凝らすと、目の前の丸形の芝生に置かれた大きな石のオブジェのまわりで、数匹のネコがじゃれていた。背後の大木の下闇でも幾つもの光る目が走ったり停まったりしている。

　だがネコだけでなく、芝生を取り巻くベンチのほとんどに、人影が坐りこんだり横になっているのもぼんやりと見えた。むかし来たときには若い男女のふたり連れが多かったはずだが、いまそこここのベンチの人影のほとんどはひとりずつ。顔や服装までは見分けられないが、オブジェのように静かな人影は隣のベンチの老人と同じような人たちらしかった。

　森の中を、声をたてないで走りまわる野良ネコと動かないホームレスたち。超高層ビル群の間から、月光がそれを照らしている。何か異様で狂おしく静か過ぎる。月は少し位置が高くなったが、「海」の翳りの部分をくっきりと見せながら、黄白色の無表情な輝きは変らない。

　元宇宙飛行士もひっそりと魘され、静かに変身する自分を他人のように感ずる。地球に戻ったときの、底なしに地面にひきこまれ続けるようだった重力感のめまいが全身の細胞に蘇る。月面がすぐ眼前のようにも、ひどく遠く無限の彼方のようにも見えた。あそこでは、この「青い惑星」はいつも同じ距離感で見えたのに。

　とても不安だ。気がつかないうちに立ち上がっていた。

「帰るのか」

と隣の老人が声をかけた。

「帰るところはない」

と答えていた。本当に今夜からホテル代はないのだ。食事代も。

月光が身につけていたすべてを脱がしてゆく感じだ。もうおまえのものは使わない、と「雨の海」の一隅に立った自分に言った。手を伸ばせばさわれるほどの近さに、宇宙服姿の自分が立っている。

老人がもそもそと体を起こして、ベンチに坐り直した。肩幅が広くて背が低い。片手をあげて頸筋を掻いた。

「おれにはもう帰るところがない、とふっと自分に言う時ってものがある。何となくだ。決心するなんてことじゃない。だけど本当にそうなってしまうんだのお。気がつかないうちに一本の線を踏み越えてしまっているんだ」

今度はしわだらけのトレーナーの袖口をまくり上げて、肘のあたりを爪音をたてて掻きながら、初めて顔を上げた。乱れて薄くなった髪がほとんど白くなっているのが、月の光でかろうじてわかる。額と目尻と口の両わきに、しわが深い影の溝を刻みこんでいたが、表情に翳りはなかった。

「今夜は、ここで寝る」

と混乱した気持ちのままそう呟くと、相手は俯いてホ、ホ、ホッと笑った。

「今夜は雨は降らないだろうし、寒くもない。まあムリはしないことだな。何か欲しがる者がきたら、くれてやれ」

「もう盗られる物なんてない」

「それはとてもいいことだ。安心して寝られる。そろそろわしもネグラに行くとするか」

ゆっくりと立ち上がって背筋を伸ばしてから、老人は顔を近づけた。

「寝酒のコップ酒を一本、ご馳走してくれんかな」

元宇宙飛行士はズボンのポケットに残った硬貨から二枚指先で取り出しかけたが、すぐに思い直して残り全部の硬貨を握って差し出した。これでいいのだ、と思った。

「ありがとよ」

と軽くうなずいて掌に硬貨を受け取ってから、相手はさらに顔を寄せた。

「アブナイ男だの」

囁くようにそう言い、またホ、ホ、ホッと小声で笑いながら、全財産が入っているらしい膨れた紙袋を下げて、青白い灯が宙に浮く森の中を老人はふらりふらりと遠ざかっていった。

きつい体臭が残った。


月は超高層ビル群の間から天心へと昇った。走りまわっていた野良ネコたちも静かになり、他のベンチの人影も見渡せる限りいなくなったようだ。眼前の丸い芝生に置かれた石造オブジェの上面だけが、固く白く光っている。

元宇宙飛行士は靴をはいたままベンチに横になって、片肘を曲げて枕にした。上の樹々の葉並みの隙間から洩れてくる月の光が、頬をひんやりと移ってゆくのを感ずる。子供の頃、路面や敷石に点々と落ちる木洩れ日の光の斑模様が好きだったことを思い出したが、とくに過去を思い返していたわけでもないし、これからのことを考えてもいなかった。不意に体ごと穴に落ちこんだような思いがけない事態を、心がひそかに楽しんでいるような気もした。

空腹を意識すると、芝生の縁にある水飲み場の水を飲んでベルトをきつく締め直して、またベンチに横になる。ただベンチの固い板の上で、頭をのせた肘の関節が痛くなる。隣のベンチで横になっていた老人のように、枕がわりにする中身の詰まった紙袋はない。周囲に木切れのようなものも落ちていなかった。宇宙船内の無重力状態では、枕など全然必要なしに空間に浮かんで眠った。重力があるということは不便なものだ。スープが空中に飛散したり大便がいつまでも尻を離れなかったり、重力がない状態も結構脂汗を流すことが少なくなかったけれども。

どうにか眠ったらしい。人声で目を覚ました。明るくなっていた。明る過ぎた。夜明けでも朝でもなく、昼間の光だった。眩しかった。目を細めて瞳孔が窄《すぼ》まるのを待って瞼を開いた。片肘を枕に横向きに寝ていたはずなのに、いつのまにか仰向けになって両手を胸の上に重ねていた。

小さな女の子が背のびして、彼の顔を覗きこんでいる。

「このひと死んでるわ。あら、生き返った」

三、四歳ぐらいの子が独り言を言っている。このくらいの年齢の、とくに女の子はよく独り言を、あるいは自分で勝手に名前をつけた見えない小さな霊的存在と話をするものだ。

「目は開けたけど、動かないわね。息をしてるのかしら」

顔を近づけた女の子は髪の頂辺《てっぺん》を黄色いリボンでくくっていて、その向こうに欅の葉が広がっている。彼はわざと息を殺して、この年齢の子供はおとなの人間たちとは別の種族の生きもののようだと考える。覚えたばかりの言葉を溢れる好奇心のままに純粋に使う。このいやらしく重力の大きな惑星ではなく、もっと小さな重力の世界が彼らにはふさわしい。

「どうしたらいいんでしょうかねえ」

本心から真剣な表情と口調で、女の子は見えない霊的パートナーに相談している。

「どうしようもないですねえ」

元宇宙飛行士はそっと息を吸ってから、相手と同じように本気の口調でそう言って微笑した。穏やかに風が吹いて、木洩れ日が揺れた。一瞬別の星に帰っていたような気がした。女の子は驚いて言葉を探している。

近くで尖ったおとなの女の声がした。

「何してるの。知らないひとと話してはいけない、といつも言ってるでしょ」

「だってこのひと死んでたんだもの」

途端に女の子の声も表情も変った。若い婦人が小走りに近づいてきて、子供の手をつかむとベンチの前から引き離した。彼は横になったままだった。手を引いて急いで立ち去りながら母親が子供に繰り返す言葉が聞こえる。

「あんなひとが本当にコワイんだから。何をするかわからないのよ」

はっきりと目が覚めた。後頭部と肩甲骨が痛かった。目覚めた胃が空腹を訴え始めたが、本当にどうしていいかわからなかった。上半身を起こした。十二時に近かった。この宇宙飛行士用の特殊時計を売れば、簡単な食事が出来るかもしれないと思ったが、どこに行けば売れるのかわからない。

真昼の明るさの中で公園は月夜とは別の場所のように見える。濃い緑の深い茂みとばかり思われた樹々は、背こそ高かったけれども葉は艶がなく埃っぽく薄汚れていた。芝生には飲みものの空缶が転がり、ゴミ入れの箱は溢れ返って、野良ネコが何匹もその上までのぼって餌をあさっている。

だが樹の下の道を歩き、ベンチに坐っている人は意外に多かった。小さな子供や孫を連れてきている女たち、身なりは精一杯シャレたものを着て高価そうな帽子をかぶっているが生気のない停年過ぎの老人たち、カメラと三脚を抱えた偏執的な目つきの若者、昨夜の隣のベンチの老人のように全財産を入れた大きな紙袋を下げた一見してホームレスとわかる男たち、それに芝生の真中にサングラスをかけて、上半身裸で仰向けになっている若者もいた。

昼休みの時間には、近くの超高層ビルの勤め人らしい若い男女のカップル、女だけのグループが幾組も現れては消えていった。若い女性社員たちが芝生に丸く坐って笑い声をあげながら食べている弁当の、パックケースの白さが目にしみた。

だが元長期入院患者は無為に時間を過すのに馴れている。諦めたらしく胃はひとりでに収縮して、やがてそれほど苦痛ではなくなった。芝生のまわりを歩きまわって水を飲んではまたベンチに腰かけている間に、人たちは現れては去り日は傾いた。

日ざしが黄色く色づき人影が減り始めて彼が元のベンチに寝転がって間もなく、隣のベンチにまずどさりと大きな紙袋が置かれ、それから洗いざらしのスウェットパンツと同じ灰色の薄黒くしみが幾つもこびりついたトレーナー姿の老人がゆっくりと腰をおろした。

「ゆんべ、眠れたかの」

と聞き覚えのある東北訛の声がした。昨夜と同じように片方のスニーカーの結び紐がほどけている。ずっと以前からの知り合いのような馴れ馴れしい口ぶりが幾分気にさわったが、体臭には昨夜ほど違和感を覚えなくなっている。

「どうにか」

とだけ寝転がったまま元宇宙飛行士は答えた。昨夜と位置関係が逆だった。宙に浮かんで寝たこともあるんだ、と言いかけたが口にしなかった。ベンチの上で脚を組み変えた。

「だが食べるものがなくて少し弱ったようだな。目がくぼんどる」

そしてホッホッと小声で笑った。

おれが丸一日食物がなかったのがそんなにうれしいのか、と元宇宙飛行士は腹が立ちかけるが、この老人の妙な笑い方にはおれよりもっと大きなものを笑っているような気配もある。

老人は紙袋をゴソゴソと手探りした。

「おまえ、これ、食うか」

潰れかけた小さなにぎり飯が二個入った薄っぺらなプラスチック容器を、寝転がった彼の腹の上に投げてよこした。

「わざわざ持ってきてやったんじゃないが、おまえさんはきっとここにいるとわかってた。家を出ると人間どこにでも勝手に行けると思うもんだ。世界中どこにでもな。だけどワクワクとそう思うだけで、実際には自由に動けやしない。心はワクワクしても体はすくんでしまう」

元宇宙飛行士は上体を起こして、容器を開きかけて手を止めた。開いたまま揺れている薄いプラスチックのふたに、樹間を射しこむ夕日が光った。その光が一瞬妙に物悲しく見えた。湿った海苔がへばりついたにぎり飯にかぶりついた。飯粒は固くて饐えた味がしたが、のみこんだ。もう一箇も口に入れた。

それから黙って立ち上がって、水飲み場の水で胃に流しこんで、ベンチに戻って隣り合って腰掛けた。

「まずかっただろ」と老人が言った。

「ああ」と元宇宙飛行士は正直に答えた。

老人は俯いてまたひとりで笑った。さっきほどその笑い方が不快でなかった。公園の中はまだ人たちの姿も多かったが、元宇宙飛行士はどこか遠い場所の、たとえば月面の断崖の端にふたりだけで坐っているような孤独感を覚えた。

目を上げた。都庁のビル高層部の、少しずつ向きの違った壁面のひとつの小さな窓が、角度の具合で金色に燃えたって見えた。いやその小さな光の焰から見つめられたような気がした。不気味なほど強い輝きは彼の心の奥まで刺すようで、何かとても大事なことを思い出しかけたが、光線の角度が変って窓の光は忽ち消え、打ちひしがれたような気分だけが残った。

「わしと一緒にくるか」といきなり老人が言った。

「ああ」と元宇宙飛行士は答えていた。他人の声のようだった。


超高層ビル街の夕暮は早い。頭上の狭い空間に光は残っていても、ビルの蔭はもう薄暗く翳っている。

元宇宙飛行士は子供の時からこの新宿の超高層ビル群を遠望してきたが、その下を歩きまわるのは初めての気がする。幾つものオフィスビルやホテルの前を、横を、裏を通った。形や色は少しずつ様々に違っていても、街路に接する最下層の部分には石造の階段と壁が多い。まだ寒い季節ではないのに、冷え冷えと濁った空気が沈みこんでいた。

体にぴったり合った上質の生地の背広を着た男やヨーロッパ調の落ち着いたスーツ姿の女性たちが、背筋と脚を伸ばして歩道を足早に行き交う。その中を、汚れてだぶだぶのトレーナーに踵のつぶれたスニーカーを曳きずりながら、大きな紙袋を下げた老人はわざとのようにのろのろと歩く。歩道の男女たちは二メートルも前からふたりを避《よ》けて通り過ぎる。じろじろ眺めたり振り返ったりする者はない。その見事に申し合わせたような無視ぶりに、元宇宙飛行士は自分が街灯の柱か街路樹の幹か、そんな異物の影になった気分になりかけるが、老人は逆に他の通行人たちの方が存在しないかのように悠々と気ままな歩き方だ。

一緒にくるか、と言われたとき、元宇宙飛行士は高層ビル街とは反対の木造モルタルアパートや古い倉庫が残っている低い家並の一画や、雑居ビルが並ぶ商店街の路地を思い浮かべたのだったが、全く別の方向に老人は向かっているようだ。

髪は多少乱れていても、元宇宙飛行士は異様な風体ではない。だが今夜の寝るところも食べるものもないという単純な事実が、まわりの人々とは自分が異質の存在になった気分にする。必ずしもミジメなのではない。地球周回軌道から月遷移軌道へと加速移行して、地球がみるみる遠ざかっていったときの気分に似ていた。

幾つものビルの角を曲がった。点灯した街灯の人工の光で街路樹は鮮やかな緑色になり、頭上遥かな狭い空は濁った紫色になった。超高層ビル群のはずれに近い、建設中らしいひとつのビルの下で老人は足をとめた。白っぽい金属板の高い囲いが、ビルを取り巻いている。だが工事トラック用の道路に面した囲いの出入口は太い針金で幾重にも縛られ、トラックはもちろん、黄色のヘルメットをかぶった工事関係者、労務者の姿はひとりもなかった。

ビルは二十数階ほどで工事が中断されているのだ。出来上がった部分の上には、赤黒く錆びた鉄骨がさらに数階分組み上げられ、細い鉄筋棒が何十本も突き出たままだ。薄暗くてよくは見えないけれど、囲いの塗料は剝げかけ、傷になった部分から錆が流れ落ちてしみついている。囲いの最下端からは内側で掘り上げたらしい土の山から流れ出た泥が、歩道の敷石の隙間に赤黒くこびりついていた。

老人はこれまでのぶらぶら歩きのときとは違って注意深くあたりを窺うと、紙袋を歩道に置いて囲いの塀の一部を肩で強く押した。隙間もないと思われた囲いの金属板が下半分だけ僅かに開いた。素早く紙袋を拾って手招きした。老人が押し開けている隙間から元宇宙飛行士も急いで中に入った。

高い塀で街灯を遮られて内側は薄暗かった。雨ざらしのままの建築資材、タイルの破片や板切れ、曲がった細い鉄棒や塗料の空缶などのゴミ、運び出されていない土の小山が散乱し積み重なっていた。「安全第一」と大きく緑色の文字で書かれた標示板が地面に転がって汚れている。その中を老人は馴れた足取りで曲がりくねって歩いて、ビルの裏手にまわった。元宇宙飛行士はふらつき気味の脚で、注意してその後を追う。転ばなくても腿をザクリと切り裂きそうな鉄板の角や鉄棒の先端が、至るところに突き出ている。

まわりの高層ビルの整然と並んだ窓につき始めた明りの中で、工事を中断されたあるいは放棄された眼前のビルは亡霊のように影薄く異様に暗い。老人はビルの裏手の暗がりの中の、知らなければ通り過ぎてしまうほど小さな降り口に入る。ごく狭い階段が幾度も折れ曲がりながら下に通じている。セメントか鉄の粉でざらざらの手すりにつかまり、足ずりしながらかろうじてついてゆく。幾度も転びかけて手すりを握った。老人は折れ曲がりの箇所毎にライターをつけてくれた。

初めての元宇宙飛行士にはとても不安に感じられたけれど、実際の階段の長さはそれほどではなかった。鉄板のドアの前に出た。老人がまたライターをつけた。ドアのノブの部分が錠もろとも、鉄棒で時間をかけて乱打されたようにギザギザに壊され鉄板が裂けて穴があいていた。その穴から薄明りが洩れ出ている。

「ここがわしの住みかだ。鉄筋コンクリート建てのな」

そう言って笑った老人の顔が、ライターの焔のゆらめきで別人のように変幻した。

明らかに地下駐車場用に造られた場所だ。床も天井もまわりの壁もコンクリートの地肌が剝き出しである。それほど広くないのは、駐車場が地下何階も分かれているからだろう。おとなの両腕でひと抱え以上もある太いコンクリートの四角柱が十数本以上も、床と天井を貫いている。

その太い柱の蔭に、壁際に、茶色いダンボールをつなぎ合わせて組み立てた小さな〝家〟が、ざっと見渡しただけで三、四十もあった。ホームレスたちの地下の村。立ち話をしたりひとりで坐りこんでいる人の姿が、ダンボール住宅の数よりはるかに少ないのは、まだ〝帰宅〟していない者たちが多いからに違いない。

老人は柱のひとつの蔭に連れを導いた。ほとんどの柱に裸電球がともっている。老人の家は驚くべき丹念さで作られていた。ダンボールの厚紙の端に小穴をあけてそのひとつひとつに白のビニール紐を通しては別のダンボールと結びつなげ、ほぼ畳一枚分ほどの敷地に高さ一メートル足らずの空間を作り出している。正確な傾斜のついた屋根までついていた。出入口のダンボールは上端だけビニール紐で結び、下は自由にぶらぶらしている。囲いの中の床にはダンボールを何枚も重ねたうえに、毛のすり切れた古毛布が敷いてある。物置用らしい小型の別棟さえ隣接してあった。

「とまあ、こういう次第だな」

老人は腕組みしてわが家を見下ろしながら言った。

「月が見える公園のベンチの別荘もあるし……これ以上アクセクするなんて、バカげとると思わんか」

肘で元宇宙飛行士の脇腹をククッと笑いながら小突いた。

「まあ、そういうことだ」

元宇宙飛行士はあいまいに答えた。ホームレスと呼ばれる人たちを子供のときから街中で幾度も見かけたことはあったし、彼らのダンボールの家のことも見かけてはいたが、実物に入るのは初めてだったし、それ以上に自分自身がそのひとりになりかけている、いやすでにここまで降りてきてしまっていることに、彼はまだ現実感を覚えられなかったからである。

だが路上で財布を奪われ、満月の夜にこの老人の隣のベンチに坐るという偶然がなかったとしても、早晩こうなる運命だった気もするのだった。病院を脱け出した時から、自分が自分でなくなったような状態であそこから帰還した時から、さらにもっと以前、宇宙につまりこの惑星の外に出ようとひそかに決心した二十歳の時から。

〈行キッ放シニナルコトガ、アナタノ運命デアルノカモシレマセン〉とあの老婦人が急死する直前、おれの心の奥に囁いたではないか。ふと迷いこんだ古屋敷の女主人ほど老いてはいないけれど、妙な笑い方をするこの東北訛の老人の目にも、おれの背後の見えない糸が見えているようだった。

「家を作るのは気の向いた時でいいだろ。今夜はこれを敷いて寝な。公園のベンチよりは寝心地いいわ」

老人は物置小屋の中から数枚のダンボール紙を引きずり出して手渡した。

「今夜は晩めしも寝酒もないから、早く寝るとするか。夢の中でタラフク食う」

そう言って老人はスルリと屋根つきダンボール小屋に足からもぐりこんだが、すぐに顔だけ出してこう言った。

「オシッコは上に出てするんだ。壁にやっちゃいかん。そうすることにここではなっている。オネショでも駄目だ」

その冗談が自分で気に入ったらしく、顔を引っこめてからも含み笑いの声が厚紙の家の中にこもって聞こえた。

元宇宙飛行士は渡された厚紙を両手で捧げ持ったまま、コンクリート柱の蔭に立っていた。入ってきた時よりも住人たちの数は増えているようだったが、あからさまに不審な目を向ける者もなかったし、近づいて話しかけようとする者もなかった。中年以上の男たちがほとんどだが、完全に無関心なのではなくて不気味な無視。

幾つもの裸電球が黙って坐りこんでいる老人たちと小声で立ち話をしている男たちとそのささやかな住居をぼんやりと照らし、灰色の床と壁にしみのような歪んだ影を落としている。案内者の老人が言った注意は守られているようで、排泄物の臭気はなかったしゴミや空缶が転ってもいない。むしろまだそれほど時間がたっていないらしいコンクリートのかすかに酸っぱいような刺激臭がひんやりと沈みこんでいて、大がかりなひと昔まえの建造物特有の肌にざらつく圧迫感があった。圧迫感はここが一応広くても閉じられた空間であることによって強まっている。反対の方向にふたつ、鉄柵でふさがれた車の入口と出口がぼんやりと見えるが、地下駐車場に窓はない。

ただこの窓のない地下空間に入ってきたときから、彼は体の奥に一種懐しいような気分を感じ始めてもいた。やがて柱の蔭の床に、老人の家と少し離れてダンボール紙を重ねて敷いて、その上に仰向けに横たわったとき、その懐しい気分の正体に気付いた。

半地下式の月面基地の内部——人間に先立ってロケットで送りこまれたロボット機械たちが、地上からの遠隔通信操縦によって建設した基地。昼の期間と夜の期間の三百度近い温度差の断熱のためだけでなく、太陽からじかに噴きつけてくる放射線の危険から人体を保護するために、基地は厚さ三メートルに及ぶ月面表土《レゴリス》で厳重に覆土されていた。地球のようにヴァンアレン帯の防護膜はないのだ。とりわけ地球の時間で二週間にわたる暗黒極寒の夜の期間、月面要員たちはその窓のない密閉空間にほとんど閉じこもる。基地のごく近くの通信施設やプラント工場の点検に出る以外には。

二機の月着陸機に抱きかかえられるようにして月面に降ろされた六基の円筒形モジュールが、片仮名のキの形に並べられ連結されている。機械設備モジュールと、食料生産モジュールが二基ずつ、そして要員居住モジュールも二基。共用の食事室、資料研究室、通信室を除いて、それぞれの個室は狭いが、少なくともこのダンボールの中よりは広くて快適だった。

だがマイナス百五十度以下になる真空暗黒の夜の月面は、まさに死の世界。照明は明るく基本的な生存設備は整っていても、厚さ三メートルの土で覆われた完全密閉空間はぎりぎりの生存の保証、万一の設備の故障は窒息と瞬間冷凍をもたらす最後の砦。太陽表面のフレア現象の活発化による致死的な放射線激増が予告された夜などは、嵐の夜に母親の胸に縋《すが》りつく幼児の恐怖に近い状態になる。

屋根が厚く壁の固いこの地下空間は、その恐怖を、恐怖からの親密な防護の気分を改めて思い出させるのだった。

ここの住人たちは夜が早いらしい。寝酒を手に入れることのできた運のいい男が、低く哀切な歌を唸っていたが、それもやんで裸電球も次々と消されて暗くなってゆくと、天井の、四方の壁の粗い表面がいっそうひしひしと身に迫ってくる。

ひとつだけついている裸電球の弱い明りに、柱のまわりの、壁の前のダンボール小屋がぼんやりと見える。こんな頑丈な天井があるのに、どうしてどの小屋も上面まで囲って、屋根の形まで作っているのだろう、と考えてみたりする。何を恐れているのだろうか、ここには空気もあり、三百度の温度差も太陽風の放射粒子もないのに。

闇……と思いついて、不安定な記憶の層が底深く揺れる。黒い空、宇宙の闇。

尿意を覚えて、そっと起き上がると忍び足で駐車場の床を横切って、錠を壊された鉄板のドアから階段を上がる。真暗だが目が闇に馴れていて、手すり伝いに外に出た。

昨夜より大気が湿っているせいか月光は弱かったが、かすかに黄色味を帯びた仄明りが建ちかけのビルのまわりの建築資材の山、ゴミの山、掘り返された穴の底に澱んだ溜り水を照らし出していた。まわりの高層ビルの灯はほとんど消されていて、囲いの内側に動くものの影はない。宙に突き出た鉄材の表面に一面の錆の一粒一粒が見えるようだ。すでにもう長い間放置されたままらしい建築現場は荒れていた。

囲いの外の道路を走る車の音が、時折ふっと途切れる。雲が薄れて月光が降りかかる。

この光景、この荒れ果てた沈黙は前に激しく意識したことがある、と元宇宙飛行士は体の芯が不意に冷えるような気分を覚えた。

宇宙服を厳重に装着して、気密室のドアからおれは夜の月面に幾度も出たことがあったのだ。月の夜空に月が出ているとは、と最初のとき彼は驚いた。地球から見る月の直径三倍以上もの大きさの〝月〟。その〝月光〟が大気のない月面で完全に透きとおって青白かった。地球の青い反射光だった。

「雨の海」の広漠たる玄武岩の黒っぽい大熔岩平原が一面に青白かった。何億年来の隕石の破片のひとつひとつが青白かった。基地の覆土の丸い表面も青白く輝いていた。ロボット機械の長いアームも青白かった。幾基もの地球との交信アンテナの盤も青白く光っていた。宇宙服の両腕も両脚も青白く染まっていた。とりわけ熔岩平原の地平線上に見え隠れする斜長石の多い山脈が冷たく燃える燐光の連なりだった。

初めて機器点検の当番で夜の月面に出たときのその印象が、不気味だったか、美しかったか、恐ろしかったか、夢幻的だったか、地獄的だったか。そのすべてだったことを、いま元宇宙飛行士は思い出す。大暗黒と蒼白の信じ難い世界。その静寂の大空間に銀河中心部からの、太陽からの見えない死の放射線が降り注ぎ、はね返って荒れ狂っている。その中におれはひとりで立っていた……。

ありありと甦った夜の月面の荒涼たる光景に思わず身震いする。

物蔭に放尿すると、元宇宙飛行士はその記憶から逃げるように鉄筋コンクリートのビルの地下に戻った。

II

黄看護婦は夜になってから寮を出た。

他の看護婦や医師たちと出会って「どこまで？　旅行？　いいわね」などと声をかけられるのがイヤだったからだけではない。日暮れると人の出入りが途絶え、国道の電柱以外の灯火もほとんどない夜の方が、何となく自分が出てゆくのにふさわしいように思えたからである。

そういえば彼女が初めてこの郊外の病院に来たときも夜だった。事務の人たちはすでに帰宅していたため手続きができなくてその夜、寮に泊まるのに苦労したのだったけれど、物事がすんなりと運ぶとかえって彼女は不安になる。幸い親しい看護婦たちの誰とも出会うことなく、病院の夜間出入口を出ながら、いま彼女は少し不安だ。

三日前、婦長に「一か月ほど休暇をとりたいのですが」と申し出ると、意地が悪いと言われている婦長が「いいですとも、あなたはずっと休暇らしい休暇をとってませんからね」と機嫌よく言った。さらに「久し振りに故郷《くに》に帰ってくるの？　ちがう。それなら静かな温泉ででもゆっくり休んでくるといいわ。このところあなたは少し元気がないようだし。あなたのことだから……」と言葉を切って、黄看護婦の顔を縁なしの眼鏡越しにちらと見やってから「男のひとと一緒ということもないでしょうけど。あら、それでもいいのよ」と独身の婦長は笑った。同僚の看護婦たちも、彼女がどうして珍しくまとまった休暇をとるのか、疑問をもつことはなかった。軽症病棟の医師だけが「きみがいないと困るなあ」と言っただけ。

初めに事がうまく行き過ぎると、運が早くなくなって後で悪いことになる、と彼女は思ってしまうのだ。自分の運の総量が多くないことを、子供の時から彼女は知っている。

それにこの外出は一か月どころか三か月以上になるに違いない、という予感もいま彼女の中では強まっている。彼女自身は一か月の約束を守るつもりだ。小さなことでもいつも彼女はそうしてきた。だが今度は違う、固いはずの彼女の意志以上の力が働き始めているのがわかる。

病院最寄りの郊外電車の高架ホームに立って、彼女は病院の裏手の丘の影を闇の中に探し、それから東京中心部の方の夜空を眺めた。なだらかな丘の線は闇に溶けていたし、都心の空は桃色に近い紫色だった。何か不吉な色。その方向に自分は行くのだ。

石切という役人にご馳走になって頼まれたからではない。わたしの意志で、月から帰ったというわたしの患者を探しに行く。方角さえわからない東京の広い都市《まち》の中へ。真暗の大きな部屋の中で一本のヘアピンを探すようなもの。そのことのほとんど不可能な難しさについては、幾晩も彼女は考えつめた。そして確率ゼロに近い賭けに賭けた。こんな愚かなことはこれまでも決してしたことはなかったし、多分これからもないだろう。それに比べたら、日本へ来たことだってそれなりに予想できたことだった。

次第に線路の両側が明るくなってゆくのに驚きながら、彼女は旅行バッグを脇に置いて電車の隅の座席に腰かけている。この時間、都心に向かう電車は空いていた。空いた座席の真中あたりで、若い男女のふたり連れが熱心に中国語でしゃべり続けている。だが広東語なので彼女にはわからない。

言葉がわからない同国人をぼんやり眺めているうちに、意外に早く新宿の終点に着いた。上海から来た麻元看護婦が働いている赤坂まで、地下鉄に乗り換えねばならない。何度も来たことはあっても新宿地下街の連絡通路はとても苦手だ。年齢も服装も職業も国籍さえも雑多な人々で混み合い、空気は息苦しいほど濁り、様々な臭気がこもって、通路は立体的な迷路である。ほぼ完全に読めるようになった日本式中国文字の表示を熱心に探して（いつのまにか頭の中で中国語で発音している）、幾度も旅行バッグが人にぶつかって謝りながら、ようやく赤坂を通る地下鉄のホームに辿りついてほっとした。

だが赤坂で地下鉄の駅を出てから、麻元看護婦が電話で教えてくれた彼女の働く店までの道順がいい加減で、黄看護婦はバッグを抱えて苦労する。広くない道路が幾本も縦に横に平行していて、その道路がどれも同じように、日本料理、西洋料理、中国料理、韓国料理と様々な料理店と酒場、カラオケ店が両側に並び、似たような名前のバーの小さな看板がビルの壁に沿って縦に一列に並んでいる。店々の照明とネオンはけばけばしく明る過ぎ、通行人たちが大声で話し合っている言葉は日本語の方が少ない。大きな黒人たちとすれ違うのは彼女には初めてだった。

泉の多い古く静かな済南の街とほとんど多摩丘陵地帯しかよく知らない彼女にとって、この夜の繁華街は異様で落ち着かない。麻元看護婦に教えられたバーの看板を仰向いて探しながら、神経が次第に苛立ってくる。だが黄看護婦にとって東京の真中に住む知人は彼女しかない。

幸い赤坂の繁華街はそれほど広くなかった。幾度も同じ道を歩きながら、やっと派手な照明が少なくなるはずれに近い十字路の角に、目当てのひとつとして教えられた喫茶店を見つけた。その喫茶店から三つ目のビルの三階に目的のバーがある。昼間彼女のアパートの部屋に電話して、今夜確かに彼女が店に出ることを確かめてあったが、もし店に彼女がいなかったら東京の真中で黄看護婦は行くところも泊まるところもない。

緊張して十字路の公衆電話から、店に電話をかけた。運よく電話口に出たのは麻元看護婦だった。まだわたしの運は続いている。

「ハーイ、バー〝ハンナ〟です」

麻元看護婦の電話口の声は、別人のように甲高く媚を帯びていた。

「黄ですけど」とおずおずと日本語で言った。

途端に相手の声が、黄看護婦の知っている声に戻った。

「どこにいる?」

「角に喫茶店のある十字路」

「じゃ店の下まできて、すぐ降りてゆく」

相手も日本語だった。店の中では日本語を使うことになっているのだろう。

黄看護婦は店のあるビルの入口まで行った。麻元看護婦はすぐに降りてきた。

「仕事中に悪いわね」

「いいのよ。客なんてほとんどないんだから」

髪の形も化粧も服装もこの間まで神経科病院の看護婦だったとは信じられないほど派手に変っているが、中国語でそう言ってハッハッと笑う彼女は以前のままに陽気な麻汝華だった。

「よく出てきたわね、あそこから。あんたみたいなひとが。驚いた」

「辞めたんじゃない。一か月休暇をとっただけ」

「あんな陰気なところにいたら、カビが生えちゃうよ。思いきり羽を伸ばせばいいのよ」

それから顔を寄せて囁いた。

「いい男も紹介してあげる」

黄看護婦の知らない濃い香水の香がにおった。麻元看護婦には東京に出てきた理由は話していない。

「そこの喫茶店の二階で待ってて。十一時になったら行くから。それからおいしいもの食べよう。おごってあげる。わたしうんと稼いでるんだから」

そのときすぐ近くの足許の方から、しわがれた男の声がした。

「おねえさん。わしにもおごってくれんかねえ」

黄看護婦は驚いて思わず麻元看護婦の肩をつかんだ。旅行バッグが腕から落ちた。黄看護婦は全く気付かなかったが、隣のオフィスビルの薄暗い階段に、髪も髯もぼうぼうの汚れたトレーナーを着た男が横になっていた。

「うるさいわねえ。こっちの話よ」

と麻元看護婦は日本語で言い返したが、突き放す冷たさではなかった。

「いつもここにいて、通りかかると話しかけてくるのよ。ここで寝てるらしい。乱暴はしないわ。じゃ十一時にね」

そう言って彼女は小走りに店に戻って行った。

黄看護婦はバッグを拾い上げながら、もう一度横目でその男を見た。日本にも東京の真中にもこんな人がいる、と彼女は驚く。男は階段に坐り直して、穏やかな目で通り過ぎる人たちを眺めている。

コンクリートの床にダンボール紙を二枚敷いただけで体の上に掛けるものは何もなかったが、

元宇宙飛行士は熟睡した。こんなに夢の記憶もなしに眠ったのは、久し振りのことだ。

　案内者の老人はすでに起きていた。自分の小屋の前に腰をおろして、手持ちの大きな紙袋の中身を熱心に詰め直している。

「よく寝てたの。まるでもう長いこと、ここに住みついてるみたいにな。おかしなやつだ」

「こういう頑丈な天井と壁の中だと、安心するらしい」

　月面の半地下基地を思い出しながら、元宇宙飛行士は答える。外は恐ろしいのだ。真空、極低温、放射線、暗黒……大きく息を吸う。確かに空気はある。横になったまま彼は思いきり体を伸ばした。

　壊れた鉄扉から、紙袋を下げて出てゆく住人たちの後姿が、薄暗がりに影絵のように見えた。外が明るくなっていることが咄嗟に信じられない。

「そろそろわしも食料を仕入れに出かけるかな」

　と言いながら、老人も立ち上がった。

「食料をどこで、どうして？」

「ついてくればわかる」

　確かに空腹だが、彼は外に出る気がしなかった。とうとう来るべきところに来たようなこの気分を味わっていたかっただけでなく、ここでようやく思い出すべきことをぎりぎりに思い出せそうな心の奥のうごめきも感じられる。外の世界のざわめきでその予感を乱されたくない。

「おれは何となく外に出たくないんだよ。すまないけれど、これをどこかで処分して、おれの食べるものを買ってきてもらえないかな」

そう言いながら、元宇宙飛行士は腕時計を取り出して渡した。過去の最後の徴を手放す心残りを覚えた。

「ヘンな腕時計だの。重くて小さな文字盤がやたらにたくさんついてる」

そう言って老人は宇宙飛行士用腕時計をポケットに入れると、紙袋を片手に前屈みの姿勢で扉の方に歩いて行く。その後姿をずっと見つめている。見知らぬ他人に自分を証明する物はもうひとつもない。単なるおれ、私、このひと、彼、任意の点だ。

そのときすぐ近くで、不意に女の甲高い叫び声がした。悲鳴に近い言葉のないその声は、重く閉じられた空間に澱んだ灰暗い沈黙を一気に切り裂いて、まわりの壁と天井に固くはね返った。明らかにもう若くはない女の声。短く一度だけだったが、その叫びには年齢を超えた体の底からの絶望と悲哀と恐怖の言い難い迫力がこもっていた。

思わずあたりを見まわす。五、六メートル離れた支柱の根元に、ひとりの女が蹲っている。濃い灰色の男物のようなだぶだぶのセーターに、同じ色の同じように薄汚れたスウェットパンツをはいた中年過ぎの女。もじゃもじゃの髪も灰色で、立てた両脚の膝を両腕で強く抱えて、顔を起こして宙を見つめる目つきがうつろだ。声は確かにその女のところから聞こえた。だが何人かの住人たちが地下の広場に残っているのに、誰ひとりとして女のところに近寄る者はいないし、振り向いた者もなかった。

おれだけが聞いた気がした幻聴だったのだろうかと戸惑いかけるが、追いつめられた生きものの最後の悲鳴に近い異様な叫び声にこもっていた深い絶望感は、彼の耳に余りになまなましく残っている。病院の庭で、重症病棟の方からあれとそっくりの叫び声を、彼は何度か聞いたことがある。その度に彼は自分が叫んだように怯えたものだ。

乱れかけた呼吸を整えて、彼は女の前まで歩いていった。だが女の目は彼を見ていない。近くで見ると、女は半白の髪から想像したほどの年寄りではなかった。幾日も洗っていないに違いない顔は汚れているが、厚地の赤いソックスの指先に穴があいていて足指の先だけがなまなましく白くのぞいている。何と声をかけていいのかわからない。黙って女の前に立っていた。

急にわれにかえったように女の視線が動いた。

「どうかしたんかね」

抑揚のない声で言った。唾液が白く乾いた唇の大きい女の口もとに、薄笑いがゆっくりと現れる。

「ひとのことはほっといてくれ」

低く圧し殺した声でそう言いながら、傍のダンボール小屋の中から踵をつぶしたズックの靴を引っ張り出して、のろのろと立ち上がった。

「邪魔だよ。のいてくれんかね」

どこからあんな悲痛な声が出たのか信じられないような、腰のまわりにだらしなく脂肪の固まった体つきだった。ここは最初に思ったように、厚い覆いで守られた世捨て人たちの穏やかな避難所なぞではないのかもしれない。皆があの東北訛の老人のようではないのだ。

いつのまにか、ひとりの男が横に立っていた。

「たまげたようだな、あんた」

と馴れ馴れしく言った。髪を短く切りつめた貧相な小男。

「あの女、毎朝起きぬけに、あんなニワトリが絞め殺されるような声をあげるんだ。気色が悪いったらありゃしない。本人はワケありなんだろうが、誰だってワケがあってこんなところに落ちこんでいるんで、それぞれ心の中に圧しこんでいるツライ思いを、ああ派手にぶちまけられては、こっちがたまんないわ。そのうち何とか黙らせようと思ってるんだが、本人自身、自分がヘンな声をあげるのを知らないみたいで、そう簡単じゃないのさ」

絶えず瞬きしながら上目遣いに早口で一気にそう言うと、改めてニヤッと笑う。

「ところであんた新顔のようだな。それとも取材とやらで来たんとちがうか」

「ちがうな」

と元宇宙飛行士は不機嫌な声で答えた。

「おれたちのことを探って、あることないこと書きたてやがって、原稿料か給料稼いでるやつは許せねえよ。この間もカメラを持って入ってきやがった若いのを、ひとり半殺しにしてやったぜ。アハハッ」
肉の薄い肩をそびやかして笑ってみせる。
「そこの小屋の老人が連れてきてくれたんだ」
「ああ、あのじいさんなら、しっかりしたいいひとだ。東北の有名な会社の社長だったたってい
う話だが、いかにもそんな風だろ。いろんなところからいろんな人間がいろんな事情でここに
流れつく。すぐまた流れ出てゆくやつも多いけどな」
「おれは気に入ってる、ここが」
「あんなトチ狂った雌鶏の鳴き声を、毎朝聞かされんだぜ」
「あれも悪くないな」
「じゃおまえも結構中身はイカレてるんだ」
こういう軽薄で油断ならない男がどんなグループにもいるものだ、と元宇宙飛行士はこみあ
げてくる不快な気分をのみこむ。偶然の漂着物の溜りのようなこの場所も、それなりにひとつ
の社会をおのずから形作っている。
「ここにいるつもりならよろしく願うぜ」
頭のテッペンから出るような高い声でそう言いながら、小男は手を差し出す。そっと握った
つもりだったが、ぬるりと冷たい感触が掌に残った。

記憶がひとりでにかえってくる。月面の光景だけではなく、半地下の基地で共に長い夜の期間を過した仲間たちのことも。

昼の期間はそれぞれの任務で外に出ていることが多く食事室で一緒になるくらいだが、夜の期間は基地の中で一緒にいる時間が長くなる。初めは子供時代や学生時代の思い出話や訓練センターの教官たちの癖などに関するたあいない冗談話で食後の時間を過したり、互いの専門分野の話を教えあったりしながら、急速に打ちとけ合って仲良くなっていったのだが、夜の期間が長びくにつれて、次第に心理的摩擦が生じてきた。

月面にはアメリカの、欧州共同体の基地もあるが、あまりに遠く離れている。到達可能の広大な月面には自分たちしかいないという寂寥感から、最初肩と心を寄せ合うように急速に近づき過ぎた距離感への反動のように、他のメンバーの話し方とか食事のときのフォークの使い方とか、ちょっとしたことが異常に気になり出す。無防備に自分の性格をさらけ出し合ったことが、基地生活に少しずつ馴れて気持ちが落ち着き始めるとともに自己嫌悪を誘うのだ。

次第に食事時の会話が弾まなくなり、レクリエーション・ルームの人数も減って、早々とそれぞれの個室に閉じこもるようになる。そして厳格な訓練を経た宇宙飛行士や立派な業績のある科学者たちの中に、貯蔵庫から決して豊富ではない食料をこっそり盗み出す者さえ現れた。三日間も誰とも口をきかない者もあったたし、穏やかな人柄の学者が他人に突っかかるようになって、急に元に戻ったりする。そういう状態を「月狂《ルーナテイック》」と呼ぶようになったけれど、程度の差はあれ誰もが突然そんな異常な精神状態に一度は陥るのだった。

そのことを元宇宙飛行士は徐々に思い出す。食事時に現れないので基地内を探しまわると、宇宙服を着こんで基地のすぐ外に蹲って真黒な空を見つめていた女性の生物学者、食事の途中に彼が口にした冗談にいきなり興奮して、フォークを顔めがけて投げつけたベテランの宇宙飛行士。反射的によけた彼の頬をかすめて、重力の弱い空間をフォークは真直に飛んで壁に突き刺さった。

闇と極寒と放射線は防げても、月面の半地下基地の中も実は平安な避難所ではなかったのだ。どのくらい時間がたったか、時計がなくてもうわからない。外では月面のように黒い空がずっと続いている気がする。

老人が戻ってきた。いつもの紙袋の他に、薄いビニール袋を手に下げている。

「あのヘンな腕時計が、高く売れての」

と少し興奮して言った。

「盗品の故買屋も知ってるが、勘が働いてな、骨董屋に持って行った。するとこれは宇宙飛行士用の特殊時計だと言う。こういうものを喜んで蒐集している連中がいるんだそうだ。こんなにくれた」

老人は見たところ十枚以上の高額紙幣を差し出した。

「それはあんたが預っといてくれんか。しばらくおれは外に出たくない。それでふたりの食料を買ってきてもらえるとうれしいんだが」

「どうせわしは毎日外に出る。お天道《てんと》さまを拝みにな」

老人はあたりを見まわしてから、トレーナーの裾を上げて素早く紙幣を内側に入れた。

「ところであの珍しい時計、どこで手に入れたんだ。おまえさんが盗んだとも拾ってネコババしたとも思えんし、実はおまえさんのじゃないのか」

わざととぼけたように言った。一瞬、元宇宙飛行士は答えにつまって混乱した。

「裏蓋に番号が刻みつけてあったが、もう忘れたよ」

ホッホッと俯いて笑った。それから老人はビニール袋からパックの弁当を取り出して、床に積み重ねながら飄々と言った。

「これが店内の新しいの、これはいつもの裏口の期限切れの。いつものを引き取らないと、他のやつにルートを取られてしまうからな」

最後にコップ酒を二本取り出した。

「これはわしの手間賃」

ふたり並んで腰をおろして弁当を食べた。

壊れた鉄扉が閉じる音がゴーンと重く反響して、ひとりまたひとりと戻ってくる人影がふえて、夜になったらしい。

元宇宙飛行士は老人から錆びたナイフを借りビニールの紐を少し分けてもらって、老人の小屋を見習いながら自分のダンボール小屋を組み立てた。

宇宙船の通信装置の精密な配線を直したこともあった手が、思うように動かない。刃の鈍ったナイフで切ったビニール紐の切り口はささくれて、厚紙にあけた小穴にうまく通らない。ようやく形だけ出来た小屋は厚紙の棺桶のようで、老人の屋根つき、出入りの小扉つきの〝家〟とは余りに似ていなかった。

用便のため地上に出たが、月は出ていなくて、高い囲いの内側はただ暗かった。積み重なった鉄材の先端が、正体不明の悪意の影のようだった。

早々と用を足して戻ってくると、出来上がったばかりの小屋にそっと足からもぐりこむ。ダンボール一枚だけの壁と天井でも、少なくとも他人の視線を遮断できる安心感があったが、それにしても何という最小の〝自分だけの空間〟。無意識に寝返りするだけで、忽ち壁を蹴破りかねない。宇宙船の内部も狭かったが、無重力状態では天井も床も壁も同じように使えるため、見かけほど窮屈ではなかった。これではまさに棺桶に横たえられたみたいだ。自然に両脚を真直にそろえて伸ばし、両手を胸の上で組んでいた。

ビルの敷地の金属製の高い囲い、鉄筋コンクリートの天井、ダンボールの屋根、そして自分の呼気の二酸化炭素の澱み——三重四重に閉じこめられて身動きもできない閉塞感がじわじわと濃くなる。月面基地の個室が、多摩の病室の天井が、いかに高く広かったことか。あそこでも閉じこめられた感覚に始終嘖《さいな》まれていたのに。

次第に脂汗が体じゅうに滲み出てくるのを感じながら、どうしてこんなところに自分を追いこむことになったのだろう、とできるだけ順を追って考えてみようとする。単なる偶然の出来事のつながりのようにも、自分の意志の当然の結果だったようにも思われたが、病院を抜け出してきたときのように明らかに自分の意志的行動と思ってきたことの裏にも、実はひそかに暗い力が働いていたのではないかと気付いて、深く心が揺れた。

もっと遥か以前、あの多摩丘陵の、天への見えない階段の入口のような神殿の下で空へ行こうと決心したこと、その後自分としてはできる限り努力して多くの分野を勉強し数々の苛酷な訓練にも耐えて、とうとう月面まで到達したことも、何か大きく深い潮の流れに運ばれていたように思われてくる。不細工な作りのためにダンボールの継ぎ目から裸電球の明りがぼんやりと洩れこむ小屋の薄暗がりの中で、そんなことを本気で夢想している自分が滑稽でもあったが、見えない大きな潮の暗い力がいっそう身に迫って感じられた。息が苦しくなり、胃のあたりから重い痼《しこり》のようなものが喉元にこみあげる。

何でこのおれが、そんな潮に巻きこまれねばならなかったのか。その挙句、野良犬のようにこんなところまで追いこまれねばならないのか。元宇宙飛行士は思わずうめきかける。

と、今朝方聞いた灰色の髪の女の叫びが、自分の体の奥から迸《ほとばし》り出るように聞こえて、いきなり起き上がって外へと駆け出したい衝動に襲われた。かろうじてその衝動を圧さえた。もしあの女のように思いきり心の奥を剝き出しにして叫びながら走り出したりしたら、忽ち得体の知れぬ男たちに圧さえつけられるような気がした。

先程から何人かの男たちの声が、支柱の蔭から切れ切れに聞こえている。

「思いきってやっちゃおうよ。おれはもう我慢ならない」

と高い声は、あの小男の声だ。

「そんなことをしたら、わしたちのこの最後の居場所も終りになる」

その声は明らかに、あの老人のものだが、とぼけたようないつもの話し方と少し違っていた。

「そうやないな」という太い声には聞き覚えがない。

「ここでわしらみんなが落ち着いて暮らすには、みせしめちゅうものがいるんや」

「男ひとり、そう簡単にやれるもんじゃない」

彼が知っているはずの老人の声には、意外な重い迫力があった。

あの悲鳴のような叫び声の女のことを話し合っているのかと思ったが、そうではないらしい。

ここにはまだまだおれの知らない暗い部分がある。

「工事中ならセメントを流しこむだけで片付くんだがな」

小男がうれしそうに言った。

「アホ、声が高いわ」

野太い声の主は壮年のようである。

「これはおれの地声だ」
と小男は言い返したが、そのあと男たちの話し声は低くなって内容はわからない。だがこの中で何か不吉な計画めいたことが進行しているらしい。

局長が来て頂きたいとのことです、と秘書からの連絡を受けたとき、石切課長が気持ちの動揺を覚えたのは、いま呼び出されたということより、いままでどうして呼びつけられなかったのかという疑問のためだった。宇宙飛行士のひとりが行方不明になっていることは、すでに局長の耳に入っていたはずである。とくに警察からの問い合わせがあったとき、それは事実として判明したことだった。

茫洋としたところもある局長は、この程度のことではあわてて騒ぎ立てなかったとも言えるし（実際一か月前に月面基地行き無人貨物搭載船が、月遷移軌道への投入に失敗して宇宙の奥深く永遠に行きっ放しになる事故があった）、一面人事の管理に偏執的な好みもあるのだから、おれの責任問題を楽しんで考えていたのかもしれない、と課長はエレベーターの中で考えた。そしてとばされるとしたらどこだろう、十勝の宇宙基地の警備課長か、と想像して苦笑する。

来客があって応接室で待たされた。テレコムセンタービルの屋上に、様々の角度で取り付けられた通信衛星用のパラボラアンテナの列が、初秋の日ざしを反射している。月周回軌道の衛星とも交信できる。やがて火星のまわりの衛星ともそうなるだろう。人類の神経細胞の突起が細長い蔓の先のように虚空を伸びて、他の天体に巻きついてゆく光景が浮かぶ。だがこの地上ではあいも変らず責任問題や配転の不安は続くだろう。

妙にクラシック趣味の局長室。土俗的なエスニック趣味の持主でなくてよかったと石切課長は思う。牙を剝き出したからっぽの眼玉のバリ島の仮面やヴードゥー教の呪物などが、宇宙開発局の局長室に並んでたら、滑稽でさえない。

白い細糸を編みこんだように見えるヴェネツィアのレースガラスびんを収めたプラスチックケースとH－Ⅱロケット改造型の模型を背にして、局長は大きなデスクの向こうに坐っていた。だが腕組みしたその姿勢も表情も、繊細な優雅さとは程遠い。

「何という名前だったか、精神病院に入れたあの宇宙飛行士は、いろいろと問題だな」

明らかに不機嫌な声だ。

「神経科病院です」

石切課長はできるだけ事務的な口調で言った。

「同じようなものだ。そこを脱出したうえ強盗に入りこんで老婆をショック死させたという……」

「その報告は不正確です。第一に病院は経過良好のための試験的な外泊です」

病院の幹部たちにはそういうことにしないと病院の責任になると強く言ってあるが、そのオドシもいつまで有効か。

「次にあの事件は彼が子供時代に一時住んでいた場所を訪ねて、少年の頃の彼を覚えていた老婦人の家に泊めてもらった際に偶然起こったことのようです。故人の死顔は恐怖どころかとても安らかだったと、警察医も話してくれました。偶然……彼にとっては悪い偶然で、警察も刑事的な事件とは全く考えておりません」

これは真実だ。声に次第に感情がこもってくるのが、自分の責任回避のためなのか、彼の弁護のためなのか、石切課長は意識し難い。

「しかし警察沙汰になったことは……」

「警察沙汰とは古いお言葉です。所轄の警察署ではもう捜査も手配もしてはおりません。私が行って直接説明してありますから」

自分でもよくわからない苛立ちから口調が強くなる課長の態度に、局長の表情はいっそう険しくなった。

「言葉が古かろうが新しかろうが、トラブルを起こしたことは事実ではないか。あの男のことは任せてほしい、自分が全責任を負うと、この部屋のこの机の前で言ったのは誰だったかね」

「私です」

相手の目を見つめてはっきりと言った。

「では明日、彼をここに連れてきてくれ」

「………」

「じゃあ一週間後だ」

「………」

一週間でこの広い東京の中から、あの男を、自分自身でもどこに行っていいかわからないに違いない触角を失った虫のような男を、探し出すことは到底不可能なことだ。偶然に出会うなんてことはありえない。

答えに詰まった部下を、局長の目は意地悪く光って見つめている。その光は局長個人の感情というより、役所という組織そのものの意志だ。その存続の意志がいかに強靭で執拗なものか、石切課長自身よく知っている。

「ぎりぎり一か月としよう。一か月までに現れなければ、彼の雇用契約は破棄する。彼をあそこまで訓練するのにかけた莫大な費用も無駄になるが、やむをえん」

そこで一旦言葉を切って、局長は唇を歪めてニヤリと笑った。

「どうせもうあの男はもう飛べやしない。一回のミッションですり切れてしまったんだ。哀れな燃えカスだよ」

こんな神経の人物がレースガラスを好むなんてどういうことだ、と課長は思う。いやこんな男でもレースガラスを愛することもできるのだ、と考えるべきなのだろう。それが人間に対する最後の希望の一片というわけだ。

いまここで私の辞表を書きましょうか、と言いかける衝動を圧さえて課長はかろうじて平静に言った。

「一か月後に連れてきます」

だが一か月が三か月になろうと不可能なことを、課長は知っている。

「そうできたら、きみの責任云々は忘れるとしよう」

急に声も表情も和らげて局長は言ったが、一か月で彼を見つけ出してくるとは思っていないだろう。

「私はこれから国会の委員会で、来年の選挙の心配で頭が一杯の連中に、十年二十年先の本格的な月資源開発と火星探査の予算をお願いしなければならんのだよ」

石切課長が帰宅したのは遅かった。湾岸副都心《ベイ・エアリア》つまりは前世紀後半の高度成長期に、東京が飽食しながら吐き出し続けた膨大なゴミの埋立地に建てられたいわゆるインテリジェント高層ビルの中で、ひとり残って仕事を続けたのである。

残務処理という言葉が意識の表面に見え隠れしていた。だからいい加減に溜った書類やフロッピーを破棄、消去するということではなく、逆にこれまであいまいにしか考えていなかったアイディアをつきつめ、事実資料を確かめて、ぎりぎりのシミュレーションをコンピューターに打ちこんだ。

あと一か月という切迫した感情と役人としてのプライド。陰湿な上下関係や競争意識を残しながらも、官僚機構の基本的な合理主義を彼は愛してきた。動物的な縄張り本能や裏取引きを憎み軽蔑してきた。そうしてきたつもりである。

その合理的な意識性は、硬質ガラスの窓の向こうでざわめく東京湾の暗いうねりと、彼の内部でふしぎに均衡を保ってきた。時に窓を打つ激しい風と雨、実際に聞こえはしないのに体の奥に突き刺さってくるカモメたちのしわがれた叫び声。そんな意識下に連動してくる背後の自然が、意識の張りを支えてきてくれた気もする。

だがその均衡が破れかけてきていることを、課員たちが次々と帰ってがらんと静まった広い室内でひとり端末機のキーを叩きながら、彼は感ずる。あやうい均衡のバランスをとり続けることに疲れたのか。いや必ずしもそうではない、と振り返って目を窓の彼方の暗い海面に向けながら思う——人工の土地と海との、意識の表面と深層との、人間と自然とのズレの奥にあるもの、あるに違いない何かに、おれは魅入られ始めている。偶然にかかわることになったあの男、月から壊れかけて帰ってきた宇宙飛行士がそのことを教えた。言葉によってでも筋道立った行動によってでもなく、底深く筋道をはずれたようなその魂のあり方で。

それから冷たい心のたかぶりのまま、途中の電車の車内やホームでも自分が虚空に突き出されたような気分で、彼は世田谷の自宅に帰ってきた。

家の中は灯はついていたが静かだった。いつもは妻が見ないでもつけっぱなしにしているテレビの音が聞こえない。居間に続く食堂のテーブルの上にはラップに包まれた食事の皿や鉢が置いてあるのに、妻の姿はない。一度帰ってまた出かけたのだろうと思って、やり場のない緊張感のまま食堂に立っていた。

ラップの内側に湯気が小さな水滴になって付着していて、電灯の明りに妙にみずみずしく光っている。少年の頃、草の葉の露が一面朝日に光っているのを見た遠い記憶を思い出しかけたが、いつのまにかつくられていた偽の記憶のような気もした。彼の少年時代だってもう東京の住宅地には一面の草原などなかったし、朝日が昇る早い時間に起きたこともなかったはずだ。

人の気配を背中に感じて振り返った。居間の奥の絨毯の上に、妻が脚を開いて坐りこんでマニキュアを塗っていた。

「何だ、いたのか」

と声をかけたが、妻は顔を上げなかった。

「残ってひとり仕事してきた」

鞄を食卓の椅子に置いて、ネクタイをゆるめた。

妻は顔を上げない。普段でもほとんど話をすることはなかったが、今夜の彼女のまわりにはいつもと違った雰囲気がある。

「役所を辞めることになるかもしれない」

混乱しかける気分で、いきなり彼はそう言った。ふたりとも仕事をもっているが、互いの仕事のことを話すことはない。いつのまにか自然にそうなっていた。

上衣を脱いで椅子の背に掛けて、他の椅子を引いて坐った。

「月から帰った男の行方がわからなくなっている。東京の中で。ヘンな男なんだ。優秀な宇宙飛行士なのに。病院を勝手にぬけ出した。おれの担当だった。だがその責任で辞めるわけじゃない。そいつを探さねばならないんだが、運よく見つけ出せたとしてもボロボロだろう。いやそうじゃないかもしれん。役所の仕事がイヤになったのではない。役所は好きだし、いまの仕事も好きだ」

妻との間の沈黙の距離、妻が勝手に買ってきた高価なトルコ製のトルコ玉の色の絨毯の上の空間を埋めるために、彼は妻に全く話していない男のことを、筋道の立たない言葉を、自分でもよくわからない異常を感じとる動物のカンのような不安な衝動で、しゃべり続けた。

「そいつは訓練された引き締まった体つきの、なかなかハンサムな男で……だけど甘いマスクじゃなくて、何ていうか、そう窺い知れない孤独を耐えている顔。病院の看護婦のひとりが彼を好きになって、中国人の看護婦で目付きがきつい。いや強い感情を匿している……」

だが言葉は口にする端から、絨毯の上の草色がかって深く青い幻想的な天の色の空間に吸いこまれて消えてゆくのを感ずる。おれは自分が思っているほど理性的でも論理的でもない……少なくともここでは、妻の前では。

妻は塗り終えた指を開いた片手をゆっくりと顔の前にあげて、塗り具合を眺めている。マニキュアペイントの揮発性のにおいがここまでにおってくる。普段より濃い臙脂《えんじ》色の爪。

どうして妻をおれは恐れるのだろう。彼女の感情の勝手な起伏に気分が連動するのだろう。若かったころの彼女の顔を思い出すことはないし、はっきりと思い浮かべることもできない。改めて見返すと、爪が鮮やかに赤い片手をかざした妻の横顔から頸筋は、まだ十分に若々しく艶やかでもあった。

ふっと妻がごく自然な風に顔を彼に向けた。これまで黙りこくっていたのは別人だったように。微かに笑いさえ浮かべている。

そして普段の声で言った。

「わたし、きょう男と寝たわ。昼間」

Ⅲ

石切課長は家を出た。

妻みずからが告げた情事が原因ではない。いきなり彼の意想外のことを口にするのは彼女の癖で、他の事情で心の中というより体の中に鬱積した自分では処理不能のエネルギーを、急に思いつくままナマの言葉で口にするだけのことが多い。

今度の場合もその可能性がないわけではないが、その事実を問いただすことが不快だった。若い時期はそんな彼女の恣意的な言動（いわゆる衝動買いもそのひとつだ）を、捉われない生気のしるしのように一種眩しく思ったこともあったが、もう若くなくなってからは、事実も論理も客観性も無視したその自由さは単に身勝手な気まぐれとしか彼には感じられない。

それは地震とか突風とか急な寒気や暑気のような自然の気まぐれ、あるいは突発的な事故のような予測不能の偶然に対する、幼少の頃からの彼の不安、嫌悪感と溶け合って、耐え難くなっていたのである。妻の不意の言葉は、きっかけに過ぎなかった。役所を辞める気になりかけて緊張していた日の夜だっただけに、日頃の嫌悪が地下で冷たく爆発したような具合だったのだ。子供がいたら爆発も制御できたかもしれない。

顔色を変えて咎めだてることも、声を荒だてて言い争うこともしなかった。黙って風呂にゆき透明な湯に浸って壁の白いタイルを見つめながら、とりあえず身のまわりの物だけをもって、空室がふえているワンルームマンションの一室に移ろうと静かに決心した。

妻が保険会社に出勤した平日のある日、役所を休んで彼は小型トラックに当座の衣類と必要最低限の書類と本と愛用のティーポットとティーカップを積んで、多摩川に近い部屋に移った。気のきいた造りの小さなマンションの庭にはコスモスの花が咲き乱れ、二階の窓から見える裏の畠の小松菜らしい野菜が秋の日に鮮やかに青かった。彼が小学生の頃はまだ住宅街の一部に、野菜畠や雑草の間に自生のオシロイバナや菜の花が咲いている空地もあった。都市と田園の入りまじった中間地帯が、おれの心の原風景だったわけだ、と改めて思った。

この突発的な別居行動で、役所をやめる気持ちはエネルギーをそがれたようで、いつもの通り出勤し、これまで通り仕事に集中した。局長からはその後呼び出しはなかった。だがあの局長が一か月という命令の期限を忘れるはずがないことを、課長はよく知っている。元宇宙飛行士の身上調書を、コンピューターの端末に抽き出して調べ直した。

父親は一流の銀行に勤めたが体を壊して、北関東の農村の生家に一時引退し、その後二流の信用金庫に勤め直して都内を幾度も転居している。その都内の旧住所を石切課長は訪ね歩いた。

休日の一日、北関東の父親の生家も訪ねた。一日に数本しか運行していない私鉄電車の小さな駅から、刈取りの終った水田の中の道を歩き、橋桁に石材を並べただけの小さな川の橋を渡ると、小山の蔭に古い屋敷があった。土塀が広い庭と二層作りの丈の高い屋根の家を囲んでいたが、土塀は崩れかけ、その崩れた部分からは萱《かや》や熊笹が密生した庭が見えた。手入れされていない庭木の古い枝は枯れて垂れ下がり、庭じゅうに張りめぐらされたクモの巣には枯葉がひっかかって揺れていた。家の瓦もずれ落ちていて、人がたとえ一時でも住める状態では到底なかった。

病院に会いに行ったとき、元宇宙飛行士が幼年時のこの屋敷の記憶を語ったことがあったが、その当時でも古い屋敷は相当に荒れていただろう。この荒廃した屋敷の床下から、アリジゴクが月の明るい夜にウスバカゲロウに脱皮して、そのまま月光に誘われて夜空に昇ってゆく光景が、塀の中を覗きこみながら石切課長の脳裏に浮かんだ。あの男が都心にわずかに残る古い屋敷に入りこんだらしいのも、彼の魂の発生現場の遠い記憶が誘ったのに違いない。だがそのあとあの男はどこをうろついているのか。暮れ切った関東平野を南下する特急電車の中で、これから灯もついていない部屋に帰ってゆく荒涼とした気分をふと意識すると、自分の人生の芯があの男の行方、魂の行方に懸かっているようなつきつめた気持ちさえ覚えるのだった。

学校になどあの男が訪ねてゆくはずはないとは知っていたけれど、一応小学校から、宇宙飛行と月面探査に必要な広範な基礎知識を習得した大学院や研究所さらに各種の訓練センターまで、課長は自分で電話をかけた。彼が現れた形跡は全くなく、あの男はいま過去への感傷旅行《センチメンタル・ジャーニー》をしているのではなくて、未来への封印を身をもって破ろうとしているのだと改めて自分に言う。

そうして秋の日はあわただしく過ぎてゆくが、もはや一か月の期限に必ずしも縛られない気持ちが固まってゆくようだった。局長の命令としてではなく、おれ自身が自分に課した仕事として、あの男を探し続けるだろう。たとえ一か月を過ぎても、三か月でも一年でも。もし地方に左遷になれば辞表を出すつもりだし、東京の本局に残れるのなら、格下げの恥辱に耐えてもこの仕事を続ける。役所内の昇格とか降格という先頃までは役人として致命的に等しいと思ってきた事柄が、どうでもいいとは言えないまでも、いつのまにか自分にとって最重要事ではなくなっていることに気付いた。

ある夜、石切課長はひとりで佃島のヤキトリ屋に行った。異常に緊張し続けている神経の疲れのために、久しぶりに少し酒をのみたいと思って、前に若い部下が案内してくれた場所をふっと思い出しただけだった。だが脂のしみこんだノレンを分けて店内に入り、カウンターの後で炭火の上の串を動かしている主人の落ち着き払った顔を見たとき、この人物に会おうとしてきたことに気がついた。

店はさまざまな客たちで混んでいた。それほど広くない店内には、ヤキトリを焼く煙と独特の濃いにおいと人いきれと注文する声が渦巻くようだったが、主人は黙々と炭火を見下ろして、焼き上がった串をカウンターの大皿に置く。彼のまわりだけ異様に静かなのだ。入口の椅子に腰かけてしばらく待った。かなりの時間がたってようやく客が減り、カウンターの主人の前の席があいた。主人は店の混み具合も前に坐った客も全く無関心のように、同じ両手の動き、同じ姿勢、同じ無表情で、焼き続けている。

そうではなかった。課長がカウンターに肘をついて顔を近づけながら、「ひとつ意見をきかせてほしいことがあるんだが、初対面で失礼だけど」と低く言ったとき、主人は顔も上げないで答えた。

「存じあげてますよ。以前に若い者を簡単にひねり上げたでしょう」

「そんなこと覚えてたのか」

と普段感情を外に表さない彼も本気で驚いた。想像以上にふしぎな男だ。この男に余計なことは必要ない、と思いきって尋ねる。言葉を選んだ。

「ある男、年齢は四十歳、体は健康だが神経を傷めて入院していた病院を抜け出した。身寄りも友人もなく、そろそろ金もなくなる頃だが、働いて稼ぐ気はない。ある程度世間に顔を知られている。そんな男がこの東京でどこに行き着くだろうか」

相手は顔も上げず、串を動かす手の動きもゆるめないが、聞き流しているのではないことを課長は感じとることができる。

しばらく間があった。

「宿なしは宿なしたちのところに流れ着くでしょう。近頃はホームレスと言うんでしたね」

言葉遣いは丁寧だが、体験に根ざした力があった。

「組に入るには年齢をとり過ぎてるし、あなたの知合いならそういうことはありえないと考えた方がいいですね。そう簡単に誰でも入れるものじゃありませんから」

「だがホームレスたちはいまや至るところにいる」

「ひとりだけでうろつくには年季がいります。それなりに生きてゆく方法を身につけた経験者のいるところ」

その場所がわからないのだ、だがこれ以上その場所を教えてほしい、とまではさすがに気の強い石切課長も言い出しかねた。酒を一本頼んで黙ってのんだ。おれとしては当たるべき筋はみな当たった。これ以上は歩きまわってばったり出会う偶然に任せるしかあるまい。

課長は席を立って、「ありがとう」と心をこめて主人に礼を言った。

「とても参考になった。ホームレスの溜り場を探すよ」

レジの方へと歩き出した課長を、主人が呼びとめた。

「その男が下町に土地勘があるなら上野公園、そうでなければ西新宿の公園、彼らはそこで昼間よく日なたぼっこしてますよ」

これから公園のベンチで日なたぼっこするのがおれの仕事になりそうだ、と課長は真剣に思った。おれも家出者だからな。

麻汝華は店からの帰りが遅い。昼過ぎまで寝ている。いつも朝が早かった看護婦の黄慧英は、居間兼食堂の長椅子から起き出すと、食卓に坐って窓から外を眺めている。汝華の住むアパート（彼女はマンションと呼ぶ）は、広い公園のそばにある。三階の窓からは名前を知らない大きな樹々の連なりが見える。

黒服の役人と食事したときホテルのレストランから眺め渡した公園のひとつだろう、と黄看護婦は思うが、真夏の森の気味悪いほどだった濃密さは薄れかけている。敏感な樹はすでに葉の一部が赤く黄色く変色し始め、緑の茂みも艶を失っている。とくに曇った日には、曲がりくねった枝や固い灰色の幹が透けて見えた。見えない何かに圧さえつけられているようだし、巨大都市中心部の汚れた空気から固く身を守っているようにも見える。勝手知らない東京の中で、遠慮しながら元同僚のアパートに置いてもらっている自分の姿を眺めている気がすることもある。

それから寝室の方を気にしながら、そっとパンと牛乳だけの朝食をとり、髪と身なりを形だけ調えて、黄看護婦は外に出る。

公園の中の湾曲する道路をジョギングする人たちが何人もいた。若い人はランニングシャツにジョギングパンツだけ、中年の女性たちはもうトレーナーの上下を着ているが、ほとんどの人が苦し気に息をついて表情が険しい。何者かに追いかけられているみたいに。中国でも朝の広場や公園で走ったり太極拳をする人たちが多いが、もっとのんびりとしていたように思う。

だがそれも少女時代のもうかなり以前の記憶であって、今頃は中国の大都市でも人たちは追いつき追い抜かれまいと懸命に肘を張っているに違いない。

日本人を中国人の目で眺めながら、いまの中国人とは自分が違ってしまっているのではないか——そんな自分のあいまいさ、根が日毎に細くなってゆくような頼りなさを、地下鉄や電車のホームで、車内で、乗り換えの通路で、駅からどっと街に出る人群の中で、黄看護婦は感ずるようになった。多摩の丘陵地帯では病院の中だけでなく近くの町でもほとんど意識することのなかった孤独感を、都内の人ごみの中でこんなに痛切に感ずるとは。

その日の気持ち次第で、彼女は地名も地理も方角さえよく知らない東京の街々を、憑かれたように歩く。規則正しく食事していた病院のときと違って、時には一日にまともには一度しか食事しない日さえあるのだが、歩き続ける体力は幸い衰えていない。看護学校の教育のせいでとくに意識することもなく背筋を伸ばして足早に歩く。新宿の歩道でも、渋谷の駅前でも、池袋の地下街でも。ただし目はすれ違う人の顔、先を行く人の背中を、絶えず窺っている。駅前のベンチや地下道の隅に坐りこんだり寝転がったりしている人たちも。

何度か彼に似た後姿を見かけて、思わず息を詰めるようにして足を速め、危うく声をかけそうになったこともある。遠くからは肩の張り具合も、頸筋の何となくさびしそうな翳りも、厚い耳たぶの形もそっくりなのに、すぐ後まで近づくと体全体の気配が全く違っていて、無理に肩を張っていたり、背中に自尊心の張りが全くなかったり……そういうとき急に気力が萎えて、あたりのもの全部が見えなくなりかける。

いったいわたしは何をしているんだろう、こんな知らない街で——と乾いて冷たい風のようなものが体の中を吹き過ぎる。

そういうとき、黄看護婦は汝華のアパート近くの広大な公園に戻って（汝華は外苑だと言っている）、大通りから真直の道路を歩く。渋谷から赤坂への大通りに比べると狭い道路だが、いつのまにかゆるく曲がっていることが多い東京の道路の中では異例に、定規で引いたように端然と直線の道路。両側に幹の直立した公孫樹の並木がきれいに一列に続いている。その先には森を背にした石造の古い建築物がどっしりとあって、中央の銅葺きの丸屋根が緑青《ろくしょう》に覆われてひっそりと青い。その本物の石造の建築物を見つめながら公孫樹の下を真直に、顔も真直に起こして歩くのが、彼女は好きだ。

自動車も他の広い道路ほど多くはなくて、普段の彼女の歩き方だと五分もしないで歩き切ってしまうけれど、そこをわざとゆっくりと心に刻みつけるように靴音を聞いて歩くと、一歩毎に自分を取り戻す。これでいい、心の命ずるままに生きればいいのだ、と。

公孫樹の並木が黄ばみかけている。この葉が全部黄葉すれば晴れた夕方には豪奢だろうと思う。だがその葉も全部落ちつくして裸になるまで、わたしは通りがかりの人の後を追い続けるこんな不安な毎日を耐え続けられそうにない……。

週に一度、汝華は夜まで部屋に戻らないでくれ、と言う。「わかるでしょう?」と汝華はむしろ得意気に言う。

昼間歩き疲れて、マクドナルドかKFCでハンバーガーかフライドチキンを食べたあと、黄看護婦は行くところがない。こんなに広い都会、こんなにたくさんの人たちの中で。

東京の中で汝華の他に知っている人間といえば石切課長だけだ。昼間街を歩きながら公衆電話のボックスを見かけると、電話しようかと黄看護婦は幾度も思った。彼がくれた名刺はいつもハンドバッグに入れて持ち歩いている。彼個人に対する長い間の敵意に近い気持ちのわだかまりは、真夏の夜に話し合ってからほとんど解けていた。だが名刺を出して改めて眺めると幾行も並んだ難しそうな職名、代表電話、ファックスの番号数字の列に、気持ちがひるむ。何層にも重なり合って聳える役所の黒々と厳めしいイメージが、どうしても浮かんでくる。それに彼のいつもの黒い背広が、「公安《コンアン》」という言葉と結びつく。

そんなイメージが子供の頃にしみついた中国の伝統的な役所に対する観念に過ぎない、と頭ではわかっていても、電話機のボタンの数字に触れようとすると指先が強張るのだ。何ひとつ手がかりを得たわけではないし……と名刺をバッグに戻して、ボックスを出てしまう。

夜の街角にひとりで行き暮れて、ほとんど発作的に電話ボックスに歩み寄りかけては、もう役所はしまっていると気付く。

幸い渋谷からの大通りを越えると、シャレたブティックやガラス工芸品の店などが並ぶ落ち着いた街の一角に、塗りの跡をわざと残した真白な壁に窓枠が緑色の静かな喫茶店があって、そこの窓際の席で時間をつぶす。紅茶のカップの金色の縁をぼんやりと見つめていても、店に客が入ってきたり窓の外を男が通りかかると、反射的にその方に視線が動く。

見知らぬ男たちは、窓から洩れ出る明りを通り過ぎて、仄暗い裏通りの闇に消えてゆく。連れと笑って話し合って歩いていても、その声は聞こえない。

深々と孤独だ。

元宇宙飛行士は久しぶりに夢をみた。目を覚ましてからも覚えている夢を。

崖カラ落チカケテイル。ココハ月面ナノダカラ落チテモ怪我ナドシナイノダト（夢ヲ見テイル自分ハ）知ッテイルノニ、宇宙服ノ分厚イ指先デ必死ニ崖端ノ岩ニシガミツイテイル。下ハ底無シノ暗黒。太陽光線ガ直射シナイ箇所ハドンナニ浅クテモ無限ニ暗イコトモ知ッテイルノニ、ドウシヨウモナイ恐怖。頭上ノ空モ一面ノ闇。崖ノ縁ダケガギラギラト燃エテイル。ツイニ力尽キテ手ヲ離ス。ヒドクユックリト落チル。声ヲ限リニ叫ンデモ闇ニ吸イコマレルダケ。早ク全テガ終レ、ト懸命ニ思ッテモ底ニ着カナイ。闇ノ中デ抱キトメラレテイル。膝ノ上ニ。誰カガ覗キコンデイル。邪魔シナイデクレ、底マデ落チルノダ、トイウ怒リヲ覚エタ。オレハ誰ニモ助ケラレタクナイ。

顔ノ上ノヘルメット顔面ノ遮光効果ガ薄レテ、ボンヤリト顔ガ見エカケタ。コノ顔ハ知ッテイル。シキリニ何カ言ッテイルガ聞コエナイ。声ハ聞コエナイノニ、指ガ顔ヲ撫デテイルノガワカル。宇宙服ノ手袋ノ指デハナク、ナマノ皮膚ノ指。ソノ感触ガ心ノ中ノ固イワダカマリヲ、少シズツ溶カシテユク。闇ノナカヲヒトリデイツマデモ落チ続ケル恐怖ガ、改メテ骨ヲ刺ス。白イ宇宙服ガ看護婦ノ服ニ、ヘルメットガ帽子ニ変ッテイタ。アノ看護婦。ソノ指先ガ赤ク濡レテイル。血ノニオイト味。目ニモ血ガ流レコンデ、視野ガ一面ニ赤ク染マル。

月面基地の要員の中にも、毎朝自分のみた夢の話をしては得意になって自分で分析してみせる男がいた。元宇宙飛行士はそのことだけでその男を軽蔑していた。彼も夢をみないわけではなかったし、とくに月面生活の最初の期間には毎晩のように濃く不安な夢をみたが、起きてからそれを思い返したり、それにもっともらしい意味をつけたりするのはバカげたこととしか思わなかった。夢は夢に過ぎず、昼間の不満や不安の掃きだめでしかない。

だがこの夜の、多分夜明け方の夢は、余りになまなましく（色までついていて）、奇怪でそして目覚めたあとにまではみ出すほどのそれ自身の迫力がこもっていた。ダンボールの棺桶を這い出てからあと、その前に坐りこんでいる自分も、まわりに見えるすべての物——灰色の壁も天井も柱も点在するダンボール小屋も、すでに起き出してのろのろと動きまわっている人影も、その方が悪い夢か亡霊たちのように非現実的だった。今にもあの気味悪い女の悲鳴がひびくだろう。

黄看護婦の顔が目の前に浮かび続けている。彼女が生まれ育った国のように茫漠と大きな感情を秘めた顔。一緒にいると「運命愛」とでも呼ぶしかないような感情を自然に感じてきたことを、改めて意識する。憂愁と意志と孤独と、そのどれもが大きく深く勁《つよ》い。

そんな心を、彼女は自分には率直に開いた。なぜだったのかはわからないが、それが掛替えのない事実だったことに、元宇宙飛行士は初めて気付いた。運命を共にした宇宙船のクルー、月面基地の要員たちよりもっと身近な……。こんなところに迷いこんでしまったおれを、ありのままに親身に受け入れてくれるのは恐らく彼女だけだろう。心の奥がそう告げる。

隣家の老人が起きるのを待った。

起き出してきた老人に元宇宙飛行士は言った。

「小銭を少しくれないか」

「何のことだ」

目をこすりながら両腕をあげて伸びをした。

「電話をかけたい」

一瞬老人の目つきが緊張したが、黙ってスウェットパンツのポケットから小銭を何枚か渡してくれた。

元宇宙飛行士はそれをしっかりと握って走った。最後に走ったのがいつだったか思い出せない。

外は明るかったが、スモッグが高層ビルの谷間に澱んでいた。その灰色の靄の中を勤め人たちが黙々と出勤していた。何も感じなかった。

ようやく公衆電話のボックスを見つけたが、病院の電話番号を知らなかった。備えつけの電話番号帳は引きちぎられていた。二度間違えて番号案内に通じて病院の番号はわかったけれど、筆記する道具が何もない。声に出して番号を覚えこんで、やっと病院の交換手が出た。

「黄看護婦を、中国人の」

動悸がする。彼女がいるナースセンターの、彼女が歩いてくる廊下の、自分のいた病室のイメージが鮮やかに浮かぶ。胸を圧さえられるように懐しかった。だが病院のことも医師たちのことも黄看護婦のことさえ、病院を出てからこの半年の間に本気で感情こめて考えたことがなかった。自分の過去を取り戻そうとして、いかに意識を狭く固く強張らせてきたことか。

だがそうして自分の内側にエネルギーを集中し続けたことによって、切れ切れとだが次第に記憶が甦ってきていることも事実なのだ。そう考えて、元宇宙飛行士は瓶の水があと一滴で外に溢れ出すような、いま自分は微妙な時にいると感じもした。

交換手の声がなかなか戻ってこない。看護婦たちが病室をまわっている時間だったのだろうか。ジーと回線がつながっている音だけがする。

夢が導いた彼女の声が、その一滴になるのかもしれない。心もち低く、情感を意識して圧さえるように語尾をはっきりと発音するゆっくりとしたしゃべり方。乾いた陰影のある彼女の声の記憶も、耳の奥の方から生き返ってくる。

その声ではなかった。交換手の高い声だ。

「黄看護婦は休暇をとって病院にはおりません」

「いつ出てくるんです」

「長期の休暇だそうです」

「どこへ、中国に？」

「連絡先はないそうです」

回線が切れた。透明な電話ボックスの外を、足早に切れ目なく人たちが動いてゆく。

中断された建築現場の囲いの中の、放置された鋼鉄材の端に元宇宙飛行士はしばらく腰を下ろしていた。

病院との、現実の黄看護婦との回線がプツンと切れた瞬間の、その切断面の空虚さが体じゅうに広がってゆく。夢のなかの彼女の顔、記憶のなかの彼女の声、その他さまざまのすでに過ぎ去って消えたはずの切れ切れのイメージの感触が、逆になまなましく浮かんでは重なり合い溶け合って流れた。

高層ビルの谷間の黄色っぽく灰色に澱んだスモッグに弱々しくかすむ日ざし。秋の朝の光のはずなのに。〈何が現実なんだ、本当の〉という呟きが、萎《しな》びた光の中を浮遊する。

気分が悪かった、体の気分が。嘔気がゆっくりと食道を昇ってくるが、吐くものはない。さっきは烈しく鼓動していた心臓が、のろのろと喘いでいる。体が、内臓のどれかの機能が、内分泌系のバランスが、神経組織の刺激伝達の速度が何か異常だ、と元宇宙飛行士は初めて感じた。病院を出て以来の不規則な生活のせいか、それとも異重力状態での生理障害が今頃になって徐々に現れてきたのかもしれない。

間もなく死ぬのではないか、という予感めいたものがじわりと膨らんだ。必ずしも不安ではなかった。恐ろしくもなかった。あのダンボール小屋の中でひっそりと死んでいたら死体はどうなるのかな、と他人事のように思った。役所的なものを極度に恐れる彼らは、救急車も呼ばなければ警察に届けもしないだろう。多分そこの掘りかけの、屑と汚水の溜った穴に転がしこんで土をかぶせるだけに違いない。葬式をしてもらいたいとも墓標を立ててもらいたいとも思わないが、ただもう少し見晴らしのいい場所に捨ててほしいな。

二度三度と生唾だけを吐いて、彼は立ち上がった。囲いの隅の水道管むき出しの蛇口から水を飲んでから、地下駐車場への出入口へと、工事の屑だらけの荒れた地面を歩いた。心臓はどうやら動いている。

狭く暗く汚れた階段で何人かの地下住人たちとすれ違った。初めはきつくにおった彼らの体臭をほとんど感じなくなっている。自分も同じような臭いを身につけ始めているからだろう。この臭いでもあの看護婦はおれを膝に抱けるのだろうか、と元宇宙飛行士は思った。彼女ならできる、と思われた。大事なものを見失ったという喪失感が改めて身にしみた。看護婦が常に、永遠に病院にいるわけではない、というような簡単なことを、おれは全く失念していたのだ。

だがあの濃過ぎる夜明けの夢は、また会えることを告げているのではあるまいか。

夢なんてバカげたことだと嘲笑していた自分が、いつのまにかごく自然にそう感ずるようになっていることが、おかしくもあり空恐ろしくもあった。

駐車場の中にはもう人影はほとんどなかった。何日ぶりかで(いや一週間以上は確かたっている)外に出て戻ってみると、外が眩しいほど明るいとも家と仕事のある人たちが羨ましいとも少しも感じたわけでもないのに、裸電球が幾つか柱にくくりつけられているだけの地下世界は惨めに暗かった。最も暗い現実の世界というより、悪い夢のようだった。自分もその夢の境域の住人になっている、と元宇宙飛行士は思った。真空の月面より神経科病院よりもっと非現実的だ。

空気の澱んだ仄暗がりの中を漂うように彼は歩いた。これまでは彼を連れてきた老人の立派な小屋と彼自身の不様な棺のある柱の近くしか歩きまわったことはないのに、夢の中をさ迷うように奥の方、壁の近くまで来ていた。人間は背後に自分より固く大きなものがある方が幾分なりと安心できるらしい。壁に沿ってもダンボール小屋が並んでいる。丹念に工夫を凝らしたものも、彼の小屋のように不細工な囲いと覆いだけのものもある。

ひとつだけ離れてとくに粗雑な、小屋というよりダンボール片を寄せ集めただけの塊があった。そしてそのまわりだけ不快な臭いが澱んでいる。明らかに排泄物の臭気。尿らしい液体の流れが灰色のコンクリートの床を流れ溜って黒く濡らしていた。

呼吸を止めて足早にその前を通り過ぎようとしたとき、ダンボールの断片と古新聞紙をかき集めた塊の中から声がして、コカコーラの赤いラベルのついたプラスチック製ボトルがヌッと差し出された。褐色に汚れた細い手。

「水を入れてきてくれ」

かすれて弱々しいが、命令するような口調。反射的に不快さを超えて反感を覚えかけたが、その声には突きつめたものが感じられて、彼は足をとめた。

かき寄せられたさまざまな紙屑の中には、大衆新聞のどぎついカラー印刷の女性ヌード写真の切端もまじっていて、それが枯葉や樹皮と一緒に色のついた紙切れや繊維まで拾って綴りこんだミノムシの蓑《みの》のようで、滑稽でもあった。

元宇宙飛行士は黙って空のボトルを受け取って、バカな気紛れなことをしているなとも思いながら、地上に出て水道の水を入れて臭気の澱んだ一角に戻ってきた。

「おい、水だ」

わざと無愛想に呼ぶ。色つきの蓑の中から、もぞもぞと頭と顔が現れる。髪もひげも伸び放題で顔の一部しか見えないが、長く陽に当たってないらしい青白い皮膚の上に、汚れが染《し》みのように瘡蓋《かさぶた》をつくっている。深く落ちくぼんだ眼窩の奥で目だけがギラギラと光っている。

一言の礼も言わず、手首の小骨が突き出た両手でボトルをつかんで一気にのむ。喉仏が激しく上下した。声だけ聞こえたときには老人だとばかり思ったのだが（それだから水を入れてきてもやったのだ）、少し注意して顔を眺めていると意外に若い、もしかすると自分よりも若いらしいことに、元宇宙飛行士は驚いた。これまで見かけた限り、ここの住人たちのほとんどが彼よりも年上、それも老人に近い高年齢者だ。

老人よりも老人的なまだ若い男。垂れ流しながら妙な迫力がある。水を飲みにも行けないのに、ここの住人たちに多い精神力の弛緩《しかん》、自分自身への投げやりの気分が感じられない。それにしてもこのあからさまな臭気は耐え難い。

「何をじろじろ見てるんだ」

ひげについた水滴を手の甲で拭いながら、男は元宇宙飛行士をにらみつけた。衣服というより、かろうじて体に付着している脂じみた布切れの重なりが震えている。きっと熱があるのだろう。

「無礼な男の顔を拝見している」

事実、元宇宙飛行士は怒っていた。だが何となく親近感めいた感情も覚えている。

「こんなところまで落ちこんでまだそんなことを言ってるのか」

相手はのどを苦しげに震わせて、鳥が叫ぶように笑った。

「ちょっと水を入れに行ったぐらいのことで、そんなに気にさわるのか。イヤだったら行かなきゃいいんだ。行きたくて行ったのなら……」そこで激しく咳こんだ。「……礼を言われる必要なんかないはずじゃないか」

下から視線をねじりこむようにして続けた。

「本当にしたいことをすればいいんだ」

「こういう風にか」

足もとの臭う液体の溜りを靴の先で示して、元宇宙飛行士は意地悪く言った。

「そうだ」

傲然と言い切ったようにも、追いつめられた小動物が毛を逆立ててうめいたようにも聞こえた。

「病気なのか」

今度は努めて静かに言った。

「病気なのはお前たちだ」

相手は無理に声をふり絞って言った。体のまわりのボロ屑の山が揺れた。

「病気どころかお前たちはもう半分死んでるじゃないか。ゾンビだよ。袋をぶら下げて、手をだらんと下げて、ふらりふらりとヨダレを垂らして漂うように歩きまわってる。公園のベンチに昼間っから寝そべって、眠って、起きて、また外にふらつき出て、来る日も来る日もそれだけじゃないか……」

急にふっと相手の声が聞こえなくなる。男の口が動いているのはぼんやりとわかるのだが、何か影のようなものが意識の奥から滲み出てきてじわじわと広がった。崖から落ちる夢の恐怖の続きか、とても不吉な予感のようなもの。皮膚に粘りついてくるもの。この汚臭ではなくもっと別のにおい。なま温かい。血のにおい。のどよりもっと奥からこみ上げてくる嘔気。何かが起こりかけている……。

実際元宇宙飛行士はよろめきかけて、かろうじて気を取り直した。何も起こってはいなかった。目の前の男はいつのまにかしゃべりやめて、咳こんでいた。背後もいつもの昼間のように住人たちは出払って、裸電球が支柱の影を灰色の床に落としているだけ。監視カメラが映し出し続ける映像そっくりのざらついた無音の光景。

確かに体が変調しかけている、少なくとも貧血症状だと元宇宙飛行士は思った。ホームレスたちに毒づく若いホームレスへの興味は続いていたが、相手は体力も気力も消耗しつくしたように、色つきの紙とボロ切れの山の中に肩だけを震わせてうつ伏していた。彼自身、横になりたかった。

のろのろと自分の小屋の方へと戻った。

切れ切れに眠った。切れ切れに夢もみたが、目が覚めると消えていた。重く不安な気分だけが体を浸して残った。

外は暮れたのだろう、住人たちがばらばらに戻ってくる。のろのろと足を曳きずるような歩き方で、腕を垂れて、頭も垂れて、たいていひとりで、ふたり三人と連れ立っている者たちも大声で話し合ったり笑い声をあげることなく……そうあの若者のうまい言い方を借りると「ゾンビ」のように。

大きな声をあげて駆けこんできたのは、調子のいい小男だけだ。

「とうとうやった。いつかこんなことがあるとおれは信じてたんだ。万馬券を見つけた。馬券売場の屑箱の中で。おれが毎日毎日捨てられたはずれ馬券を何万枚と調べてきたのを、神様はちゃんと見ていたんだ」

小男は唾をとばしながら繰り返しそう叫んで柱のまわりをぐるぐると回った。だが声をあげて感心する者も、顔に出して羨しがる者もなかったので、小男の声は次第に低くなり、足の動きも鈍くなって、床に坐りこんで呟く。

「薄情な奴らだ。他人の幸運を一緒に喜ぼうという気持ちなぞ全然ないんだ」

「うるせえな」と近くで声がした。「今晩絞め殺してくれ、と頼んでるのと同じことだ」

あながち冗談とばかりは思えないアブナイ声だった。小男は声の方に向かって甲高く言い返す。

「腹巻に入れてなんぞないわ。外にちゃんと匿してきたさ。お前たちのような間抜けじゃないわい」

誰も笑わなかった。

隣家の老人が帰ってきた。弁当の包みを手渡しながら元宇宙飛行士に言った。

「そろそろ昼間外に出た方がいい。顔色がよくない」

「体の具合もよくないけど、それ以上に何か不安なんだ」

「何言ってる。まだ元気盛りじゃないか」

老人は並んで腰をおろすと、ゆったりと微笑してみせた。

「何か起こりそうな気がするんだ。この中で、おれ自身にも」

元宇宙飛行士は小声で言った。

「わしがいる。何もありはせん」

低いが力のこもった声で、元社長と言われる老人は言いきった。

「外の者の目から見ると、わしたちは金をくれと頼みもせんし、おどしも盗みもせん、過去の怨みも野心もない無気力な世捨て人に見えるかもしれん。お互いに過去をしゃべりはせんし尋ねもせん。だがな、これだけいるといろんな人間がいて、いろんなことを考えて、いろんなことも起こりかける。そうじゃ、ジャワの影絵芝居みたいにの。あれは気味悪い……」

本当にこの老人はたくさんの人間を使っていたのだろうと元宇宙飛行士は思う。その圧しつけがましくないが深い力が静かにこもった話し方を聞いてるだけで、ふしぎに気分が落ち着いてくるのだ。

「向こうの壁のところに、ひとりだけ離れてヘンな男がいた。悪い人間じゃないようだけど、近くにゆくと臭くてたまらない」

「ああ、あの若い男。影絵の世界で本当のことをしゃべり過ぎる。いまでは誰も相手にせんけれど、以前は誰彼となく面と向かって、誰もが心の中でだけ考えていることを口に出して言いまくってな。カツオ漁船で赤道まで行って嵐にあって海にほうり出されて、サメに追われたとか脚を食われかけたとか、自分のことを得意になってしゃべりおって。自分が世界で一番不運だったように。誰もがそう思ってても口にはしないのが、最後の自尊心というものだろ。おまえさんだってそうだろ」

「……」

「わしはそうだよ」

老人は平然と言って静かに笑った。

「先のことだって考えてる。昼間考えないようにしていても夢の中で考えてる。夢に魘されて急に起き上がったり唸ったりするもんだ。それを見られるのがイヤだから、みな厳重に屋根を付けるんだの。寒いからだけじゃない」

それから弁当を食べ始めた。

「おまえさんのヘンな時計のおかげで、このところまともな飯が食える。そのうちその金もなくなるし寒くもなるが、そのときはそのとき。公園の野良ネコどもも結構冬を越す。そうなっているこの世界を信ずることだな。世の中は狂うがお天道さまは狂わない」

元宇宙飛行士も弁当を食べながら、老人の言葉がひとりでに心にしみるのを感ずる。こんな風に自然にしゃべってくれる人がこれまでひとりもなかったなと思う。学校の教師も、訓練センターのリーダーも、神経科病院の医師も。「お天道さま」なんて言葉を聞いたのは、子供のころ絵本で読んで以来の気がした。

お天道さま、そう、太陽のことだ。スモッグに遮られて貧血したこの太陽ではなく、本当の太陽。無限の暗黒の中の信じ難い剝き出しの光。おれはそれを見た……とても大切なことを、これまで思い出すのを最も恐れてきたことを、おれは思い出しかけている。ロケット先端のシャトルのシートで、射ち上げのカウントダウンを聞いていたときの不安な切迫感が、鳩尾《みずおち》に蘇る。

Ⅲ

ある夜、黄慧英が居間の明りを暗くして、壁際の長椅子に壁の方を向いて眠りかけていたところに汝華が帰ってきた。いつもは彼女に気を使って酔っていても玄関の金属製のドアをそっと開閉する汝華なのに、その夜は違っていた。乱暴にドアを閉めた音で目を覚ました。

男が一緒だった。

「いいところに住んでるな。パトロンがいるんだろ。金持ちのじじいの」

と大声で言う男を汝華がたしなめる。

「友達が泊まってるよ、静かにして」

汝華が男を押して寝室に入ったらしい入り乱れた足音。ダブルベッドの置いてある寝室との境はカーテンだけだ。ベッドに倒れこむ音、着衣を床に脱ぎ捨てる音が聞こえる。男のベルトのバックルが床にぶつかる音まで。

黄慧英は毛布を頭の上まで引きあげ、両手で強く耳を圧さえる。だがベッドの軋みと荒い息づかいはどうしても耳に洩れこんでくる。彼女は毛布の中で目を固く閉じて息までつめた。苦しくなって息をつぐと、男の声が聞こえてきた。

「友達を起こしてこいよ。三人でやろう」

涙がにじんだ。この国にきてから彼女は泣いたことはない。病院に勤めた初めの頃、幾度も傷つくことがあって、ひとり唇を噛みナイフを腿に突き立てたことはあっても。

毛布の端を噛んで、叫び声をこらえる。声にならない叫びが、心を貫いた。

毛布をかぶったまま一睡もしなかった翌朝、髪も調えないまま、名刺を手にアパートを出て公衆電話のボックスまで走った。ジョギングの人たちが驚いて振り返る。

公園入口の電話ボックスには、朝の日ざしが斜めに射しこんでいた。走ってきた胸の動悸が続いている。だが黄看護婦はすぐに受話器を取った。まだ彼は出勤してないのではないか、ともちらりと思ったが、たかぶった気持ちのまま急いで名刺の番号を押した。

電話は直通のようで、相手の電話機の鳴る音がしばらく続いたが、受話器を置かなかった。あんなことはもう耐えられない、と黄看護婦は自分に言い続けた。

やっと相手が出た。

「石切ですが」と硬いよそゆきの声が言った。

彼がいた、という安堵の思いとともに、何を話したかったのか混乱した。

「黄慧英です。看護婦の」と乱れた呼吸のままで言った。

すぐにわかったようだ。声の調子が変った。

「どこにいる？ 見つかった？ 元気か？」

立て続けに石切課長は質問した。彼もまだ〝彼〟を探し出していないようだ。

「毎日探してますが、ダメです。もうここに居たくないんです」

黄看護婦の答えも混乱している。

「ここってどこ？」

「友達のアパートです。病院にいた元看護婦のところ」

「病院に一度電話したら、休暇をとってるということで、連絡とれなかった」

「休暇をとって友達のところに泊めてもらって、毎日歩きまわって」

「やはり見つからないのか。偶然というものは……でも起こるべきことは起こる」

課長は沈んだ声で独り言のように言った。

「もうイヤなんです」

落ち着いて、と思いながら気持ちがたかぶり続けて、声が高く感情的になってしまう。

「探すのが？」

「友達のアパートが」

「何かあった？」

「とにかく出たいんです。でもわたし、行くところがない。どうしていいかわからない」

相手はしばらく黙った。それからゆっくりと、なだめるように話した。

「わかった。そこを出て、昼頃、西新宿の公園、都庁の高いビルのすぐ後、そこに丸く芝生があって開けたところがある。そのベンチにいる。そこで会って相談しよう。きみのことも、彼のことも。タクシーに乗って西新宿の公園と言えばすぐわかる」

やっと気持ちが少し鎮まった。あんなに恐れて憎んでいた男に助けられるなんて、と思う余裕が出来た。

「そうします」とはっきり言った。

「実は何度もその公園に行ってるんだよ、ぼくは」

相手も含み笑うような声で言った。


タクシーは嫌いだ。東京に来て間もなく多摩の病院に勤める前、地理が全然わからなくて何度か乗ったことがある。まだ日本語がうまく話せないのに、やたらに馴れ馴れしく話しかけてくる運転手がいた。向こうはバックミラーを覗きこんでこちらをチラチラと見ているのに、こちらには向こうの後頭部しか見えない。顔の見えない見ず知らずの男と狭い密室にふたりだけという状態は、耐え難く気づまりだった。

新宿なら地下鉄で行ける。特長のある都庁の超高層ビルなら知っている。黄慧英は公園の中を抜けて地下鉄に乗った。ドアの前に立って、起き出してきたままだったことに気付く。後の暗いドアのガラスを鏡代りに、掌で髪の乱れをそっと直した。口紅もつけていないが仕方がない。

新宿の地下街はこのところしばしば歩いているのだが、幾度来ても入り組んだ地下通路はよくわからない。落ち着いて、と自分に言い聞かせながら出口の案内表示を丹念に見て、多摩の方に行く私鉄電車の乗降口と共通の、西口の出口にやっと出た。通勤客が最も混み合う時間は終ったらしいが、広い出口を切れ目なく人たちが足早に行き交う。

デパートや商店街の多い新宿でも、この方角だけはどっしりしたビジネスビルが多く、街路樹が整然と並ぶ広い道路が真直に伸びている。その上に、先方の超高層ビル群が頭上にのしかかってくるように聳えている。うっすらと青っぽい排気ガスの靄を通して、不安定に細長い滑らかな壁面が、灰白色に、ブルーに、黄土色に鈍く光っている。石切課長がいる役所も、きっとこんなに恐ろしく高い厳めしい建物なのだろう。場所は違うようだけれど。

それにしても彼がどうしてこんなところの公園などで会おうと言ったのだろう、超高層ビル群の方へと広い道路の街路樹の下を歩きながら、黄慧英は訝しいと思う気持ちの余裕が戻っていた。街路樹の葉が歩道に散り始めていて、靴の裏でチリチリと乾いた落葉が砕ける音が、車道を流れる車の音の隙間に聞こえた。そのかすかだが心にしみる音が、山東省の、多摩丘陵の秋の気配を思いがけなくひんやりと頸筋のあたりに蘇らせる。

懐しいという気分とは少し違っている。山東も多摩も、切れ切れの記憶は明瞭なのに同じように遠い。そして同じ遠さの中に、こんな大きなビルの下を歩いている自分もいる。あのひとを探しに東京に出よう、それが本当の自分に出会うことだと不意に決心したのが、空気が異常に澄んで夕日の光が狂おしく赤かった真夏の夕暮だったことを思い出す。だがもう秋も深まって、わたしは彼にも本当の自分にも出会っていない……。

交差点の赤信号で立ち停まる。超高層ビル群がいまにも頭上に倒れかかってくるほど近くなっている。都庁は少し左手のようだが、道路の先の方に黄褐色に変りかけた森のようなところ、多分電話で教えられた公園らしいところが見える。

信号が変った。十数人ほどの人たちと交差点を渡る。近くのビルの勤め人らしい男女の足は早い。彼女は最後に渡り終えたが、彼女が歩道に上がった途端に左折の車が背後をかすめて過ぎた。

何をみなそんなに急いでいるのだろうと思いかけて、自分だって病院の廊下をいつも足早に、時には小走りに歩いていたことを思い出して苦笑しかける。腕時計を見る。約束の昼頃までにはまだ時間がある。先に公園のベンチに坐って待っていればいいだろう。

あのとき、自分自身の現実に直面しなければと思った夕暮にも、煮つまったような濃い夕日の光と自分の気分の中から湧き出したように、黒服姿の石切課長がベンチに坐っていた。まるで現実が本当に現実となるためには、影が必要だというように。黒い影、ひんやりとなまなましい影、輪郭はぼんやりと芯はしたたかに力にみちた影。いまもってひとりの人間という実感がほとんどないのに、頼りになる力が彼にはあると感じられてしまう。役人には力がある、というわたしの遺伝的思いこみのせいばかりではなくて。

また交差点を渡る。

もうどうしていいかわからなくなった自分に、これ以上何を教えてくれるのだろう。何が忠告できるのだろう。わたし自身の泊まり場所についてはどこか探してくれるとしても、肝腎のわたしの患者については今まで通りやみくもに探し歩きながら、ただ信じて待って、という以上の何を言えるだろうか。

先程の電話で確か「起こるべきことは起こる」と彼は言った。言葉通りの意味はわかる。起こらねばならないこと、起こるようになっていることは必ず起こる、という意味なのだろうが、この日本語の古風な言いまわしはとてもあいまいだ。誰が、何が、それの起こらねばならないことを決めるのだろう？「神」？「天帝」？そういう言葉は、わたしの両親だって冗談以外に使いはしなかった。必ず起こることを定めるものも、予めそれを知るものもないはずなのに、彼は低い声だったが、なぜ確信あるような言い方であのように言いきったりしたのだろう。

一瞬放心して彼女は空を見上げた。視野のまわりから、超高層ビルの上層部分が幾つも音もなく折れ曲がりこんできて、薄日にきらめいた。そしてその向こうで排気ガスにかすんだ空は、ただ茫々と白かった。さらにその奥に本当の「天」がいまもあるのだろうか……天何言哉、四時行焉、百物生焉、天何言哉。

いきなり、人にぶつかった。相手はよろめいて手に下げた紙袋を落とし、彼女もよろけて路面に膝をつきそうになった。少し前から、こんな場所にふさわしくない薄汚れた風体の年寄りが、大きな紙袋を下げてのろのろと自分の前を歩いているのに、彼女は一応気付いてはいたのだが、忘れていたはずの古い孔子の言葉がふっと思い浮かんだりして、現実感を失ったのだ。父がよく呟いていた一節。

「すいません」と反射的に声をかけて落ちた紙袋を拾い上げようとした。強い体臭がにおった。どなられるのを覚悟した。

だが振り向いた相手は、どなりもしなかったし、怒ってもいない。驚いてさえもいなかった。

「長生きするといろんなことが起こるのお。若い女がぶつかってくるなんて、久し振りのことじゃよ。初めてかもしらん」

彼女が手渡す紙袋を受け取りながら、相手は穏やかに笑いさえした。半ば以上白くなった髪は茫々と乱れ、着古した灰色のトレーナーの至るところが黒ずんで、踵のつぶれたズックの靴の紐は解けたままだが、表情にも態度にも自然に落ち着いた安らかなものがあった。

「ちょっとボーッとしてしまって、本当にごめんなさい」

黄慧英は混乱しながらも心から謝った。

「怪我はありませんでしたか」

「何の、それほど年寄りじゃない。真昼間の街の真中で、わしが見えなくなるなんて、あんたさんの方が大丈夫か」

「ええ、まあ、大丈夫です」

彼女はドギマギした。

他の通行人たちが横目で見ながら、殊更無関心な態度で通り過ぎてゆく。

老人はこぼれかけた紙袋の中身を丹念に押しこんでから、顔を上げて言った。

「あんた、日本人じゃないようだな」

「中国人です」

「こんな格好のわしにもろにぶつかってくるなんて、大陸的でいいよ。ここの連中は実に神経質に気を使ってわしらを避ける、少しも差別してませんという顔でな」

急ぎ足で歩道を行き過ぎる人たちの後姿に目を遣《や》りながら、老人は笑った。

「この国は狭いけど、まあのんびりと歩きなさい。わしはいつだってどこだって、自分の歩き方で歩いとるよ。ゴビ砂漠をひとり歩いてるようにな」

そう言ってかなり重い紙袋を片手に下げて、老人は歩き始めた。彼女と同じ方向のようだ。このひとも公園に行くのではないか。黄慧英は追いついて並んで歩く。行先が同じらしいということだけでなく、妙な仕方で偶然に出会ったこの老人には、何かとても懐しいものが感じられる。いま行き場もない自分にとても大事な何か。

「そこまで一緒に歩いてもいいでしょうか」

おずおずと言った。

「ホッホッ、きょうはとてもいい日らしいの。多分わしの生涯で若い女と並んで歩く最後の機会だろうな」

超高層ビルの並ぶ真下の歩道を、老人の悠々とした歩き方に合わせて、黄慧英は並んで歩いた。その傍を追い越してから振り返る通行人が何人もあったが、別に気にもならない。

「ひとりで暮らしてるのでしょう」

失礼な質問だとは思うが、自分も似たようなものだという思いが意外に滑らかに口に出る。

「ダンボールの立派な家にな。だけどみなはわしたちのことをホームレスと言う」

他人の事のように答えた。麻汝華の店のそばの暗がりで見かけた男のことを思い出しかけた。急に一陣の強い風が高層ビルの垂直の壁面から吹き降りてきて、歩道で渦を巻いた。黄慧英はまくれ上がるスカートの裾をおさえた。老人の髪がいっそう乱れて逆立った。

「高層ビルの下ではよくこんな乱気流が起きる」

老人は紙袋を抱え持って平気にそう言ったが、初めての不意のヘンな風が、何か悪い徴のように彼女には感じられ、気味悪い感触が身内を走った。見えない何か、いろんなことを定めたり警告したりする大きな力が、本当にこの世界にはひそかに働いているのではあるまいか。影のようなあの課長はそれを知っている。そしてわたし自身の奥を流れている古い血も、そのことを実はよく知っている……。

「何を怯えてる？　いい若いもんが。中国の女は強いはずだろ」

努めて微笑しようとして顔が強張った。

「小さいときから、風が嫌いなもので。でももう何ともありません」

黄慧英は片手をあげて髪を直した。

また交差点を並んで渡った。青信号が点滅し始めても老人は歩みを速めない。

「急がないと危ないですよ」

「何の、わしはいつもここを通ってる。これがわしの歩き方だ。歩き方は生き方じゃ。ひとにいきなりぶつかってしまうのが、あんたの生き方だろ」

そう言って老人は声をあげて笑いながら、すでに信号が赤に変った歩道に上がった。

公園らしい大きな樹々の連なりがもう一ブロック先に近づいている。その黄ばみかけた森の上で、何羽ものカラスが老人の笑い声に答えるように、輪を画いて飛びながら鳴き交わした。警告するような切迫した鳴き方。

「わたし、行くところがないんです」

カラスの声につられたように、黄慧英は思わずそう言ってしまう。

「この間も同じようなことをわしに言った男がいたが、人間誰もよくふっとそんな気がするもんだ。何しろ生まれた時から決まってる行き場は、墓場しかないんだからの」

「本当なんです」

カラスたちがまた甲高く鳴いた。

老人は足をとめて、彼女の顔を初めて見つめた。彼女の方が少し背が高く、老人は眺め上げる格好になる。両眼の下の皮膚がたるんで、長い眉毛にも白いものがまじっている。僅かだけ視線が鋭くなったが、すぐにまた元の澱んだような穏やかな目に戻った。

「行くところを決めるのは自分じゃない」

低いが力のこもった声でそれだけ言うと、俯いてクスクスと恥かしそうに笑って、歩き出した。履き古した靴を曳きずって。

ワンブロックの歩道を並んで歩く。駅から真直の広い道路はそこで行きどまりで、公園の柵に沿う横の道路への角には信号がない。柵の下に狭い歩道がある。柵越しに伸びた樹々の枝で道の半分は薄暗い。陰気な道。すぐ背後には超高層ビルの無数のガラス窓が光っているのに。

老人は勝手知った自分の庭の道のように、公園の柵の下へと道路を渡り始める。黄慧英は歩道の端でいったん立ちどまって、柵に沿う横の道路を窺う。

右手、柵越えの大枝の影の中から不意に湧き出してきたように、黒光りする流れるような形の車が信じ難い速度で走ってくるのが見えた。そんな形の車をスポーツカー・タイプと呼ぶことぐらいは彼女も知っていたが、公園沿いとはいえ真昼間のこんな東京の最中心部の道路を、どうしてそんなスピードで走らねばならないのか。

老人はすでに車道に出てしまっていた。

咄嗟に彼女が叫んだのは中国語だった。

ハンドバッグが手から落ちて車道の端に転がった。

「噯呀《アイヤ》！」

その瞬間を、黄慧英は見ていなかった。音を聞いてもいなかった。目を閉じたのでも顔をそむけたのでも、耳をおさえたのでもない。眼球は映像を映し鼓膜は異常に震動したはずだが、意識がそれを信じ難いものとして記憶にとどめることを反射的に拒んだに違いない。

歩道の端に数秒間（多分二、三秒間）立ちすくんでから車道へと走り出したときには、現役の看護婦の目が冷静に戻っていた。一度急ブレーキをかけて速度を落としかけた車が、一挙に加速して逃げ去るエンジンの異常な回転音も聞いた。

老人の体は車道の端近くまではねとばされ、片腕を顔の上に折り曲げ、もう一方の腕は路面に投げ出すようにして仰向けに転がっていた。脚は膝を内側に曲げて縮こまっている。動脈が切れて噴出しているような出血はない。目は閉じている。古いグレーのトレーナーの、BEIJING OLYMPICと赤字のロゴが並んだ胸の部分が上下しているのを、黄看護婦は認めた。

同時に路面に乱れたモジャモジャの髪に、公園から落ちてきた公孫樹の茶色い枯葉一枚がひっかかっているのを見た。紙袋の中身がぶちまけられているのが見えた。洗濯された下着が異様に白い。びっしりと細かな字が書きこまれた頁がめくれたノート、黄色い柄の歯ブラシ、爪切り、割箸数本、傷だらけのカセットラジオ、週刊誌の表紙で女優が婉然と微笑している。小型の黒い位牌に数珠が絡まっている（病院の霊安室で見たことがある）。丹念に丸められたタオル。踵のつぶれたズックの靴が裏返しに転がって、紐が路面を這っているのも見えた。

一瞬、老人の孤独な生活の内臓が一面に露出したようで胸を突かれたが、黄看護婦の体は直ちに老人の上に屈みこんで、無意識のうちに手首の脈をとり頸動脈にふれ、ひどい骨折の箇所を探した。顔に血の気がなく呼吸は弱く不規則だが、呼吸は止まっていない。意識はなさそうだが、一時の意識喪失か脳の損傷によるものかは不明だ。

人工呼吸や副木をあてる緊急処置は必要なさそうだが、できるだけ早く救急病院で精密検査を受けねばならないと黄看護婦が判断したとき、十人以上の通行人たちが集まってきていた。中には車道で両手を上げて車の動きを制している男もあった。

「救急車を呼んで下さい、どなたか早く」

彼女は歩道の人たちを振りかえって、大声で言った。

二、三人の人が駆け出すのが見えた。

「こんなホームレス、ほっとけばいいんだよ。老いぼれは多過ぎるんだ」

頭を剃った革ジャンパーの若者が、聞こえよがしに連れに言っている。通行をとめられた車から降りてきたふたり連れの男が、老人の体に手をかけて道路の端に寄せようとした。

「救急車がくるまで動かしてはいけません」

黄看護婦が強い語調で言うと、おまえは何者だよ、という態度を露骨に相手は示した。

「わたしは看護婦です」

相手はふてくされて車に戻った。

黄看護婦はちらばった老人の持ち物を、ひとつずつ黙って拾い集めて袋に入れた。目の前での信じられない出来事の衝撃が引くにつれて、轢き逃げの暴走車への怒りがこみあげ、それから徐々に深い悲しみが気丈な看護婦の心に滲みひろがった。飄然と知恵の言葉を語りながらも、この現実をひとりで生きてゆかねばならない老人の必要ぎりぎりの生活の品々を、彼女は自分の持ち物のように丁寧に紙袋に収めた。この世界を生きてゆくということは、そう、危険で不安で苛酷なことなのだ。

二度三度、アスファルトに転がったまま老人は低くうめいた。その度に彼女は老人の汚れて血の気の引いた顔をのぞき、胸に耳を近づけて心臓と呼吸の音を確かめた。つい先程、「自分の行くところを決めるのは自分じゃない」と笑いながら言った老人の言葉を思い出し、こんな運命を決めたのは何なんだ、と彼女は心の中で言った。

片側の車線を走ってゆく車、地上の小さな出来事には無関心に高々と聳え光っている超高層ビル、白っぽい空。柵の向こうで暗く静まり返っている公園の森。カラスはもう鳴いていない。乱気流だけが絶え間なく方向を変えながら、見えない渦を巻いている。

見物人たちも立ち去り始めた。

小さいがよく手入れされているらしい黒光りする位牌を手にして、そこにこもった陰々と恐ろしい力のようなものを、彼女は初めて体に感じた。表面に書きこまれた「——信女」という字から、奥さんか娘に先立たれたのだろうと思う。

救急車は予想より早く来た。白いヘルメットをかぶった救急隊員が馴れた動きで、老人を担架に乗せ、ベルトで固定して後部の扉から車内に入れた。ベルトを締めるとき、老人は目を閉じたままうめいた。出血はなくてもどこかの骨にひびが入っているのかもしれない。

隊員のひとりが、彼女に事故の模様を聞いた。車と被害者の体がどのように接触したか肝腎のことは話せなかったが、他の模様は（被害者の状態も）的確に答えたので、相手は改めて彼女の顔を見た。

「身寄りでも知人でもありません。通りがかりに偶然話をしていただけで」

事実、老人の名前さえ彼女は知らない。だが隊員たちは彼女が一緒に救急車に乗りこむものと思いこんで、早く乗れと身振りで示した。ピーポとサイレンは鳴り続けている。

その瞬間、彼女はこの不意の出来事の間、念頭から全く消えていたことを、一挙に思い出した。自分はこの公園で石切課長と会う約束だったこと、わたし自身の身の振り方を相談することになっていたこと、そのためにこそここまで来たことを。

担架を運び入れた隊員は、後部扉を開いたまま、車内で彼女を待っている。彼女は激しく迷う。切れ目ないサイレンの高い音が、彼女の決断をせきたてるように鳴り続けている。彼女は詰め直した老人の紙袋を、自分のハンドバッグと一緒に片手に下げていた。

一分前まで老人の体が横たわっていた足もとのアスファルトを見つめ、それから背後の森をチラリと振り返った。せめて先程のように、カラスたちが何かを告げ知らせるように鳴いてくれたら……。だが森は薄暗く静まり返っているだけ。石切課長がもうこの中に来る頃だ。彼に相談しなければ、わたしは今夜寝るところもわからない。病院に戻る気はなかった。

老人の紙袋がずしりと重い。

目を閉じた。心の声、いや言葉のない体の声。脚がひとりでに動く。救急車のサイレンの方へ。手の指は紙袋を強く握ったまま。

目を開く。大きく息をした。わたしが看護婦だからではない、担架の上でいま目を閉じて喘いでいる老人と、一ブロックの間だけでも心を開いて話し合ったからだ。


正午少し前、急いで役所の玄関を出ようとした石切課長は、受付の係員に呼び止められた。

「ちょうどよかった。ご面会の方が見えてます。あそこに」

ホールのように広い一階の一角が面会室になっている。喫茶室も兼ねている。硬質ガラスの窓の向こうに東京湾がひろがっている。海面を眺めて、もう若くはない女性が隅の方にひとり腰かけていた。耳から頸のあたりの線、肩の張り具合を、離れて一瞥しただけでわかる。よく知っている、とてもよく知っている。別居中の妻だ。

どうして、何をしに、ここまでやってきたのだろう。確かこの新しい役所に来たのは初めてのはずだ。面会室に歩み入りながら、どういう距離感をとるべきか、冷静な石切課長も迷う。

「何だ、おまえか」

口調も表情もあいまいなまま、そう言いながら向かい合って坐る。

「何だ、はないでしょう」

海の方を向いたまま相手は答えたが、切り口上ではない。草色のまじった淡いベージュ色の品のいい薄地のコートを着ているが、前から彼女がこんなコートを持っていたかどうか、彼は記憶にない。

「わざわざ会いにきてあげたのよ」

言葉ほど感情がこもっているわけでもない。何しに、という問いを石切課長は抑えた。

コーヒーと紅茶を注文する。彼はコーヒーをのまず、妻はコーヒーしかのまない。

「役所って陰気なところとばかり思ってたけど、なかなかシャレた建物ね。明るくて」

「新しいからな」

相談もなしに家を出て行って、いつまでこんな中途半端な状態にしておくつもり？　というようなことを、いきなり言い出すのではないかと身構える気分を一瞬覚えたのだったが、その気配がないらしいことがかえって気味悪い。

「海がとてもキレイだわ。東京湾てドロドロに濁ってゴミがいっぱい浮かんでると思ってた」

「表面はね」

秋の昼の日ざしを反射して、水面は小さな光の斑点が一面にきらめいている。

「あなたみたい」

こういう皮肉はもう馴れている。若い頃は結構本気に不快だったけれど。

いきなり情事を他人のことのように平然と言われたときの、内心の動揺が体の奥に蘇りかけたが抑えた。とくに屈辱の気分はもう意識したくない。

「海面はいつもこうじゃない。曇って風の強い日には、青黒い波のしぶきがこの窓まで飛んでくる。カモメが風に逆らって飛びにくくなる」

何気なく口にしたつもりだが、自分のことを言ってしまったような気もした。

「結構キレイにしてるわね」

ワイシャツの袖口に目をやりながら、別居中の妻は言った。

「誰も世話してくれるわけではない」

「優しい若い娘にでも世話してもらってると、カワイイのにね。何でもひとりでやろうとするのがあなたなのよ」

このセリフも聞き飽きている。「カワイイ」という言葉が彼は生理的に嫌いだ。おれはペットではない。

「達者か。仕事はうまくいってるか」

取って付けたようだと自分でも思ったが、相手も無視してコーヒーを飲んでいる。

「これ、役所のコーヒーにしてはおいしいわ。ちょっと酸味が強いけど」

「月面のプランテーションででも栽培したんだろ、きっと」

あいまいな気持ちのままつまらない話をしている。石切課長は無意識に腕の時計を見た。

「あなたはいつも、お忙しくていらっしゃるのでしたわね」

声を低めてゆっくりと丁寧な言葉遣いになるとき、この女はアブナイのだ。

「お忘れものを届けに来てあげたのですよ。あなたの大事なものを」

そう言いながらハンドバッグを開けて、薄汚れた小びんをテーブルの上に置いた。高さ八センチほどのガラス製の薬びん。粗末なブリキのキャップが固く締まっている。八分目ほど水が入っている。磨きこまれたテーブルの表面に異物のように、ガラスとブリキの表面が古びて埃だらけだ。

「お大事なんでしょう。年とったらこの水で青酸カリを飲むんだと、おっしゃってましたものね」

本当に忘れていたのだった。どこに置いていたのかも。結婚して間もない頃、インドに出張して聖地ベナレスで汲んできたガンジス川の聖なる水だった。小びんは川岸の屋台で買ったものだった。

「底に溜ったヘンなものが、随分大きくなってますよ」

持ち帰って五年ほど、聖水は純粋に透明だった。だがその後ごく僅かずつ、何かがびんの底に溜り出し、十年を過ぎた頃にははっきりと形を現し始めた、何とも形容し難い不定形のブヨブヨの形を。蓋は固く締めてある。開けて覗いたことはない。外部から何かが混入したのではなく、完全に水自体から分泌したものだ。かすかに黄色と褐色を含んで、全体として白っぽく軟かな有機物の半透明な浮遊物。

彼がその小びんに川水を屈んで汲み取ったガート（階段つき礼拝沐浴場）の百メートルほど上流の岸は、ヒンズー教徒にとって最も聖なる火葬場になっていて、終日死体が焼かれ、その骨が次々と流れに投げこまれる。死者たちの霊魂は母なる川ガンジスを流れ下り、海に出てから霊山の水源に還って永遠に輪廻すると、古くから信じられている。

その流れる霊魂のひとつを偶然汲み取って封じこめたのではないか、と差渡し一センチ近くに膨れてきた奇怪な浮遊物を見ながら、彼はほとんど本気でそう考えたこともあった。そう考えるといまさら下水に捨てるわけにもゆかず、またいつも目につく所に置き続けるのも気味悪くて、いつのまにかどこか目につかない所に移して忘れてしまったのだ。

それをいま、海面の反射光で眩しいほど明るい窓際のテーブルの上に、別居中の妻が持ちこんできて置いた。

彼女は海を眺めながらタバコをすっている。

石切課長は、さらに形が崩れて幾つにも分かれたその異物を、改めて見つめなければならない。それは一個の不運な霊魂の形態さえ失っている。もはや何物の形にも似ていない。強いて言えば、腐りかけた貝の剝き身の切れ端に近いけれど、その切れ端を寄せ集めれば全体は差渡し一センチ半ほどにも大きくなっている。

二十年近い時間が、たったこれだけの密封された水の内部に、これだけの不可解なものを析出し成長させた。その二十年は彼らが共にした日常の二十年でもあった。ふたりが住んだ家の中で徐々に姿を現してきて溜ったもの。

彼は妻の顔を窺った。自分の言葉を訂正する気も、事実なら弁解する気も許しを求める気配も少しも感じられない。彼の中途半端さを責める様子はさらになかった。ただそこに坐って、平然とキレイな海を眺めている。

理解を超えて不可解な、薄汚れた小びんの中の正体不明のブヨブヨの物にじかに肌に触れたような、ヌルリと底知れぬ気味悪い感触を石切課長は覚え続ける。

V

老人が戻らない。元宇宙飛行士は自分と老人とのダンボール小屋のある柱のまわりを、両手を腰のうしろで組んで、頭を垂れて歩き続けている。

時計がなく外も見えないが、外に出た連中が戻ってきてもうしばらくたったから、夜も相当遅いはずだ。満月のころは公園のベンチで月を眺めると老人は言っていたが、今夜が満月あるいはその前後なのか、晴れているか曇っているかさえ元宇宙飛行士は知らない。

老人の身に何かあったのではないか。この頃性質《たち》の悪い少年たちのグループがうろつきまわっている、と老人が昨夜言っていたばかりだ。ここの連中ではないが、年とった宿なしが公園の森の中で殴られ蹴られて面白半分にこづきまわされていたそうだ。あの老人には欲求不満の少年たちの嗜虐本能を誘発するようなミジメさはないが、夜は人間の血の奥を流れ続けている暗く忌まわしいものを誘い出す。

森の中だけではない、裸電球以外にまともな光のないこの薄闇の中でも、今夜は何か不穏な気配が強まっている。普段は外から皆が帰ってきて二、三時間は、数人ずつ固まって焼酎を呑み合ったり時には古い演歌を歌ったり口喧嘩をしたりしていても、いつのまにか全員それぞれの小屋にもぐりこんで静かになるのに、いまも幾つもの人影が歩きまわっている。なぜか裸電球がほとんど消されて今夜はとくに暗い。

つい先程、いつもは寝起きばなにしかわめかない女が急に怯えた叫び声をあげかけて、男たちに取りおさえられた。女たちは見えない気配の変化に敏感なのだ。訓練を積んで選び抜かれた月面基地の女性要員さえ「月狂《ルーナティック》」の症状は激しかった。とりわけ夜の期間の終り、真空無音の暗黒に最も耐え難くなる頃に。

そこで元宇宙飛行士は何かを思い出しかけたが、暗い水底の影を見つめるように不快な気分に襲われて、ぐるぐる回りのひとり歩きの歩みをわざと速めた。コンクリートの部厚い床に吸いこまれる靴音。動かない空気。その澱んだ空気が今夜は妙に張りつめている。

〈老人が帰らないせいではあるまいか〉

正確な日数はもう数えられないが、ここに住みついてから、見かけは飄然と時には剽軽《ひょうきん》にさえ見えながら意外に芯の勁く深いあの老人に、ここの連中が（軽薄な小男さえ）一目も二目も置いて接している、あるいは煙たがってさえいることに元宇宙飛行士は気付いていた。

この中でばかりでなく、考えてみると自分のこれまでの人生の中で、あの老人ほどじかに人間に接したという気分になったことはなかった気がする。それとあの看護婦。どちらも偶然の、ごくわずかの間だけのことなのに。若くてしっかりしている看護婦は静かに休暇を楽しんでいるだろうが（一緒に神殿のある町に外出したときの、長い石段の途中で風に吹かれて立っていた私服姿の彼女の姿が影濃く浮かぶ）、老人の方は体自体も心配だった。ホームレスの行き倒れ……。

足を停めた。低く垂れこめていた暗い雲が急に空の一角に吸い寄せられるように、あちこちに立っていた人影が声も足音もなく、一方の壁際の方へ流れてゆく。小屋から這い出てくる者もあるようだ。

老人の身の心配と目の前の人たちの異常な動きとふたつの不安が重なり合って、元宇宙飛行士は息苦しいほどの緊張を覚える。急に強まってくる気味悪い思いの向こうから、老人のとぼけたような声がふっと聞こえた。昨夜寝る前に、老人が突然こう言ったのだ。

「おまえさん、自分が好きか」

いつものように俯いて穏やかに笑いながら言ったのだったが、他人を好きとか嫌いとか思ったことはあっても、自分自身についてそんなこと考えてみたこともなかった彼は、答えに困ってドギマギするというよりポカンとした。

「自尊心をもってるとか、よくやってきたと思っている、というようなことじゃないんだ。パッと自然に好きか嫌いか。人間誰だって自分が一番好き、ではないんだ。おまえさんも自分が好きではないだろ」

チラリと上目遣いにそう言われたとき、彼はその通りだと思ったのだ。理由なんて知らない。説明もつかない。だがいまもそうとしか感じられない。

「人間どんな状態になっても自分が好きなら、苛立ったり恐れたりいつまでも自分や他人を責めたりはしないもんだ」

とも老人は言った。確かその二、三日前に、なぜかどうしても思い出せないことがある、というようなことを、元宇宙飛行士は何気なく言った気がする。自分が好きになれば自分を取り戻せるということのようだが、そして多分その通りだろうという気がするのだが、実感として自分を好きになるとはどういうことなのだろう。

そういう風に自分自身のことを考える習慣のなかった元宇宙飛行士は、自分が剝き出しにされるような頼りない気分に襲われる。マニュアル通りなら最高度に精密な作業も機敏な行動もとれるはずなのに。

老人が早く戻ってきてくれと思いながら、人たちが集まってゆく方向に、元宇宙飛行士はふらふらと引き寄せられるように歩き始めた。人たちはとくに興奮している様子もなく、いつものようにズックの靴を曳きずりながら黙って漂うように歩いてゆくのだが、数十人も彼らの集まった場所には、磁場のようなものが形づくられていた。神経にじかにひびいてくる見えない異常な波。濃い悪臭。人たちの体臭ではない。はっきりと排泄物の臭気。

あの垂れ流しの生意気な若者のボロ屑の山のあった所だと思い出した。そして壁際に追いつめられて毛を逆立て歯を剥き出しにした小動物のようなあの若者は、いつか必ず兇暴なものを引き寄せる、と予感したことも覚えていた。

長身の彼も内側をのぞきこめないほどの人たちが、すでに壁を囲んで半円に集まっている。腕を上げたり大声を出したりする者はない。その沈黙がかえって不気味だ。

嵐の海でサメと戦ったと言っている、あるいはそんな物語を自分につくりあげようとしているあの気の強そうな若者を、元宇宙飛行士は必ずしも嫌いではなかった。言いたいことを見知らぬ彼に向かっても平気で言った。病み衰えていながら気力は萎えていなかった。その絶望的な気力が、他の連中の生き方を、惰性を、無気力さを思い知らせる。彼は臭い異物、狂った刺だ。

彼は人群の前の方へと割りこむ。低く押し殺した男の声が聞こえてくる。

「これじゃ示しがつかんのや」

その関西アクセントの声は聞き覚えがあった。

若者が甲高く震える声で言い返しているらしいが、何を言っているか聞きとれない。

「ここには地下二階も三階もあるのを知ってるだろ。本物の真暗闇だぜ」

例の小男も殊更声を低めているが、この状況を舌なめずりして楽しんでるのがありありとわかる。

「そこへの降り口もおれは知ってる」

他の者たちはいぜん黙り続けているが、重なり合った人たちの影がぼんやりと壁に浮き出している。日頃心の奥に圧し匿している無意識の黒い影が、じわりと頭をもたげて揺れ始めるようで、元宇宙飛行士の皮膚には冷たい悪寒が走った。

「ヘマをしてもらすことは誰だってあることや。おまえはわざと垂れ流しとる。それが許せんのやな。そのねじくれた根性が我慢ならんのやで」

関西訛の太い声は落ち着いている。手を下すのはこの男だろう。

「今夜はおどしじゃないぜ。おれはいつだって出てゆける。どこへだって、外国にだって逃げられる」

小男はむしろ背後の観衆向けにしゃべっているが、誰も笑わない。

いつのまにか元宇宙飛行士は人群の前の方、壁際の若者を取り巻く半円の内側に出ていた。脚が震えているのがわかる。こんなことが起こるのを漠然と感じてはいたが、実際に起こってみると悪い夢のようでしかない。闇の森の奥での犠牲《いけにえ》の祭り。遠く自分のものではない遥かな太古の記憶の果てに、こんなことがあったような気もする。彼らは明らかにあの老人のいない夜を狙ってこんなことをやっている。だが老人がいたらいまどうするだろうか。

囲みこまれて若者のいる壁際は真暗だ。青白い顔が揺れているのがかろうじて見分けられる。すでにかなり小突かれ蹴とばされているらしく、顔の動きは心棒の折れた人形の首のようだった。

絶えまない嘔気は臭気のためだけではない。音が自分で聞こえるほどの動悸。脚がひきつってくる。おれには関係ないことだ、あの若者になんの義理もない、と繰り返し自分に言い聞かせても震えがとまらない。だが足が少しずつ前の方へにじり出てゆく。

小男の肩に触れた。小男は顔を向けてニヤリと笑ったように見えた。薄闇のなかで歯が気味悪く白い。この男はあられもなくほとんど性的な興奮状態だ。肉体的な不快感が激しくこみあげてきて、元宇宙飛行士は自分を失いかける。

揺れ動く若者の怯えきった視線が、彼の目に縋りついてくるのを感じた。「助けてくれ」と声にならない叫び。一度ではなく二度三度と続けて。この声にならない必死の叫びを聞いたことがあった、確かいつかどこかで。

苦しかった。耐え難い力で何かが体の中を昇ってこようとする。思い出したくない。その記憶はおれの力では耐えられない。おれを壊す。それを思い出してはいけない。そんなことはなかった。そんな記憶はウソだ。

だが眼前の悪夢のような恐怖に照らし出されて、消えたはずの記憶がゆっくりと元宇宙飛行士の意識にせり上がってきた。

……………闇が退いてゆく。地球の四週間が一日の月面の朝は、超スローモーションフィルムよりさらに遅く、一ミリずつ明ける。一ミリずつ退いてゆく闇と一ミリずつ広がる光る地面との境を、おれたちはすり足で追っていた。知識としては知っていたが初めて目にするその信じ難い光景に、驚き魅惑されて。

真空の空にはおぼろな影はもちろん一切の気配はなく、足もと一歩先はそのまま大宇宙の暗黒。地面にほとんど平行に射し始めた月面の夜明けの光は、地球の真夏の真昼の光線の何十倍も強烈だ。その境界線がなだらかな粉塵の堆積、太古の溶岩流の皺《しわ》、無数のミニクレーターの縁で、ゆるく鋭く折れ曲がりながら、いまわずかずつ移動する鮮烈な一線である。

(おれも同行のN飛行士も、地球時間で二週間も続く夜と、密閉基地内の人工光線下での植物栽培プラントの手入れに飽き飽きしていた)

「世界の果ての断崖に立ってるみたいだ」とN飛行士が興奮して言った。「一メートル先にも地面が続いているとはどうしても思えん」

「ないのかも知れんぞ。落ちたら底無しの地獄行きだ」

冗談のつもりが、口に出して言うと本当にそう感じられる。

「じっと見つめていると、引きこまれそうになるよ」

とN飛行士の声も電波をとおして震えている。

(朝食前に月面の夜明けを見に行こう、とN飛行士を誘ったのはおれだ)

「こわいんなら、後に下がってろ」

と言ったおれの言葉に反発するように、気の強い若いN飛行士は、殊更大きく一歩二歩と前に踏み出したのだった。

そして消えた。

闇の領域に入って見えなくなっただけだとしか思わなかったので、「ふざけると危ないぞ」

と普通の口調でおれは言った。だが続いてヘルメット内に音量一杯に響いたのは悲鳴だった。

「助けてくれ。落ちる。本当に地面がない」

1/6Gの月面で落下は致命的ではないと咄嗟に意識しても、地球で育った体が混乱して立ちすくんだ。やっとヘルメットの外の非常用ライトを点灯した。足もとのすぐ先で地面がざっくりと切り取られていた。夜明けの闇と光の鮮やかなドラマに心奪われて、このあたりに「蛇行谷」が走っていることを、ふたりとも全く忘れていたのだ。太古に超高温の熔岩流が流れ続けて、地層を溶かしえぐった深い谷。

頭上のライトが震えて、それ以上に知覚が混乱して、谷の崖縁に掛かったN飛行士の手袋と、ヘルメットの内側で引き攣ったその顔とを、本当に見たのだったかどうか。「助けてくれ」という悲鳴だけが、ヘルメットの中を反響した。


……………………


暗く臭く禍々《まが》しい興奮状態が、いっそうあられもなく濃くなっている。人垣の中からセメントの塊のような物が投げられ、コンクリートの壁にゴツンゴツンと固くぶつかって落ちた。

「助けてくれ」という若者の、もう見栄もない悲鳴が、追いつめられた小動物のそれのように狂おしく甲高く続いている。

元宇宙飛行士は前に出た。体がひとりでに動いた。

犠牲の若者はボロ屑の山に圧しつけられているようだ。暗がりの中でゆらゆらと引き抜かれた人形の首のように揺れているのが、彼の頭だろう。われを忘れたのでも、瀕死の若者を助けなければと咄嗟に決心したのでもなかった。陰惨にたかぶったこの場の空気が、耐え難く不快だった。あの老人がいたらきっとこうしただろう、とちらりと思った。

さらに一歩前に出て、体の向きを変えた。壁とボロ屑を背に、人垣と向かい合う格好に。脚まで小刻みに震わせて興奮し切った小男が目の前にいる。関西訛の大男の薄暗い顔面からは、殺気が滲み出ている。

張りつめた沈黙があった。ヒーッと足もとの若者が声にならない空気を吐いた。

「何だよ。何様のつもりかよ」

小男が仰向いてわめいて、唾液が元宇宙飛行士の顔にもろに飛んだ。

「貴様に何の関係があるんや。自分のしていることがわかってるんか」

大男が冷然と睨みつける。

わからんな、と元宇宙飛行士は心のなかで言った。アノトキハワカッテイタ。本当ニ助ケヨウトシタンダ。オレガ唆《ソソノカ》シタヨウナモノダッタカラ。ダガ体ガ動カナカッタノダ。目ノ前ニイキナリ開イタ蛇行谷ノ闇ノ深サガコワクテ。

「い、いったい、何、何者だよ。お、お前は」

興奮し過ぎて舌の縺《もつ》れた声が横の方から聞こえた。

自分が何者か、おれはいまとうとうそれを思い出しかけている、と元宇宙飛行士は意識の奥から突き上げられるように感じた。

「この男は、頭がおかしいんよ。一日じゅう柱のまわりをぐるぐる回ってる」と鳥のようなかすれた声をあげたのは、毎朝奇声を発する女だ。

コワカッタケド、逃ゲハシナカッタハズダ。闇ガ一ミリズツ退イテ、断崖ノ縁ガ現レテクルノヲオレハ長イ間怯エキッテ見ツメテイタ。救援ヲ呼ブノモ忘レテ。ソシテソレカラ、ソレカラドウシタノダッタカ。

ボロ屑の山の中から若者が必死に両手を突き出して縋りついてきたらしく、うしろからいきなり腿の内側を強くつかまれて悪寒が走った。何もかもどんよりと息苦しく、おぞましく唐突だ。おれはこんなところに帰ってきたのじゃない。

だがそれ以上に唐突に濃く強烈なものが、意識の奥と体がひそかに交わって溶け合う仄暗い領域から、じわりと立ち現れてくるのを元宇宙飛行士は圧さえることができない。「助けてくれ」という切迫した声が、足許の薄暗がりから聞こえてくるのか、遠い記憶の果てから谺《こだま》してくるのか区別できない。どちらも体が捩《ねじ》られるように不快に苦痛で、意識の一部が激しく抵抗する。いやだ。そんなことをどうしていま思い出すんだ。いまさら思い出して何になるというんだ。

オマエガ思イ出スノデハナイ。事実ガ蘇ルノダ。オマエ自身ガ無意識ノウチニ消シタ記憶。

それを思い出したらおれは壊れる、と元宇宙飛行士は思わず床に屈みこみそうになる。

そのとき眼前の大男が低く短く言った。

「邪魔や、のきな」

同時に下腹を思いきり蹴り上げられ、がくりと俯いた頭の真横、右の顳顬《こめかみ》を正確に力を溜めた拳が打った。この大男はきっと左利きだろうと感じていたことを元宇宙飛行士はぼんやりと思い出し、それから尿に濡れたコンクリートの床に膝をついて沈んだ。

意識が薄れ、知覚が遠ざかってゆく。

まわりで急に乱れる多数の足の動き、頭上で渦巻く興奮、声にならない悲鳴、骨が肉を打つ音、顳顬から頭の芯にねじりこむ激痛、背と腿の裏を次々と踏まれる疼き、そして激しくこみあげてくる嘔気……次第にまわりが静かになってゆくのがかろうじてわかる。どんなことが起こって、どうけりがついたのかはわからない。

急速に薄れてゆく彼の意識の裏側で、「助けてくれ」という悲鳴だけが、誰も取る者のいない電話の呼び出し音のようにひびき続けている。

元宇宙飛行士はかろうじて顔を起こしかけた途端に、頭の芯にひび割れるような激痛が走り、またコンクリートの床に横顔を落とした。頬にぬるっと臭い液体が粘りついている。片目の瞼が腫れ上がっていてあたりが見えない。動くものはない。茫々と薄暗い。

暗さが急速に濃くなってゆき、見上げるほど巨大な黒光りする超金属板が顔面に聳え立ったかと思うと、ツルツルの硬い表面にひとりでに亀裂が走り割れて分解し、さらに砕け溶けて瀰《び》漫《まん》し始め、イマヤ毛孔ノヒトツヒトツマデ埋メックス、ネットリト粘ル闇ノ微粒子ノ隙間ナイ遍在デアル。おれは死にかけているのではあるまいか、と見えない目を閉じかけると、どこからか冷ややかに声のようなもの。物ガ見エナイカラ暗イノデハナイ。暗黒ソノモノガ実在スル。

意識が薄れて消えかけるとともに、急に透きとおってくるこの知覚は何だ。おれではない別の誰かのような異様に冴えた知覚。誰なんだ？　おれはここにいる、殴り倒され背中を踏みつけられ、汚れた床に惨めに転がって。オレハココニイル。イマハ静止シテイルヨウダガ、横ニナッテイルノカ、斜メニナッテイルノカワカラナイ。僅カナ重力感覚以外、見エルモノモ聞コエルモノモ一切ナイ、果テシナク広ガル暗黒ノ粘液ノナカ。基地ヘノ救難信号ヲ出シ続ケテモ応答ガナイ。発信装置ガ壊レテイル。

絶えまない嘔気。だが胃袋に吐くものはない。咽喉を灼く強烈な胃酸の液を、唇の端から垂れ流すだけだ。床の尿酸とまじり合うおれ自身の胃酸の醜悪な臭気。

助ケテクレ、トイウ無線ノ悲鳴ニ呼ビ寄セラレテ、無線ノ声ニ方向ナドハナイノニ、四ツン這イニナッテ、恐怖ニ震エ戦《オノノ》キナガラ、蛇行谷ノ縁ヲ越エテ滑リ降リヨウトシテ、ソシテ崖ヲ転ガリ落チテ。

意識下の奥に閉じこめて消したはずの〝あの記憶〟が、闇の奥から生き返ろうとしている。いやだ、戻ってくるな、おれは決して思い出さないぞ、と元宇宙飛行士は内臓まで引き攣る全身の激痛のなかで、嘔気に内側から突き上げられながら、声にならない叫びを叫ぶ。耳を圧さえて床を転がった。

暗黒ガ実在スル。オレハヒトリ闇ノナカダ。宇宙空間ナンテ誰ガ言イダシタノダ。コレガカラッポノ空間カ。充満スル「コールタール・ピッチ」ノ海。虚無トイウ言葉モオ笑イデシカナイ。虚《ウツロ》ナ部分ナドドコニモナイジャナイカ。形ナイ黒ダケガ実在スル。手ヲ少シデモ動カセバ手袋ノ指ニ粘リ着イテクル気味悪イ実在。

あの哀れな犠牲の若者はどうなったんだろう、という考えがちらりと頭の隅に浮かんだ。ボロ屑の山をはね散らかして暴れて、助けてくれと悲鳴をあげ続けて、ふっと静かになった。地下二階とか三階とか誰かが叫んでいた気もするが、忽ち混濁した意識がかすかな記憶を圧し流す。

思ワズ叫ビ声ヲ上ゲタガ、ヘルメットノ中デハ受信機ノ電波障害ノヨウデシカナイ。最新型ノ生命維持装置ハマダ酸素ノ供給ヲ続ケラレソウダガ、絶息ノ恐怖ヨリ意識ガ狂ウ方ガ恐ロシイ。実際ニ狂ッテシマエバ恐ロシクサエモナイカ。恐怖ハ、ヘルメットノ外側カラダケデナク、オレ自身ノ内側カラ、抑サエル術モナク滲ミ出シ続ケル。

無意識のうちに元宇宙飛行士は床に片肘をついて、上体を支えながら起き上がろうとした。腰から腿に痛みが走って、どたりと床に俯伏せになる。掌がべたべただ。

意味モナク体ヲネジッタ。顔面ヲ仰向ケト思ワレル方向ニ向ケテ、上方ト思ワレル方角ヲ眺メ上ゲタ。朝焼ケノ空ガ見エル気ガ一瞬シタカラダガ、全ク愚カナコトダッタ。ココノ空ニ雲ハナク、朝日ヲ乱反射スル大気ノ分子モナイ。上モ横モ前モ、正確ニ同ジ暗黒デアル。笑ウツモリデ動カシタ顔ノ肉ガ、ヒトリデニ歪ンデ泣イテイタ。

体がしきりにどこかに動こうとしている。ダンボールの家に這い戻ろうとしている、と気付いて涙がにじみかけた。何というじましく愚かな帰巣本能だ。

〈アナタハモウドコニモ帰リ着ケナイデショウ。イツマデモ……〉という声が暗い天井の彼方から聞こえた。澄んだ老女の声、死ぬ直前の。〈ウチニズット居レバイイノヨ〉という彼女の言葉も思い浮かんで、床に落とした頰の皮膚が濡れて冷たい。何かこの世のものならぬものにじかに触れた気がしてゾッとした。

時間ノ感覚ガナクナッテイル。動クモノ、聞コエルモノ、変化スルモノガ一切ナイ。傷ついて意識の乱れた自分のものとは思えない冷やかな知覚像が、信じ難いスピードで意識の奥から送り出されてくる。カロウジテ心臓ノ鼓動ト呼吸ノ感覚ハアルガ、目ヲ幾ラ懸命ニ見開イテモ何モ見エナイ暗黒ノ奥行ガ、容赦ナクソノ最後ノ体感モ吸イ取ッテユク。

腕ト脚ヲ踠《モガ》コウトシタガ、無理ニ力ヲコメルト、ジワジワト体全体ガ沈ミカケル。1/6Gデモ重力ハアルノダ。底ナシノ奈落ニ沈ミ続ケル恐怖デ、筋肉ガ引キ攣ッタ。呼吸マデ苦シクナル。深海底ニ沈ンダヨウニ、ヒシヒシトトテツモナク巨大ナモノニ閉ジコメラレ圧サエコマレテイル。ダガ水圧デモ気圧デモナイ。実体トシテ圧サエコムモノハ何モナイノダ。何モナイトイウコトニ閉ジコメラレテイル。無ニ圧サエツケラレテイル不気味サ。

理解ヲ絶シタ感触ニ、意識ガ溶ケカケル。耐エ難イ臓器的拒否感ガ露出スル。狂ウ前ニ、オレトイウ構造ガ壊レル。見テハナラナイモノヲ、ジカニ見テシマッタカラダ。

再び嘔気が胃の奥からこみあげてきて、元宇宙飛行士は跪いた。胃が引き攣り食道が捩れて、咽喉が声にならない音をうめき続ける。足の先まで痙攣する。靴が床のコンクリートをガリガリと掻いた。激しく息をついた。胃酸より強烈なものが、体の奥から絞り出されてくるみたいだ。吐き出すものはないのに、嘔気だけが勝手にうごめいている。

二度三度と全身を捩って床を転がった。地球の重力を振り切って月遷移軌道に移るときの、過酷な加重を上まわる苦痛。余りに苦しくて意識が切れかける。意識も嘔気に突き上げられているようだった。留処《とめど》もない不快な嘔気。からっぽのはずの胃にこんなに溜っていたのか、と信じ難いほどの胃液。意識自体が封じこめた強酸の記憶。

意識ガ秒ヲ刻ンデ喘イデイル。時間ノ経過ノ感覚ガ薄レタノデ、酸素ト温度維持ノ電源ガアトドノクライ持ツノカ見当ガツカナイ。眼前ノ暗黒ト沈黙ガ余リニ大キ過ギテ、心臓ハマダノロノロト動イテイルヨウダガ、モウ死ンデイルノダトシテモ、タイシタ違イデハナイ。自分ノ過去ノ情景ガ蘇ル力モスデニナイヨウダ。フシギニ懐シイ記憶ノ情景ガ現レナイ。ImageニサエナレナイImageノ切レ端ガ、筋道モ物語モナク全ク無意味ニ、猛烈ナ速サデ意識ノスクリーンヲ流レ過ギテハ、真黒ナ粘液ノ海ニ吸イコマレテユク。

額を幾度も床にぶつけた。痛みは少しも感じないのに皮膚が裂けたらしい。顔を起こしかけるとなま温かく濃い液体が目に滴りこんで、ぼやけた視野が赤く濁った。壁と床の区別がわからなくなった。幾つか点灯されている裸電球の灯だけが、宙に赤く滲み広がっている。体がその赤い光の方ににじり寄ろうとして、床を這う。断続的に意識がかすれ、異常に白熱してまた薄れた。肘と腹筋だけが勝手に動いている。

オレノ死体ハ永遠ニ、コノ真空ノ谷ニ残ルダロウ、ト他人ノコトノヨウニ考エタ。氷河ニ落チタ死体ノヨウニ。ソレトモ腸内ノ嫌気性微生物ドモガ内側カラ貪リ食ッテ、カラッポノ宇宙服ダケガ一着残ルノカ。ドチラダッテイイ。イマノオレノ恐怖ノEnergyダケハ、間違イナク残存スルダロウ。夜ノ期間ハ暗黒ノ一点ニ、昼ノ期間ハ白熱スル崖ノ途中ニ、見エナイ小サナ狂オシイ渦巻トシテ。

時折人影らしいものがぼんやりと動いてゆくが、元宇宙飛行士の傍に立ちどまる者はなかった。自分では這い動いているつもりが、実は転がったままなのかもしれない。酔っ払って床に転がって寝てしまう者は、ここでは一向に珍しくないのだ。赤く滲んだ光に少しでも近付いてはいないのだろうか。腫れた瞼がわずかに開いたり閉じたりする度に、灯の暈が幾らか大きく見えるだけなのかもしれない。

あれから一、二時間後なのか、二日も三日も経っているのかよくわからない。時間の感覚が薄れ、場所の実感も怪しくなっている。ざらついた平らなところという感じはあるが、それがコンクリートの床か、アスファルトの路面か、どこかの荒地なのかはっきりしない。あたりに物音も人のざわめきもなく、気味悪いほど静まり返っているのがわかるだけだ。嘔気が少し治まっている。出るべき胃酸が出尽くしたのだろう。口の中いっぱいに苦味がこびりついて、唇のまわりから顎にかけてぬるぬるに濡れているが、鳩尾はいま震えていない。

ただ吐くべきものがまだ残っている不安があった。不快に中途半端な体感。これから胃酸でぼろぼろになった胃壁から体じゅうの血が噴き出してくるのか、よれよれの胃壁そのものがべろりと剝離して滑り出てくるのかもしれない。もう何が起こったって驚かない酷薄な気分になっていた。彼自身の気分よりもっと大きな意志のようなものが動き出している。

基地トノ、通信衛星トノ交信ハ途絶エタママダ。N飛行士ハドウナッタダロウ。オレガ谷ノ途中ニ引ッカカッテイルラシイトイウコトハ、彼モ案外スグ近クデ似タヨウナ状態デイルノカモシレナイ。ダガタトエ一メートル先ニ転ガッテイルトシテモ、見エナイダケデナク音モ聞コエナイシ、気配サエモ感ジトレナイノダ。地球上デダッテ闇ヲ体験シタコトハアッタケレドモ、アソコニハ空気ノソヨギガアッタ。セメテ臭イガアッタ。夜ノ森ノ奥ノ樹々ノ息遣イ、地下道デ黴ガ菌糸ヲ伸バス音、冬枯レノ荒野ノ風ノ感触……ソノスベテガココニハナイ。何モナイ。アルノハ凍リツキカケタオレノ意識ノ、最後ノEnergyノ明滅ダケダ。何モノモコノEnergyノ戦ク波ヲ反射シナイ。

何ヲ思イ出シ何ヲ思イ浮カベヨウトモ、ドンナImageモソレニ伴ウドンナ痛切ナ感情モ、眼前数センチノヘルメットノ縁マデ浸シ尽クシタ闇ガ、片端カラ吸イ取ッテユク。懐旧ノ念モ悔恨モ夢想モ恐怖サエモ一切ノ感情ヲ吸イ取ラレタ奇怪ニ平静ナ意識ノナカデ、残リ僅カナEnergyヲ使ッテ、カロウジテ自分ヲ総括スル。

遥カナ遠イ呼ビ声ガアッタ。何者トモワカラナイ声ガオレヲ呼ンダ。少年ノ日ノ夜毎ノ夢ノ奥カラ、青年ノ日ノ夢想ノ彼方カラ、ソノ不可解ナ声ハ誘ッタ――「目覚メヨ」ト。ココマデ来ルンダ、ト。父親ガ田舎ニ帰ッテヒトリ首都ニ残ッタ小サナアパートノ窓ノ夜空ノ果テカラ、十五歳ノオレヲソノ声ハ呼ンダ。女ノ子タチノ尻ヲ追イマワシテイタ二十歳ノオレヲ郊外小都市ノ変ナ神殿風ノ柱ノ向コウカラ、ソノ声ハ呼ンダ。

自分ガマトモニ普通デハナイトハ気ガツイテイタケレド、人並ミノ生活ヲ送リタイト願ッテイタオレハ、ソノ声カラ逃ゲマワッタ。ダガ一度入ッタ文科系ノ大学ガイヤニナッテ、理科系ノ大学ニ入リ直シタリシテイルウチニ、イツノマニカ深ク決心シタ覚エナドナイハズナノニ、オレハコノ道ニ呼ビ寄セラレテイタ。直線加速装置ヤ回転アームノ対荷重訓練デ意識ヲ失イカケタトキ、ソノ声ヲ聞イタ。ソシテ初メテ月面ニ降リ立ッテ、真黒ナ空ト大熔岩平原ノ真空ノ果テシナイ沈黙ヲ眼前ニシタ瞬間、ソノ声ハ耳許デ囁クヨウニ言ッタ――ココガオマエノ世界、オマエガ生マレ変ル場所ダ、ト。

最後ノ力ヲ集中シテ耳ヲ意識ヲ澄マシタガ、イマ何ノ声モ聞コエテコナイ。最モ必要ナコノトキニ。ドンナ声デモ、何者ノ声デモ、ドンナ言葉デモ、今コソオレハ聞キタイノニ。イッタイ何ダッタノダ、アノ声ハ。導キノ声ダッタノカ、ソレトモコノ闇ノ谷ニ誘ッタ魔ノ声デハナカッタノカ。何者ノ声デアレアノ声ニ呼バレテ、オレノ生涯ハアッタ、ソノヨウナ人生デシカナカッタシ、ソノヨウナ人生トシテコノオレノ一度限リノ人生ハアッタ、ソノヨウナ四十年ガオレダッタノダ。

間モナクコノ最後ノ意識スル力モ尽キ、意識ノ波ハ消エ、心臓ノ鼓動モ停マル。暗黒ガオレヲ呑ミコム。意識が低下してゆくのがわかる。ふっと額が床に落ちて気が遠くなる。遠のいてゆく意識に、裸電球の赤黒い光が幾つも誘うように滲んでいる。

俯せになった元宇宙飛行士の背中が力無く喘いでいる。型の崩れた古上着の背中には、尿と血と自分の胃液がしみつき、ボロ布と古新聞の切れ端が貼りついていた。

夜が更けるにつれて、天井の蛍光灯の光がいっそう透きとおってくる気がする。この時間、煌々と灯がついているのは、病院の中で玄関わきの救急部の治療室と待合室だけだ。

休暇中の看護婦がよその病院の深夜の待合室に坐っているということは、現実と自分が奇妙にズレているようで、黄慧英は気味悪く落ち着かない。とくにこの日は事故や急病が多かったらしく、救急車が次々と来た。正門の方からサイレンの音が近づき、救急患者専用のガラス扉に停車した救急車の回転する赤い灯がちらつく度に、黄慧英は意味もなく長椅子を立った。白いヘルメットの救急隊員があわただしく担架を運びこみ、その後から同乗してきた家族たちがただならぬ表情で治療室に入ってゆく。そんな不安に緊張した家族たちの十何組と待合室で一緒に腰掛けてきたが、いまは彼女ひとりだ。

老人の大きな紙袋を抱きかかえるようにして、彼女は長椅子の隅に坐っている。昨夜麻汝華のアパートで一睡もできなかったため、幾度かふっと穴に落ちこんだように眠りかけたけれど、張りつめ続けた神経はかえって異常に冴え過ぎている。

二度ほど治療室の部厚いすりガラスの扉を押して、看護婦に老人の容態を尋ねた。忙し過ぎて気が立っている中年の看護婦は、一度は「検査中です」と素っ気なく答えただけだったが、先程は「意識が戻りましたよ」と教えてくれた。「脳のスキャンの結果は明日昼ごろわかりますから、明日いらして下さい」とも言われたけれど、麻汝華のところに戻る気はない。

老人の紙袋と共に、待合室で夜を明かそうと思う。名前さえ知らないけれど（救急部の受付には、同僚の日本人看護婦の名前を男のように変え、病院の住所を書いた）、この老人の過去のすべて、現在の生活のすべてがこの紙袋ひとつに入っている気がする。

石切課長は怒っているに違いないが、仕方がない。看護婦としての自分にはこうするしかなかったのだし、人生にはこんな思いもしない偶然があり、そんな偶然が人生の節目をつくってゆくのだろう。

カーテンで仕切られたベッドが奥の方まで並んでいた治療室は、この時間も緊張しているのが感じられる。一階の他の広い部分は薄暗く静まり返っている。その中間で、待合室だけは明るくからっぽだ。握りの紐はべっとり脂じみて、薄いビニールと厚地の紙で二重になった袋の部分には様々なシミや汚れがこびりついている老人の紙袋だけが、重く膨んでどっしりと実在していた。

まるでわたしが紙袋を抱えているのではなくて、紙袋がわたしを支えているみたいだ。行き場なく疲れ切って、睡気《ねむけ》の向こう側に押し出されてしまったようなわたしを。


再び激しい嘔気。元宇宙飛行士は顔面を床につけたまま、両手で頭を抱え呼吸を止めようとした。もう吐くものはない。胃液さえ残っていない。おれの胃の中が狂ったのではなく、まるでこの暗いコンクリートの巨大な箱の全体がのたうち始めているみたいだ。ぼんやりと赤っぽく仄暗い空間が、おれを捩り搾る。

何が残っているというのだ。元宇宙飛行士は拳を握って後頭部を叩き、冷え冷えとざらつく床を打った。自分のものとは思われないうめき声をあげて、繰り返し打った。翼の折れた鳥のようにかすれた叫びを叫んだ。まだ思い出せというのか。

次第に叫ぶ力が萎え、唸り声が咽喉でだけくぐもった。それなのに、見えない大きな暗い力が体の奥を、意識の底を搾り続ける。やっと床から顔だけ起こすと、元宇宙飛行士はニタリと笑った。これまで思い出せなかったのは、思い出してはいけないことだったからだ。

前触れもなく、いきなりそれは起こった。モウ闇ヲ見ツメ続ケルコトガデキナクテ、オレハ力無ク目ヲ閉ジテイタ。ダカラ自分ノ中ノ何カガモウ耐エキレナクテ自壊シテ、神経細胞ガ過熱シテ焼ケタノダ、トソノ瞬間ニハ感ジタ。

ソウデハナカッタ。瞼ヲ貫イテ、外カラ、闇ノ中カラ、ソレハ来タ。閉ジタママ目ガ眩ンダ。目ノ奥カラ頭ノ芯マデ、ソレハ射シコンダ。反射的ニソレヲ躱《カワ》ソウトシテ、思ワズ顔ヲ背ケタ。顔ヲ横ニ向ケルト、ソレハ消エタ。ソレハ正面カラダケ射シコンデイル。少シズツ顔ヲ正面ニ戻シ、窄メナガラ目ヲ僅カニ開イタ。谷ノ向コウ側ノ崖ノ上端カラ、朝日ノ最初ノ光ガ真直ニ谷ニ射シコミ始メテイタ。崖ノ急斜面ノ粉塵ニ半バ埋マッテ死ニカケテイタ、イヤスデニ死ンデイタハズノオレノ目ヲ、顔ノ上半分ダケヲソレハ直射シテイタノダ。

ダガソレハ地球上デ見馴レタ太陽ノ光ト余リニ違ッテイタ。大気ノ分子ニ乱反射スルコトノナイ余リニ強過ギル純粋ナ光。完全ナ白熱光ノ放射。昇リ始メタ太陽ソノモノノ輪郭ノ一部サエ、幾ラ細ク目ヲ窄メテモ捉エルコトガデキナイ。偏在スル暗黒ノ只中デ、ヒトリ自ラ燃エ輝クモノ。間断ナク惜シミナク豪奢ニ激シク、ダガ音モナク不気味ニ静カニヒタスラ光リ続ケルモノ。

無限ノ闇ト光トノ対照ガ余リニ劇的過ギテ、現ニ眼前ニ出現シタ光景ヲ、薄レカケテイタオレノ意識ハ即座ニ受ケ入レルコトガデキナイ。言イ難イ畏怖ノ念ニタダ震エテイタ。間モナク死ヌ他ナイ自分ノ状況モ忘レテ。イマ終ッタ夜ノ期間ノ前ノ昼ノ二週間モ、太陽ハ沈ムコトモ翳ルコトモ夕焼ケルコトモナク黒イ空ノ一角ニ輝キ続ケテイタケレド、地表デ百数十度ノ光ト熱ノ源ヲワザワザ見上ゲタコトハナカッタ。コウシテ不測ノ偶然デ否応ナク直面スルマデハ。

大気トイウ簾越シデハナイ素顔ノ太陽。ヘルメットノ顔面ニハ遮光効果ハアッテモ、モシ両眼ヲマトモニ見開イテ直視スレバ、瞬時ニ網膜ト視神経ハ焼ケ切レ、僅カニ残ッタ意識ノEnergyモ忽チ気化スルダロウ。

幾分顔ヲ伏セ上目遣イニ畏ルベキ光ノ源ヲ窺ウダケダガ、何トイウ強烈スギル光ノ直射。地球上ノ朝日ノヨウニ紅ニ染マルコトモナク、紫ノ雲ヲ伴ッテモイナイ。上瞼ガヒクヒクト震エル狭イ視野ガ、タダ煌《キラメ》ク光ノ氾濫デアル。最初ノ瞬間ハ金色ト咄嗟ニ感ジタケレド、ソレハ闇ノ奥カラノ不意ノ光ノ出現ガ、コノ世界ノモノナラヌ神秘トシカ感ジラレナカッタタメノ、刷リ込マレタ知覚ノ連鎖反応ダッタ。数秒モタタナイウチニ、ソレハ銀色ニ見エ、磨キ上ゲラレタ鋼ノ表面ノ輝キトナリ、ソレカラ白クナイ純白、ツイデ鋭イ透明ヘト変ッタ。向コウ側ガ透ケテ見エル透明デハナク、奥ニモ中心ニモ何モナイ、ソノ〈何モナイ〉トイウコト自体ノ全的顕現トシカ感ジヨウガナイ。

ソシテソノ〈何モナイ〉コトハ、超高速デ自転スル見エナイ独楽《コマ》ノ測リ知レヌ運動Energyト、限リナク澄ミ切ッタ畏ルベキ静ケサダッタ。ソノ独楽ノ大キサヲ比較スベキ何物モナイカラ（タダ闇ノ広ガリシカナイ）、比類ナク巨大ニモ罌粟《ケシ》粒ヨリ微細ニモ見エルガ、ソレガ体現シ放射スルEnergyガ無尽デアルコトハ疑イヨウガナカッタ。静ケサモ無音ナノデハナク、アラユル轟音ト叫喚ト囁キト呟キトヲ溶カシコンデイル。

衰弱シ混乱シタ知覚、暗黒ヘノ恐怖ガ呼ビ出シタ幻覚デハナイ。臨死ノ神秘的幻影デモナイ。

消エカケテイタオレノ意識ハ急速ニ冴エテイタ。冷ヤカニ昂ッテイタ。闇ノ無限ニ圧倒サレ狂気ノ恐怖ニ竦《スク》ミ上ガッテイタ先刻マデノオレデハナカッタ。

宇宙服ノ片腕ヲユックリト、ヘルメットノ前ニ翳《カザ》シテミサエシタ。腕ノ部分ハ金属ノヨウニ輝イタ。眼前デ開イタ手袋ノ指先ハ発光シタガ、コチラニ向ケタ掌ノ部分ハ蔭ニナッテ悪魔ノ手ノヨウニ真黒ダ。強イ磁場ノナイココデハ宇宙服ガナケレバ、太陽光ハ死ノ放射線ナノダ、ト気付クコトモデキタ。太陽風ノ陽子プラズマハ、網膜ドコロカオレノ全細胞ヲ瞬時ニ破滅サセル。

真空ノ闇ハ死ソノモノダガ、闇ヲ照ラス太陽光モ死ヲ孕《ハラ》ンデイル。

太陽トソノ光ヲ神トシテ崇メタ伝統ト、ワレワレハスデニ遠ク離レテイル。ダガオレノ過去ノ、今モアリアリト思イ出セル数少ナイ場面ニハ必ズ光ガ射シテイル。オレハ子供ノトキカラ光ガ好キダッタ。部屋ノ窓カラ射シコム冬ノ光、秋ノ公園ノ木洩レ日、長イ梅雨ノ間ノ不意ノ晴レ間ニ白ク輝ク街、北海道ノ広大ナ畠地ノ地平線ノ上ニ溢レル夏ノ光……イツデモドコデモ夕日ヲ眺メルノモ好キダッタ、圧サエヨウモナク。子供ノトキカラオレノ心ガ暗イセイダト思ッテキタガ、カツテ太陽神ヲ祀ッタ神殿ノ神官ノ子孫ナノデハアルマイカ、トモ本気デ考エタコトガアルホド、オレハ光トソノ源ニ魂ガ震エルヨウナ異常ニ懐シク身近ナ感情ヲ抱イテキタ。

オレヲ呼ビ続ケテキタアノ不思議ナ遥カナ声ハ、オレノ魂ノ奥カラノ遠イ祖先ノ声ダッタニチガイナイ。先祖タチガオレヲ雲ノ上ニ、大気圏ノ簾ノ外ニ、真空ノ月面ヘト連レ出シ、ソシテコノ蛇行谷ノ崖ヘト突キ落トシタノダ（太陽ノ神殿ニハ蛇ガウヨウヨイタニ違イナイ）。オマエガ魅セラレテキタモノノ素顔ヲ見ヨ、ト。無意識ノ憧レヲ意識化シロ、ト。ソノ認識ヲ魂ノ全体デ自分自身ノモノトシテ生マレ変レ、ト。

思イキッテ顔ヲ上ゲヨウトシタ。目ガ焼カレタッテ、ドウセ間モナク酸素ト電力ノ備蓄ハ底ヲツクノダ。窒息スル数分前、アルイハ数秒前ニ（ヘルメットノ内側デハスデニ先刻カラ赤イ危険標示ガ激シク点滅シテイル）、ソノ遥カナ声ガハッキリト聞コエタコトニ、オレハヒソカニ感謝シタ。

顔ヲ起コシ瞼ヲ開ケタ。「目ヲ覚マセ」トハコノコトダッタノダ。

途端ニ、眼球ガ脳ガ体ノ芯ガ白熱シ発光シタ。言葉ニナラナイ奇態ナ叫ビ声ヲアゲタ。目ノ視野モ意識ノ視野モ、タダ光ダッタ。見エ考エラレルハズノ一切ガ消エタ。ヘルメットノ顔面ノ超硬質プラスチックモ、断崖モ、闇モ、溜メコンダ知識モ記憶モ、オレ自身トイウ意識サエモ。

白熱トイウ。ダガ純粋ナ光ハ白デハナカッタ。無色デモナイ。アラユル色ガ燦《カガヤ》キ、照ラシ合イ犇《ヒシメ》キ衝突シ回転シ、激シク渦巻イテイタ。紅ノ波動モ金色ノ粒子モ闇ノウネリサエ一瞬見エタト感ズルト、次ノ瞬間ニハタダEnergyノ無限ノ放射デアル。音モ聞コエタ。パチパチピシピシト放電スル無数ノ小サナ音ガ、忽チ圧シ潰スヨウナ轟音トナリ、スベテノ物ノ形ヲ吸イ取ル巨大ナ静寂ニ還ル。ソシテソノ静寂ハドンナ轟音ノ響キヨリ強力ダ。

コレガ太陽ノ真ノ姿ダ、全宇宙ガコノ光トトモニ始マッタノダ、トイウ思念ガ溢レル光ノ中カラ銀色ノ針ノヨウニ突キ通シテキタ。闇モソノトキ生マレタ。ワレワレノ太陽ダケデナク全宇宙ノ無数ノ太陽（恒星）タチガ、宇宙ノ始源ノソノ秘密ヲ不断ニ反映シ顕示シ物語ッテイル。太陽ノ輝キハ宇宙創造ノ秘蹟ソノモノナノダ、ト。

ナゼ、ドウシテ、ドノヨウニシテトイウ考エハ少シモ浮カバナカッタ。ソレハソウデアリ、ソウデシカナカッタ。一切ノ思念ハ向コウカラ来タ。オレノ中カラデハナイ。

オレハ危険標示ノ点滅モ忘レテ眩《クルメ》キ続ケタ。眼球ガ、神経線維ガ、意識ガ、体ノ全細胞ガ、闇ノ無限ノ中デタダ光ッテイル。一面ニ溢レル大イナル光ノ振動トトモニ顫《フル》エテイル。信ジ難ク微細ナ不思議ナRhythmデ。自分トイウ実感ハ薄レ、意識ト無意識ノ境界、精神ト身体ノ区別モ薄レテ、魂ノ剝キ出シノ知覚ノヨウナモノダケガ、光ノRhythmトトモニ澄ミ切ッテ明滅シタ。

瞼ヲ静カニ閉ジタ。光ル闇ガ広ガル、ドコマデモ。

……………………

失神したのでも眠りこんだのでもないのに、奇妙な半意識の浮遊状態。知覚だけがひとりでに働いているのを元宇宙飛行士は感ずる。

暗い空間の中で輪郭不鮮明の球体がぼんやりと光っているのが見える。殻が透明な仄明るい卵のようなもの。他に比較する物がないので大きいのか小さいのかわからない。内側に核のようなものがゆっくりと動いている。それが中心部にくると球体の内部全体が明るくなって穏やかに光を放ち、周辺部に寄るとその一部だけが強く輝いて全体は暗く影のようになる。呼吸しているように、あるリズムで脈動している。

無意味な幻想のようであり、水中を漂うボルボックスのような原生動物の内部を拡大して眺めているようであり、とても遠いところから自分を覗きこんでいるようでもある。こんな生きているイメージそのものを見るのは初めてだ。痛切に懐しい気がする。仄明るい憂愁の気分。球体全体が光るとき澄んで晴やかな気配があたりを満たす。

やがて核がおぼろな輪郭の一部に寄っていって、そこだけがとくに明るくなり残りのほとんどの部分が重い影になって、影は横たわった人間の姿態になる。身体の、筋肉の、骨の、神経の感覚がかえってくる。

元宇宙飛行士は頭が異常に熱くなるのを感じた。高熱で燃えるようだ。だが体は冷え切っている。あんなに捩れてのたうった胃も静かになっている。吐くべきものをすべて吐きつくした体感。何が起こったかよくはわからない。だが何かとても苦しいこと、恐ろしいことが自分に起こったことはわかる。そしてその苦痛と恐怖は晴やかに不気味な気分も伴っていたことも。

〈おれはとてつもないことを体験していたのだ〉

少しずつ顔を起こした。あたりは静かだった。陰惨な赤く滲んだ光は消えていた。だがいつもの裸電球の灯がとてもぼんやりとしか見えない。そして何本もの太い柱とダンボール小屋の並び、何人もの人影もよく見えない。

何か違っている。先程の兇悪な集団的興奮の残存ではない。不穏な空気はかえって騒ぎの前よりかえって薄れて、一気に漂白されたような気配だ。そういうことではなく、すでに見馴れているはずのここの全体が、この中の様々な物がはっきりと見えないのだ。視覚が、眼球の焦点が、皮膚感覚が、少なくともその一部が焼き切れたか変質したように元宇宙飛行士は感じた。ひとつの物に視点を集中できない。幾つもの物が重なり合ってぼやけてしか見えない。

この場所の全体はわかる。仄暗く荒れた広い空間はわかる。そこに人間たちがいるらしいことも、その中に浮かんだような自分も感じられる。だがあらゆる物が無重力状態の宇宙船内のように、漂っている。何ということだ。まるで見てはならないものをじかに見てしまった記憶が、目を潰したようだ。

そんなことが……あるのだ、とふしぎな冷静さでわかった。顔の目だけでなく心の目、おれという自我の芯、おれを中心とした世界の現実感が焼き切れたに違いないと。ずっと前からこんなことを予感していたように思う。目が潰れる夢をみたことさえあった。だからその記憶を無意識のうちに消してきたのだろうが、それが偶然に蘇ったいま、恐ろしくも怯えてもないのがとてもふしぎだ。生まれ変ったというよろこびとは程遠いけれど、思いがけなかった穏やかに静かな気分。「蛇行谷」での事故も先程の集団暴行事件もいまそのほとんどを思い出すことができるが、恐怖という感情、後悔という心の動きがなくなっている。

〈起こったことは起こったことなのだ〉と彼は心の中で呟いた。〈いまおれはここにいる。こんなミジメな格好で〉と低く声に出して言うと、現実感が少しずつ戻ってきたが、とても非現実的な現実感だ。微細に震える現実感。

〈とにかく家に戻らなければ〉

掌と肘を床につけてそろそろと上体を起こし、膝を引き寄せて立ち上がった。肩と腰に痛みが走ってよろけた。体に力が入らない。極度にエネルギーを消耗している。目を閉じた。瞼の裏で、想起した光の記憶がくるめいた。

膝がガクガクとふらつき視線は定まらないが、勘だけを信じて元宇宙飛行士は両手を体の前に伸ばしすり足でよろめきながら歩いた。月からの帰りより長く暗い家路。老人は戻っているだろうか。

やっと自分が好きになれそうだ、と言おうと思う。

夜が明けて、徹夜勤務の医師と看護婦が交替して、病院全体が再びざわめきを取り戻して――老人は救急部の治療室のドアから自分で歩いて出てきた。

「まだ無理です。もう二、三日、せめてきょう一日ここで様子をみなくては」

若い看護婦が背後からしきりにそう言っている。

老人は笑っていた。額に三か所も絆創膏を貼られている。

「わしはこういう窮屈なところは性に合わんのだよ。ベッドは柔らか過ぎてよく眠れん。自分の小屋でおとなしくしているからいいんだ」

看護婦は助けを求めるように黄慧英の顔に視線を移した。

「検査は異常なかったんでしょう」

「大腿骨に少しヒビが入ってましたけど」

「頭の方は？」

「レントゲンでは一応異常は認められませんが、精密には血管造影検査をしなくては」

「わたしが面倒みます。異常が起こったら連れてきます。わたしも看護婦ですから」

看護婦は私服姿の黄慧英の全身を眺め直す。老人も驚いたようだが、ホッホッと機嫌よく笑った。

黄慧英が受付で費用を払った。「すまんな」と余りすまなそうでもなく老人が脇で言った。

ふたり並んで病院を出た。彼女が紙袋を下げているのを見て、今度は本気に「すまんのう」と言った。

「わしは何も覚えとらんのだよ、検査台の上で目を覚ますまで。車にはねられたと言われてびっくりした。あんたが看護婦さんだったとはねえ。あんたにぶつかったことはよく覚えとるよ」

老人は片脚を曳いていて、時折顔をしかめた。

「あの道路はいつも渡っているのに、あんたと一緒だったんでボーッとなっていたんじゃの。

人生この年齢になっても、思いがけないことが起こるもんじゃ」

待合室で二、三時間うたた寝しただけだったが、黄慧英の気持ちも弾んでいた。老人の怪我が意外に軽かったことも、秋晴れの午前中の日ざしが明るいことも。

病院の前でタクシーに乗った。

「送ってくれるんか。ひどい所だよ。あんたなんか想像もできない所だ」

「看護婦はどんな所だって平気です」

老人は行先を新宿だと言った。新宿に近づくと自分で道を指示した。建設中らしいビルの囲いの前で車を降りた。

囲いの塀を肩で押して中に入って、積み上げた雨ざらしの建設資材の間を歩いた。工事は中止されているらしく、囲いの中は荒れていた。建ちかけのビルの裏から階段を降りた。老人はどうにか歩けても階段は無理のようだ。黄慧英は肩を貸して薄暗い汚れた階段を一段ずつ降りた。老人は体を拭いてもらったらしく、病院のにおいがした。

重い鉄の扉を一緒に押して、地下駐車場らしいがらんと広く仄暗い場所に入った。異臭を含んだ空気が澱んでいた。

「驚いただろ。ここがわしたちの住みかで、わしの家はあそこだ」

壁際と支柱のまわりにダンボール小屋が並んでいる。老人は家に戻って、目に見えて安心した様子だ。

最初から老人がこんなところの住人だろうと想像していたので、黄慧英は驚きもしなかったけれど、やはり思わず息をつめる気分だ。

「何かあったのかな、様子が少しヘンだ」

あたりを見回しながら、老人は少し緊張した表情になった。

電線を引いて裸電球をつけてある一本の支柱の傍まで来た。

「こいつまだ寝てるな。おい、戻ったぞ。わしにちょっとした事件が続いてな」

ダンボールをつなぎ合わせただけの小屋のひとつを、老人は軽く足で蹴って顔をしかめた。

「病院に行ってきたんだぞ。この親切な看護婦さんと一緒に」

ダンボール小屋の中から返事はなかった。老人は上体を屈めて、出入口らしい厚紙の小さな扉を上に開いた。

「死んじゃったのかよ。車にはねられてもわしはこの通り生きてるのに」

仰向けに横たわった男の顔だけが見えた。目を閉じている。老人の肩越しにちらりと額のところが見えただけだったが、黄慧英は紙袋も自分のバッグも手から落とした。

彼だった。伸び放題に髪は乱れ、顔は汚れて額には血が乾いてこびりついていたけれど、広い額と眉の形、深い眼窩と鼻筋は見紛いようがなかった。

思わず老人を押しのけて、彼女はその顔を覗きこんだ。膝の力が脱けた。彼女の患者だったときより、頬はこけ顔色は青白く窶《やつ》れているが間違いはない。胸が音をたてて痛んだ。

「どうして、ここで、こんな……」

膝をついて呻いた。無意識のうちに手を伸ばした。

だが顔を近づけると、窶れて傷ついていながら、彼女が探し続けてきた男の表情はふしぎに穏やかで、静かに深く呼吸していた。

老人が驚いてそんなふたりを見つめている。

Ⅵ

薄めた消毒液、せめて熱いしぼりタオルがあればと黄慧英は思う。だがここにあるのは、何日前のものかもわからない老人の汚れたプラスチックボトルの中の水だけだ。

その水で自分のハンカチを濡らして、彼女は目を閉じた元宇宙飛行士の顔と頸を拭いた。額にこびりついた血はどうにか拭きとれたが（擦りむいたような幾箇所もの傷は幸い深くはない）、鼻梁のわきに浮いた脂、頸筋にこびりついた垢、無精髭が伸びた口のまわりの汚れはうまく落ちない。背中の下に両手を入れてダンボール小屋の中から体を引き出し、コンクリートの床に坐った自分の膝の上に頭をのせて、黄慧英は繰り返し男の顔を拭いた。痛そうに顰《しか》める両方の目も冷やし続けた。

彼女の元患者は引き出したとき少しうめいて顔を歪め掌で瞼を圧さえようとしたが、彼女の膝の上でいぜん目を閉じたままだ。眠り続けているというより、一種の昏睡状態。身体の転倒や打撲のためではなく精神的な極度の消耗のせいだと、神経科病院の看護婦は思う。

ただすっかり眼窩のくぼんだ両眼を閉じたままの、汚れた顔に漂うこのふしぎな穏やかさは何だろう。呼吸も深く安定している。

彼女の肩越しに、元宇宙飛行士の顔を覗きこんでいた老人も、何度も呟いている。

「いったいどうなってるんだ。何があったんだろ」

裸電球の仄暗い光が上からそんな三人を照らしている。俯いた彼女の影が男の顔をぼんやりと覆っている。この時間、地下のねぐらに残っている者は少ないが、誰も近寄ってくる者はない。

夕方、積み上げられて放置されたままの、赤錆だらけの鉄材の蔭で、黄慧英は屈んで火を燃やした。コンクリートブロックの破片や欠けた鉄片や石ころを集めて小さな竈《かまど》をつくり、黄色く変色した新聞紙や木切れや囲いの中に落ちた枯葉を集めて、老人に借りた使い捨てライターで苦心して火をつけた。老人がどこからか持ってきた大きな空缶に水を入れて、コンビニで買ってきてもらったパックのお粥を温めている。

小さいとき、祖母の葬式で金色の紙のお金を燃やしたことを思い出す。あのときも薄青い煙にまじって空に舞い上がる紙の細かな黒い燃えかすが、夕日に照らされてキラキラと光った。

「あのお金でおばあさんは天堂で幸せに暮らしてゆけるんだよ」

と母が言った。季節がいつだったかは覚えていないけれど、山東も東京も天はひとつだ。高い金属板の囲いを越えて射しこむ晩秋の夕日が、鉄材の蔭から立ちのぼる灰色の細い煙を斜めに照らしている。

あの煙が天に行くおばあさんのためになったのなら、この煙も月から帰ったという男のためになるだろう。月に行って帰ったということがどういうことなのか、まだ彼女にはうまく実感も想像さえもできないけれど。

東京の真中で、あんなに高くて立派な超高層ビルの下で、こんな竈の火を焚くなんてとてもおかしなことだが、彼にはどうにかして食べられるものが必要だし、お粥を温められる方法はいまここではこれしかない。考えてみれば、麻汝華のアパートと病院の救急待合室と、二晩もほとんど寝ていない体は弱りきっているはずなのに、いやそれだからだろうか、わたしの心は（決して神経ではなく）ほとんど快く張りつめて、ふしぎに開いて、自分が自分でないみたいだ。心がひとりでに動く。こんな場所でこんな火を焚くなんて、この国に来てからの自分には考えつくことさえできなかったはずのことだ。

夕日が急に翳って薄暗くなる。風も出てきたらしい。煙が乱れ頸筋が少しひやりとする。まわりは錆びた鉄材と鉄筋の山と散在するコンクリートの塊と、背後に建ちかけの荒れたビルだけ。小さな火だけが暖かい。

自分はもうあの病院と寮に戻れないのではないか、という思いが夕暮の風とともに黄慧英の心を吹き過ぎた。だが、ではどこへ、という考えは、いまの彼女の頭には浮かばない。どこででも生きてゆける、という気分が心の奥にひっそりと重く生まれかけているのを感ずるだけだ。少なくともいましなければならぬことがある。

貧しい燃料のため、なかなか沸かなかった空缶の湯が、やっとかすかな音をたて始めた。囲いの外の海鳴りのような車の音の底で、その小さな音がとても貴重なことのように聞こえた。

あのひとはきっと元気になるだろう。


「つまり、この男はあんたの担当の患者だった、とそういうことだ」

「ええ、長い間」

夜――ここではいつも夜みたいに時間が澱んでいる、黄慧英と老人は眠っている元宇宙飛行士の傍で話している。ふたりともダンボール紙を敷いて腰をおろしていた。彼女は膝を曲げて横坐りに、老人はコンクリートの柱に凭れかかって両脚を床に投げ出して。

老人は彼がどんな病気だったのかと尋ねないし、彼女も彼を探し続けていたのだとは言わない。

「じゃあ、よく知ってるのう、この男を」

まるで棺のような形の、元宇宙飛行士のダンボール小屋に視線を移して老人は言った。

「いいえ、よくは知りません」

それは本当のことだ。彼自身でさえ自分のことがわからなかったのだから。

「ここではお互いの過去や身の上を口にしないことに何となくなっているんで、わしも尋ねたことはなかったが、変った男だよ。何しろ余り口をきかん。よくひとりで考えこんでたな。何かとても遠いところから帰ってきて、ふっとこんなところに迷いこんだ、という感じだった」

ボケたような振りをしているが、この老人の勘はへたな精神科医よりずっと鋭い、と彼女は思う。

「わしは山奥の村の育ちでの。子供のころは、急に何日もいなくなるおとなや子供が時々いたもんだ。神隠しとみなは言っとったが、どこに行っとったか本人も知らんのよ。ふらりと急に村に戻ってきてまた普通に暮らすんだが、畠で働いてたり、女なら片付けものをしたりしているとき、ふっとこうあらぬ方に目をすえてのう」

老人はそこで広く薄暗い天井の隅の方を、じっと見つめる格好をした。

「子供なら一緒に遊んでる最中にだが、気味の悪いことだった。でもどこか、多分遠くに何かふしぎなところがあるのかもしれん、という気もしたもんだ。この男と一緒にいると、よくそんなことを思い出した」

黄慧英は黙って聞いている。

「あんたも病院でこの男にそんな気がしたことはなかったかの」

「時々、ええ、そんな気がしました」

病院の庭の柵のところに立って夕空をいつまでも見つめていた彼の後姿が浮かんだ。

「そうか、あんたもそう思ったか」

老人はうれしそうな顔をした。

「そんなこの男が、わしは何か気に入っての。公園でじっと月を見上げて、ひとりでブツブツ言っとった。秋の満月がとてもきれいな夜じゃった。月の光で隣のベンチのこの男が、影のようになったり透き通って見えたりしたな」

「公園で初めて会ったんですか」

彼女は不意にわれにかえって言葉をはさんだ。

「わしらが行こうとしてたあの公園だ」

その公園で石切課長と約束していたこと、とうとう患者に出会えたことを課長に連絡していなかったことに、黄慧英は気付いた。そんな大事なことをすっかり忘れていたなんて、わたしはいま確かにどうかしている。

「どうかしたのか」

老人が怪訝そうに顔を窺う。

「何でもありません」

と彼女は首を振ったが、自分が止めどもなくあらぬ方へとズレてしまってきているような不安も覚えた。急に疲労が体じゅうに広がるのを感ずる。

「疲れたようだの。きのうはわしの、きょうはこの男の、急な怪我人と病人で、幾ら看護婦さんでも大変だったろ。よくやってくれたよ」

看護婦としてではなく、ひとりの人間として当然のことをしただけです、と言いかけたが口にしなかった。人間として？　老人に対してはそうだったとしても、彼に対してはひとりの女としてではないのかという思いを、黄慧英は初めて意識したからだ。動悸を覚え掌が汗ばんでいるのを感じたが、疲労のためか羞恥のせいかわからない。

「ただな」と老人が声を落として言った。「あんたがこの男を連れ出して行ってしまうと、わしはさびしいだろうの」

冬用だと言って老人が出してくれた蒲団をふたつ折りにして、その間に入って黄慧英は、元宇宙飛行士のダンボール小屋の隣の床に横になった。蒲団は脂じみ、埃くさくカビくさかったが、疲れきっていたので忽ち眠った。

どのくらい経ったのかわからないが、人声で彼女は目を覚ましかけた。少し離れたところに数人の人影が集まって言い争っていた。何か険悪な気配だ。老人の姿を探したが、近くには見えなかった。仄暗い中で言い争う男たちの影が気味悪くて、彼女は眠っているふりをした。クドクドと弁解するような男たちの口調が続いてから、ひと声、大きく強く怒った声が聞こえた。

「バカ者ども」

とその声は怒鳴りつけたように思う。背筋にじかにひびく厳しい声だった。

他の声は静まり、それから足音が近づいてきた。片脚を曳きずる歩き方。そっと彼女は目を開けた。老人が戻ってくるのだった。背後で人影が散ってゆく。あのひと声が老人の声だったと気付いたが、この老人があんな声を出せるとは。事情は全くわからないが、彼女の元患者がこうなったことに関係がある気がした。

あれほど怒ったはずなのに、老人は取り乱しても興奮してもいなかった。のろのろと戻ってくると、元宇宙飛行士のダンボール小屋とその隣で蒲団にくるまった彼女の方をしばらく眺め、それから支柱に凭れて両脚を伸ばし、片方の腿をさすり始めた。ひと言も口にはしないが、脚の具合がよくないらしい。

明りの蔭になってよくは見えないけれど、俯いたその顔は悲しげに彼女には見えた。


石切課長はデスクに積まれていた書類にひと通り目を通すと、回転椅子を回して広いガラス越しに背後の海を見た。このところ晴れた日が続いている。海面は穏やかにきらめいている。少し目が痛んだ。そろそろ老眼鏡を使わねばならんのか、と考えながらしばらく目を閉じてから開くと、すぐ前の空をカラスが飛ぶのが見えた。カモメはよく見かけるが、カラスがこんなところを、と少し驚く。大きなカラスだった。悠々と飛びながら嘴《くちばし》を開閉している。実際は聞こえないのに、その鳴き声がなまなましく聞こえる気がした。

これはいい前兆なのか悪い前兆なのか、と思いかけているところに、デスクの直通電話が鳴った。そのタイミングに、反射的に椅子を戻して伸ばしかけた右腕を一瞬宙に止めて、ひと息入れてから受話器をとった。女の声だった。「石切課長さんですか」と初めは遠く、不安そうだった声が、「石切ですが」と答えると、急にはっきりした。

「ホアンです、看護婦の。一昨日は約束の時間に行けなくて、本当に失礼しました」

不意に現れたカラスとは関係なかったわけだ、と苦笑する気分で気楽に言った。

「きみが道に迷ったのじゃないかと心配してね、一時間待ったけど。いや気にすることはない。そこで他の用事もあったんだ」

「公園のそばまで行ったのですが、事故にあって」

「きみが?」

少しあわてて、受話器を握り直した。

「いえ、わたしと一緒だったひとです。それで救急車で一緒に病院に行って、そして……」

日本語はほとんど完全なのだが、こういう間延びしたところが大陸的というんだな、と課長は思う。

「要するにきみは無事だったんだ」

「そうです。そして……」

「そして?」

「そして、彼に会いました」

もう一度課長は受話器を持ち直して椅子を引いた。声が大きくなった。

「病院で?」

「ちがいます。ビルの地下です」

「つまり彼を見つけたということか」

「わたしが見つけたのではなくて、偶然に会ったのです」

「いまどこだ。どこでこの電話かけてるんだ。彼も一緒なのか」

「あのひとは地下で寝ています」

「病気なのか、怪我か」

「病気でも怪我でもなくて、衰弱しています。とても」

「すぐ行く。場所を言ってくれ」

「新宿ですが、番地はわかりません。とても高いビル、そう都庁の近く」

「北側か南側か、後の方か」

「どっちが北か南かわかりません。高いビルが並んでいる端の方。途中で工事をやめてしまったビル。二十階ぐらいまで作って」

「他に何か目じるしになるものは」

「まわりにクリーム色の高い囲いがあります」

「その前で待っててくれ。三十分、もう少しかかるかもしれないが」

「わたし、約束を守らなくてすいませんでした。それから電話が遅れてしまって」

「いいんだよ、よく見つけてくれた。大急ぎで行く」

受話器を置いて、大きく息をした。思いがけない吉報だった。だが椅子を立ちながら窓を振り返ると、カラスはもう気配もなかった。幻影だったような気もした。

黄看護婦が立っているのが、車の中から見えた。放置された建築現場の囲いは高く、その上の未完成のビルは上端に鉄骨と鉄筋を突き出してさらに高かった。その下にひとりで立っている黄看護婦は、とても小さく頼りなく見えた。石切課長の記憶では、彼女は背が高い方でいつも固く見えるほど肩を張っていたはずなのに。

囲いの金属板は塗装が剝げかけている。街路樹のプラタナスの葉は黄変して、端の方がまくれ上がっている。彼女は黒っぽいセーターに灰色のスラックスをはいて、頸に巻いた明るい黄色のネッカチーフだけが若々しい。囲いの前の歩道を結構通行人が通り過ぎるが、彼女はひとり動かない。車が車道の端を徐行しても気がつかないようだった。顔を起こして前方を見つめていた。乱れ気味の髪が広い額にかかっている。緊張しているな、と石切課長は思ったが、車がさらに近づくと、化粧していない顔が疲れているようにも見えた。

車が路肩に停車し、ドアを開けながら課長が手を振ると、やっと気がついたようだ。固い表情がほっとゆるみ、控えめな微笑が浮かんだ。

「この中か」

と課長が言うと、額にかかる髪を指先で上げながらうなずいた。

「ビルの下です」

電話のときとは違って声が落ち着いている。疲れて見えるのに苛立っていなかった。

勝手知った場所のように、黄看護婦は囲いの一部を押し開け、内側の荒れ放題の中断された建築現場の中を先に立って歩いた。足場の悪いところでは立ちどまって、課長の足もとを見守る。狭く暗い地下への階段をおりるときは「手すりにつかまって」と振り返って言った。それ以外には口をきかない。話はあとで、何よりも彼に会わせようとしているのだ、と課長は思う。きついほどしっかりした女だとは以前から感じていたが、この落ち着きぶりは何だろうと、課長は気圧されるような気分も覚えた。

重そうな鉄の扉を黄看護婦が開けて、仄暗い広い場所に出た。ダンボール小屋がそこここに見えた。やはりこういうところに漂着していたのだ、と思った。宿なしは宿なしたちのところに。

空気がこもって異臭が鼻をついた。月面から帰りの宇宙船、北海道の宇宙センターから多摩の神経科病院そしてこの建築を中断されたビルの地下のホームレスの溜り場——元宇宙飛行士の遠く長い道程を想った。

だが黄看護婦は剝き出しのコンクリートの床、裸電球のコードが巻きついた支柱の間を、自分の家のように馴れきった足取りで歩いてゆく。

彼も変っているだろうか。まだ雪が残っていた十勝平野の海岸で最後に出会ってから半年以上の日がたつ。その間あの男のことを考えなかった日は、一日もなかったと言っていい。宇宙基地を見下ろす残雪の丘のはずれで、震えながらわけのわからぬことを呟いていた元宇宙飛行士。翼をなくした鳥。羽化を忘れた蛹。

一本の支柱のところで黄看護婦は歩みを止めた。振り返ってうなずいた。ダンボールを組み合わせた小屋がふたつ。支柱の根元に蒲団が折り畳んであって、そこに背を凭せ掛けてひとりの男が床に脚を伸ばしていた。伸び放題の髪と頬のこけた血色の悪い横顔が少しだけ見えた。傍に灰色の髪の、着古しただぶだぶのトレーナーを着た老人が、中腰の姿勢で男に何か食べさせている。

「ああ、それじゃあダメ。こぼれるじゃない」

黄看護婦が急いで床に膝をついて、老人の手からスプーンを取り上げて紙の皿から何かすくって男の口に運んだ。男は無精髭に囲まれた口を開けて黙って呑みこむ。目を閉じている。

「注意したんじゃがのう。けさはよく食べる」

老人が腰を伸ばしながら言った。

裸電球の仄暗い明りの下のその光景が、一瞬眩しく近づき難いようで、石切課長は少し離れて立ち停まった。黄看護婦は左手のハンカチで無精髭につく粥のようなものを拭き取りながら、スプーンを男の口に運ぶ。巧みに愛情こめて。老人がそれを見守っている。

石切課長はそっと位置を変えた。男の顔が見える正面の方に。窶れきってはいるが、確かに彼だった。だがその俯いた顔に浮かぶ表情は、課長が知っていた男のそれとは別人のようだった。

男が顔を上げた。目を少し開いた。視線が合った。顔に静かな笑顔が浮かんだ。課長も微笑した。彼が笑うのを課長は初めて見た。

老人に黄看護婦が言っている。

「このひとの友達、ずっと探してくれていたんです」

彼がどうしてここにいて、彼女がどうやって彼に出会ったか、そのことを急いで尋ねる興味がなくなっていた。現にふたりがここにいるということだけで、石切課長の気持ちは何か満ち足りている。それに妙に風格のある薄汚れた老人。おれのところの局長などよりずっと複雑な性格のようだ。

少し離れて立ったまま、課長はこのふしぎな三人連れを眺めていた。

塗装の剝げかけた囲いの前に頼りなげに立っていた彼女とは思われないほど、生き生きと動く黄看護婦。体までひとまわり大きくなったように見える。粥を食べさせ終ると、片腕で彼の肩を支えながらプラスチックボトルの口から水を飲ませた。顎に垂れた水を丹念に拭く。彼は安心しきったように世話になっている。確かに体は憔悴しきっているが、内部に芯のようなものが生れているのが感じられる。焦点の定まらない目で自分自身に怯え続けていた彼ではない。ただが単に元に戻ったということではないだろう。月に行く前の彼を課長はとくに覚えていないが、よく訓練されたごく普通の宇宙飛行士だったはずだ。月面で何かがあった。何かを見た。幽霊みたいに哀れな様子で帰還のシャトルから降りてきてから、もう一年半になるかと考えながら、石切課長は元宇宙飛行士の落ちくぼんだ眼窩の奥を見つめている。目の具合が悪そうだ。だが穏やかなだけでない何か不気味に静か過ぎる光が、わずかに開いた目の奥にある。かすかに身震いのようなものが走るのを覚えたが、上体を起こして背中の蒲団の具合を直してもらっている彼は、子供のように素直だ。

その背後を、背中を屈めた住人たちがひとりふたりと出入口の扉の方へ、つぶれた靴をひきずってのろのろと歩いてゆく。裸電球の明りが弱くて影の列のように見える。ダークスーツの石切課長の姿をちらりと窺ってゆく者もある。

「ここの連中は黒い服を嫌うんでのう」

と老人が笑いながら言う。咎める口ぶりではないが、幾分皮肉の気味はあった。

「役所勤めのものですから」

石切課長は初めて口をきいた。

「ご苦労なことじゃ。この宿なしにあんたみたいな友達がいるとは。でもそんな気もしてたな」

今度はしんみりと言った。

「友人がお世話になったようで」

「いや世話になったのはこっちの方じゃ。あの娘さんにもな」

空になったプラスチックボトルと紙の皿を持って、扉の方へと足早に歩いていった黄看護婦の後姿に目を遣りながら言った。

「しっかりした娘だ」

それから急に下を向いて、老人はホッホッと心からおかしそうに笑った。

「道路でいきなりわしにぶつかってきおってな」

それ以上説明はしなかったが、彼女がこの老人と路上でぶつかった場面をちらと想像して、課長も笑いかけた。普段は人並み以上に冷静なのに、何かにムキになると急に自分を忘れるからな、あの山東の女は。

元宇宙飛行士は蒲団に凭れて再び目を閉じている。眠りこんではいないようだが、ふたりの話を聞いているのかどうかはわからない。呼吸が幾分早いようだ。黄看護婦が言ったように確かに身体的にはとても消耗している。だが意識は正常に、いやほとんど異常なほどに澄んでいることを、石切課長は感じとる。

課長はそっと歩み寄って上体を屈めた。老人に似た体臭がする。かすかに吐瀉物の臭い。

「やっと帰り着いたようだな」

課長は囁くように言った。

「そうらしい」

相手は目を閉じたままだ。久しぶりに耳にする彼の声。さすがに弱い声だが、他人のことを話しているような調子を帯びている。

「別の世界に帰ってきた気もする」

自嘲的とは違うが、何かヒヤリとするような気配がその声の裏にある。

「この場所が?」

「そうじゃない。そういう意味じゃない」

少し勢い込むと声がかすれる。

「なんだか前と少し違っている、いろんな物が。まだよくわからないけど」

少し笑った。自分を取り戻してかえってこの男はわかりにくくなったようだ、と課長は思った。

一歩踏みこむ気持ちで、いっそう声を低めて尋ねた。

「記憶は戻ったか」

相手の顔がわずかに歪んだ。それから黙ってうなずいた。

「どんなことを」

相手が何か答えかけたとき、水を満たしたボトルを片腕に抱えて黄看護婦が戻ってきた。屈みこんでいる石切課長を見て強く言った。

「まだ話は無理です。わたしだってほとんど話をしていません」

課長は上体を起こした。いつのまにこんなに強くなったんだ、この女は。

「ちょっと挨拶してただけだよ」

苦笑してそう言う石切課長を、彼女は睨んだ。

「体がよくなれば話は幾らでもできます。いまは安静が必要です」

老人が傍でホッホッと笑った。

こんなところで何が安静だ、と石切課長は思ったが口にしなかった。

「必要なことがあれば何でも力になる。たとえば（清潔な、という言葉も呑みこんだ）病院に移すとか」

「その必要はありません。病気ではないんですから。ここでわたしが世話します」

「では薬とか、栄養のある食物や果物とか」

「それも結構です。外に出ればぎりぎり必要なものは買えます。ここは東京の真中だし、お金なら私も少しは持ってますから。それに……」

とひと息ついて、感情的な口調で彼女は言った。

「そんなにいろんな物は要らないんです。体が自分で自分を取り戻します」

看護婦ではなく中国の女の考え方だ。

「彼も同じ意見かな」

いまや黄看護婦のたったひとりの患者はうなずいた。

それから彼は蒲団に凭れたまま、胸の上に重ねていた両手の片方だけをゆっくりと老人に向かって上げた。老人が近づいて屈みこむとそっと尋ねた。

「あの若者がどうなったか知らないか」

「ひどい目にあったらしい。とんでもない奴らじゃ。でも何人かが上に運び上げて翌朝はどうにか外に逃げ出せたようだと聞いたが」

石切課長には何のことかわからないが、元宇宙飛行士は老人の答えを聞くと肩で大きく息をしてうなずいた。

「バカな連中も消えよった。おまえのことも聞いたがのう……」

と言い続けようとする老人を黄看護婦は頭を強く振ってとめた。この看護婦がついている限り大丈夫だと石切課長は思った。

暗く狭い階段を手すり伝いに登り、放置された建築資材の間を注意して歩いて、石切課長はやっと囲いの外に出た。晩秋の日ざしが眩しかった。いつもの通り車と通行人でざわめいているのがとても奇妙だった。頭上では宣伝用の飛行船が、蜂の羽音に似た軽い推進装置の音とともに浮かんでいる。空気が澱んで薄暗い地下の彼らの居場所が改めて荒涼とも陰惨とも感じられたが、その中で彼ら三人の姿は、そこにだけこの世のものならぬ光が射しこんでいるようでもあった。

ただあのふたりはあのままあそこに居続けるわけにはゆかないだろう。休暇をとっている黄看護婦は病院に戻らなければならないだろうし、彼もこれから地上で生きてゆかねばならない。元宇宙飛行士の今後には、課長自身もかかわりがある。

だが、とタクシーの拾えそうな場所を探して歩道の人ごみの中を歩きながら、石切課長は自分に言った――せめてきょう一日は、これからのことは考えないことにしよう、あの三人がいる古い絵のような光景だけを思い浮かべていたい。

「ええ、いいですよ」と元宇宙飛行士が低いけれどしっかりした声で答えたので、石切課長は少し驚いた。言下にイヤだとは言わないとしても、考えこんで黙りこむに違いない、説得はかなり面倒なことになるだろう、と覚悟していたのだ。

だが表情も口調も変えることなく、課長は努めて冷静に言った。

「その前に準備を、つまり少し身なりを調えなければいかんな」

元宇宙飛行士は垂れるほど伸びた無精髭を撫でている。髪も汚れて伸び放題だ。もともと眼窩の深い顔立ちなので、その様子は一種の風格も帯びていて、それを刈りこみ剃り落としてしまうのは惜しい気もするのだが仕方がない。昔の隠者風とも見えるその風貌を変えてしまうと、ここで奇蹟的に（としか課長には思えない）取り戻した記憶と体験も薄れてしまうのではないか、という気もした。小隠は山に隠れ、大隠は市に隠れる、という古い中国の言葉を思い出したりする。

「公園の便所に行けば、小さな水道がある。ひびが入ってるが鏡もあるしな。体の方はタオルを濡らして石鹼をつけてこすって、別の乾いたタオルで拭けば、結構きれいになる。それでいいじゃろ。お見合に行くわけでもあるまいし」

柱に凭れて老人が言った。

「下着はコンビニでこのひとに買ってきてもらえばいい」

「わたし、男の人の下着など買ったことはありません」

黄看護婦が憤然としてそう言ったので、男三人は笑う。

「試着するわけじゃないわい。ビニールの袋に入っているのを籠に入れてくればいいんだ。真赤なパンツだっていいぞ」

黄看護婦は本気で怒って、後手に髪を撫でつけながら足早に地下駐車場を出て行った。この何日間かの思いがけない深い夢のような、上の方からかすかな光が射しこんでいる仄暗い古い絵のような日々が終ることに、彼女は怯えて苛立っているのだと石切課長は思う。こんなに早く彼が回復したのは、彼女の親身な看護のためだったことは間違いないのだ。

老人も同じような思いだろう。

「とうとう出てゆくんかの」

独り言のように言った。元宇宙飛行士の予想以上の回復ぶりと反対に、老人は何かめっきりと弱って老けこんだように見える。飄々とした態度は変らないけれど、事故の後遺症が出始めているのではあるまいか。だが病院に再検査に行けと言ったって、決して行かないだろうという気がする。

「ちょっと役所に行ってくるだけだ。すぐに帰ってくる」

元宇宙飛行士は自分のダンボール小屋の前を行ったり来たりしながら言った。

「この男も実は私の役所の人間なんです。長い休暇をとっていたけれど、辞めたわけではないんですから」

「そんなことだろうとは、よくわかってるよ。この男がここに来て早々妙な時計を売ってきてくれと頼んだ。その時計の裏に刻まれていた番号を覚えとる。52-007。年寄りというのは妙なことを、それもたいてい必要でもないことを、よく覚えとるもんだ。自分の年齢《とし》は忘れてるのにの。何かとても意味のありそうな数字の気がした」

「日本で七人目の本格的な宇宙飛行士という意味です。地球のまわりをグルグル回るだけではない……」

「そんなことだろうの、この男は。少しオカシかったけどな」

「あなた方ふたりのお蔭で癒りましたよ」

「そうかな」と老人は悪戯っぽい目付をした。「いよいよ本物にオカシクなったんじゃないか」

本人は腰のうしろで両手を組んで、俯き加減に黙って床の上を歩いている。裸電球の薄暗い光の蔭になるとき、顔は暗く翳った。時折目を指先で圧さえている。だが表情は落ち着いていた。

「地球はもうダメかの」

老人が腕を組んでぽつりと言った。その問いには自分なりに、ある予感がないわけではないが、石切課長はそれを口にすることを自分に禁じている。

「私どもの役所は、宇宙からエネルギーと資源を地球に持ってこようと努力しています」

とだけ言った。ウソではないが、自分でも迫力のない声だと思う。政治家たちやマスコミの取材者相手なら、もっと本当らしくしゃべるのに。

「この電球がもっと明るくなるようにか」

老人は頭上を見上げて皮肉そうに言った。

「わしたちのアワレな魂にも力を与えてくれるかの」

石切課長は元宇宙飛行士の顔をちらりと見た。聞こえているのかいないのか、元宇宙飛行士は幾分まだ心許ない足取りで黙って行ったり来たりしている。だが神経科病院のベッドに腰掛けて窓の外を眺め続けていた時の彼とは、全身の気配が違う。表情も違っている。ひそかな確信の芯のようなものが感じられる。だがそれは深い断念の影を帯びているようにも見えた。一種冷やかな感じと宙を漂うような不安定さ。新しい印象はうまく焦点を結ばない。

石切課長はそっと首を振った。太陽に魅せられて空高くまで昇り過ぎたために、人工の翼が分解して墜死したイカロスの話を思い出した。世界各地に天の怒りに触れ電光に撃たれて死んだ男の話は、限りなくある。だが天上からの光を感じて、聖なる新人を産んだ卵（石の卵だったか）の説話も、確か隣の朝鮮半島にある。この元月面基地要員が、大気層を遥かに超えていったことが、果して恩寵だったのか罰だったのか――わからない。

老人は掌で口を覆うようにして笑った。意地悪い笑い方ではなかった。それでいいんだ、と慰める笑いのようにも課長には聞こえた。

秋の終りの乾いてよく晴れた日だった。近くの超高層ビルのメタリックな壁面が、一面に日ざしを反射している。地上にあがって囲いの外に出ると、元宇宙飛行士は一瞬すくんだように歩道の端に立ち停まった。

「眩しい」と顔を伏せて、手の甲で何度も瞼をこする。

「しばらく外に出なかったから。塀の中には一日何度も出たけれど蔭になってることが多かったし、下で騒ぎに巻きこまれたとき目を殴られたのかもしれん。よくわからん」

少し間を置いてから呟くように言った。

「こんなに外は明るかったんだろうか」

「きょうは特別だ。きのうの夜かなり強い雨が降ったから空気が異例に澄んでいる。あっ大丈夫か」

歩き出した元宇宙飛行士がよろめいて、通行人とぶつかりかけた。

「大丈夫じゃないらしい」

元宇宙飛行士は街路樹の幹に片手をついて、少し笑った。

「目はすぐ馴れる。脚の方はまだふらつくかもしれんがタクシーを使う」

石切課長は力をこめて言った。きょうどうしても宇宙開発局まで行ってもらわねばならないのだ。必ず彼を連れてくる、と局長に約束した一か月の期限の、きょうが一日前である。局長との約束違反を恐れるからではなかった。期限を守るということは、役人としてではなく個人的な彼の美学だった。一日前と決めたのは、何日目という計算が人によってしばしばあいまいだからだ。

局長との約束の期限のことは元宇宙飛行士には言っていない。局長ができるだけ速やかに出頭せよ、と言っていると伝えただけである。

すぐに公園の傍に着いた。公衆便所がどこにあるか、幾度もその公園に来たことのある課長は知っている。こんな近くにこの男はいたのに無駄な苦労をしたものだ、と改めて思う。

公衆便所は芝生のある丸い空地の近くの、木立の中にある。空地のまわりのベンチの並ぶ道を歩きながら、元宇宙飛行士は幾度も立ち停まりかける。

「ここで老人に会った。その前に月と出会った、帰ってきてから初めて、満月の月に。ぼくがいた『雨の海』もはっきりと見えた。そこにいる宇宙服姿の自分もありありと、この自分よりもっと本当の自分のように。このぼくの方が影のようだったな」

石切課長は連れの顔を覗きこむようにして言った。

「いまは?」

ふたりは立ち停まった。元宇宙飛行士は課長の目をチラと見返してから目を伏せた。

横を男の子が野良ネコを追いかけて走っていった。風がまわりの木立から吹きこんできて、黄色い落ち葉が空地の上でゆるく渦を巻きながら、回転して日ざしに光った。元宇宙飛行士の長い髪が乱れて揺れた。

「いま、ぼくはぼくだ。このとおりの……」

囁くようにそう答えてから、ひっそりと笑った。

動物たちが人間の目を恐れる理由を、課長は少しわかった気がした。視線にこめられた怒りや殺気を恐れるのではない。殺気なら飢えた肉食獣のぎらつく目のほうがこわいだろう。爬虫類の冷たく残忍な目も。人間の目は静かに澄んでいるとき、最も気味悪いのだ。本能的衝動ではないもの、意識という不可解なものの光。

課長はいつのまにか視線を逸らしていた。

〈コノ男ハ何カギリギリノコトヲ見タノダ〉

彼に何が起こって何を思い出したのか、課長はまだ聞いていないけれど不意にはっきりとそう直感した。ただそのことは本人自身も容易には言い難いことに違いない。

ベンチに肩を組んで坐っていた若い男女が、道の真中でじっと向き合って立っている奇妙な中年男の二人連れを驚いて見つめていた。隙のないダークスーツの男とホームレス風の薄汚れた蓬髪《ほうはつ》の男と。

やがてふたりは木蔭の薄暗い公衆便所へと歩いてゆく。「ホモだよ、あいつら」と若い男が言っているのを、課長は背後に聞いた。

よれよれの上着を脱いで課長に預け、黄看護婦が買ってきたタオルと石鹸と新しい下着の包みを持って元宇宙飛行士は便所の中に入った。

石切課長は入口から少し離れて空地の方を眺めている。五度六度、いやもっとか、まわりのベンチに腰掛けて見馴れた眺めだ。若い男女、幼児を連れた女性、そここに明らかにホームレスとわかる男たち。身なりはいいが、ホームレスたちと同じように茫然と坐っているだけの老人もいる。何を見つめているのだろうか。何も見てはいないのだ、芝生の中の彫刻も、その表面を移ってゆく日ざしの色も、ジャレている野良ネコたちも。ということを何度かベンチに腰掛けている間に課長はわかった。彼らは眼前にないものを見続けている、切れ切れの過去の光景を。懐旧の念も後悔の思いもすでにすり切れて。彼らのまわりで時間は漂白されて澱んでいる。

初めは何となく視線をそらしたそんな姿も、そのうちに馴れた。やがて自分もそうなるだろう。そうなった自分を、五十歳以下の人たちはおぞましいとしか思わないだろう。

ただきょうは何か少し自分の中が違っているのを、課長は感じている。いま便所の中で体を拭いている男の目の奥の静かな光の照り返しのようなものが、意識を明るくしている。やみくもに明るくざわめいているのではなく、やがて確実に闇に呑みこまれてゆくわずかな今を、意識し切って受け身にではなく生きてみよう、というような気分。コンクリートが剝き出しの荒れて薄暗い地下駐車場の中で、寄り添うように信じ合って蹲っていた三人の姿も、記憶の中に生き続けている。

便所のドアが開く音がした。課長はビニール袋から髭剃りを取り出して渡した。黄看護婦は櫛も買ってきていたが、シェイビングフォームもアフターシェイビングローションも気がつかなかったらしい。代りに安物のオーデコロンがひとビン入っている。

「お湯がなくて剃りづらいだろうが、我慢して剃れ」

「初めて鏡を見るんだが、この髭、悪くないな。剃り落とすのは勿体ない」

端が欠けて真中にヒビの入った鏡を覗きこみながら、元宇宙飛行士は名残惜しそうだ。

「駄目だ。伸ばしたければ落ち着いてからちゃんと伸ばしたらいい」

課長は背後から言った。

「月面基地でも随分伸ばしていたことがある」

「ここは月面じゃない」

「同じ宇宙の中だよ」

とさり気なく言いながら石鹸の泡を髭にこすりこみ始めた。

髭が剃り落とされてゆくにつれて、別の顔が鏡の中に現れてくるようだった。新しい顔。以前の髭が伸びていなかった時の彼と何か違う。一瞬見知らぬ男の顔にさえ見えた。宇宙で人間はこんな顔になるのだろうか。想像を絶した強い力に晒されて内側が漂白されたような顔が、ヌッとそのまま現れた気がしたのだった。

デパートで背広とワイシャツとネクタイと靴と靴下を買った。

廃ビルの地下駐車場を出てから三時間ほどの間に（途中で一緒に昼食もとった）、ダンボール小屋に住みつきかけていた宿なしの男が、薄汚れた殻を次々と脱いで一応まともな形になってゆく。背広も紺色のごく普通の型、ネクタイもストライプの落ち着いた色のものを、課長が選んだ。そうして公衆便所のヒビの入った鏡の中に急に現れた薄気味悪い本当の顔も、少しずつ隠されてゆくようだった。

元宇宙飛行士は喜びもしなかったが、迷惑そうでもなかった。課長の選んだ背広を持っておとなしく試着室に入り、すべて新品に着換えネクタイもきちんと結んで出てきた。

「別人のようですわ。とても素敵」と若い女店員は本気で驚いた。しばらく外に出ていなかった上に病み上がりのため、頬が幾らかこけて顔色は青白かったが、もともと鼻筋の通った顔立ちと均斉のとれた体つきだ。

「うん、立派になった」

と課長も思わず言ったが、これならこの男が神経科病院に入院していたとも、ホームレスになりかけていたとも見かけからは誰も思うまい。まして月から帰った男だとは。

本当の彼を、つまり自分自身でさえ受け入れるのを拒んできた体験に改めて晒されたに違いない直後の彼の姿を知っているのは、黄看護婦と老人とおれの三人だけだ。打ちひしがれて消耗しきってそして高貴だった彼。そのままの彼を人に見せたくない。彼が意識の破調を賭けて得てきたものは、おれたち三人だけが分かち持つのだ。ほとんど狂おしく石切課長はそう思った。おれたちだけが彼を探し続け、守ってきたのだから。

デパートで貰った大きなビニールの袋に、よれよれの上着、破れかけてしみだらけのジーパン、つぶれかけたズックの靴、臭い下着を、ぎゅうぎゅうに圧しこんで、デパートの便所の屑箱の横に置いてきた。彼が脱皮した殼。だがどう生まれ変ったのか、その魂はいま市民的外皮の下に再び匿された。

元宇宙飛行士は顎の剃り傷に時々手を当てながら、身なりが変ったことなど何事でもなかったように、石切課長のあとについてエレベーターに乗りデパートを出た。

元宇宙飛行士とともに役所に戻ったとき、石切課長は日頃の冷静さを取り戻していた。ただ局長室のドアの前に立ったときには、いささかの気持ちのたかぶりを圧さえ難かった。一か月前に、元宇宙飛行士を一か月後にここに連れてくると言いきったとき、局長は明らかに信じてはいなかったし、課長自身も実は不可能だと思っていたのだから。

この世界には良い偶然ということが時にはあるものだとも言えるし、あの男がみずから病院を脱け出したのも、彼を動かす力（それは彼の記憶を隠した力でもある）が働き出した徴でもあったのだ。

局長室の長椅子に元宇宙飛行士と並んで坐って局長が戻ってくるのを待ちながら、石切課長はそんなことを考えていた。彼としては単なる偶然と考える方が気が楽だったし、これまでは常にそう突き放して、事実を単なる事実として受けとるいわば不可知論的態度を、世界に対してとってきたのだった。偶然に意味をつけようとする（運だとか罰だとか天命だとか）人間を、彼は軽蔑してきた。未開人の呪術的思考だと。

だが元宇宙飛行士をめぐる一連の事態の展開を、もうかなりの期間親しく見てくる間に、純然たる物理的事象ではなくて生物的、人間的事象には、通常の意識を超えるいわば無意識の底深い力のようなものが働いているのではないか、と心ならずも感ずるようになっている。元宇宙飛行士の無意識は、不意の強烈すぎる精神的体験の衝撃からみずからを守るために、その記憶を封印した。だが彼が思いがけなくぶつかったその体験は、彼個人の意識を超えるより大きな一種宇宙的な意識の示現だったのではないだろうか。

（公式の記録には、彼と同僚の宇宙飛行士の二名が基地周辺の「蛇行谷」のひとつに誤って滑り落ちたが、五時間後にふたりともほぼ同じ地点で「無事」救出された、と新型宇宙服の生命維持機能の優秀性を示す事例のひとつとして記載されているだけだ。彼の記憶障害が判明したのは、地球帰還後の精密検査の結果である）

石切課長は「無事」救出されたはずの隣席の男の横顔を窺う。元宇宙飛行士は繊細優美な局長自慢のヴェネツィアガラスの瓶に、茫然と見惚れていた。

石切課長の視線に気付いて彼は言った。

「〃虹の入江〃を思い出すよ。夕日に輝くクレーターの稜線を見上げながら、こんなに美しいものを見たことがないと全身が震えるように思ったけど、地上でもこれほどの物が作られてたんだ。ぼくは工芸品などこれまでほとんど興味がなかったから」

「三百年ほど前にヴェネツィアで作られた物だと思うが、人類は早くから〃この世のものならぬもの〃を作っていた。電灯もテレビもなかった長い暗い夜、何万何十万年もの間、人間は星空に見蕩《みと》れてきたんだと思うな。その驚きと感動と憧れが、こういう美と調和の形を作り、一方で望遠鏡を、ロケットを作ってきた。きみを〃虹の入江〃まで送り出したのも、そんな人類の大きな無意識の憧れの力だよ」

「だけど宇宙は美しいだけじゃない……」

背広姿の元宇宙飛行士が俯いてそう言いかけたところに、局長が戻ってきた。

秘書が開けたドアから入ってきながら一瞬、局長は足を停めて、長椅子から立ち上がったふたりを、とくに元宇宙飛行士の全身を見つめ、それから大きなマホガニーのデスクを前にして肘掛椅子に坐った。

咄嗟にこの古狸、何を考えたのだろう、と石切課長は思ったが、局長の坐れという手の合図で再び黙って腰をおろす。

しばらく沈黙があった。この通り約束通り連れて来ました、と冷やかに言ってやろうと石切課長は昨夜考えていたのだが、実際の場面ではいかにもおとなげなかった。局長も驚いた振りは一向に見せない。よく探し出したな、と感心する表情でもなかった。

「疲れたよ」

といきなり局長は椅子の背に凭れかかりながら言った。

「財務当局の連中は、こんな慢性不況の時代に何が宇宙開発だ、と予算の紐を絶対にゆるめようとしない。大臣は自分の党の次の選挙のことしか頭にない。もう昔のような経済大国じゃないんだ、の一点張りだ」

「核融合反応装置の実用化が時間の問題になったいま、半歩でも先取りしておかないと、資源のないわが国はこの弱肉強食の競争時代を生き残れません。経済大国でなくなったからこそ、月の資源は緊急だということを、どうしてわからないんですかね」

「わからない連中はわからんのだ。先を見ないのは前世紀からの引き継ぎ事項みたいだな」

局長は仰向いて天井を見上げた。太い頸筋の皮膚の艶がなくなっている。それから顔を戻して、石切課長の顔を正面から見つめながらいきなり言った。

「きみがやらんかね。きみは先の見通しを持ってる。わしは辞めたい」

こういう瞬間に最大の注意が必要なのだ、と長年の役人生活の知恵が告げる。

「ご冗談でしょう。私に政治家連中を説得する力なんて」

局長はおもむろに笑顔を浮かべた。

「聞いてみただけだよ」

そこで元宇宙飛行士の存在に初めて気付いたかのように、口調を変えて言った。

「十分休養したようだな。精神の、いや神経の病気の方は癒ったか」

咎めだてる口調ではなかった。

「そのようです」とだけ元宇宙飛行士は言葉少なく答えた。

いままでどこで何をしてたのか、というようなことは尋ねなかった。済んだことをクダクダと言わないのは、この局長のいいところのひとつだと石切課長はホッとする。

「これからのきみの仕事は、この石切君と相談するように」

そこでいったん言葉を切ってから、局長は冗談めいた口調で尋ねた。

「ところできみは何を思い出せなかったんだね。そんなにコワイものがあったのか。宇宙人でもいたか」

「闇がありました」

元宇宙飛行士は静かにそう答えた。局長は一瞬怪訝な表情を浮かべたが、すぐに声をあげて笑った。

「ハッハッ。それはいい。ここだっておれだって一寸先は闇だ」

「一寸後も闇です」

同じ口調で元宇宙飛行士は言った。

局長の顔から余裕あり気な笑いが消えた。

「そして闇は光だったことを思い出しました」

この男は本当に何を考えているのか、石切課長も改めて薄気味悪い思いを覚えて隣の男の顔を見た。

Ⅶ

老人が起きてこない。

いつもなら――といっても黄慧英にとってはこの一週間足らずのことだが、必ず一番早く起きてダンボールの〝家〟の外に出ているのは老人だった。そして彼女と元宇宙飛行士の並んだ〝家〟の厚紙の壁を、次々にそっと足で蹴っては「いつまで眠ってるんだ、人生は短いんだぞ」と笑うのである。

だが今朝、老人の〝玄関口〟にはズックの靴がそろって並んでいるだけだ。朝といっても、ここでは少しも明るくなってはいないけれど。

男ふたりが急造してくれた彼女のダンボール小屋を出ると、すぐ隣の元宇宙飛行士の小屋の、上端だけ紐で結んだ紙の扉を開けた。

「起きて、おじいさんがおかしい」

目をこすりながら、元宇宙飛行士は這い出てきた。髪を短く切って髭を剃り落とした顔が別人のようだ。石切課長は早くここを出ろと彼にもわたしにも言うのだが、ふたりとも何かここを去り難く老人と別れ難くて、明日は出ようと言いながら一日のばしに居続けている。

「まだ寝たままよ。もう九時過ぎなのに」

悪い予感。老人は昨夜、気分が悪いと言っていつもより早く寝た。

覚めきらない元宇宙飛行士はのろのろと老人の小屋を覗いていたが、急に真剣な口調で言った。

「呼吸がとても不規則だ。鼾《いびき》をかいている」

それは脳障害の兆候だ、と黄看護婦は動悸を覚える。病院の救急部では脳に異常はないと言っていたのに。

「すぐ救急車を呼ばなければ」

と思わず言った黄看護婦の声が高過ぎたらしい。小屋の中で身動きする音がして老人の声が聞こえた。

「病院には行かん」

その声は低く舌が縺れる感じだが、執拗な意志がこもっていた。

「何言ってるの。行かないと危ない」

小屋の方に上体を屈めて黄看護婦は強く言ったが、老人の声の方が迫力があった。

「わしはここで死ぬ」

「死ぬなんて……」

黄看護婦は絶句した。

「わしには、わかっとる」

声を落として呟くように老人はそう言い、続いていつものように口をすぼめてホッホッと笑おうとしたようだが、オーオーと咽喉が喘いだだけだった。それからうめき声をこらえる様子、嘔吐する気配。

本当に危ない、無理にでも入院させなければ、と彼女が息をつめて上体を起こすと軽く眩暈《めまい》がしてよろめきかけた。元宇宙飛行士がその体を支えた。目が合った。

「このままでは……」と言いかける彼女に、元宇宙飛行士は静かに首を横に振った。

この人はこんな目をしていただろうか、と彼女は戸惑う。冷やかなほど落ち着いた眼指《まなざし》。病院では何かに怯えるようにいつも不安そうだった彼女の患者が。

じっと黄看護婦を見返しながら、彼は首を振っている。この症状は危険なのだ、ともう一度言おうとして、彼女は黙る。この人は変った。

元宇宙飛行士は再び老人の小屋の前に屈みこんで、入口に両手を差し入れている。

「手伝ってくれ」とだけ振り向いて言った。

「本当は動かしてはいけないのだけど」

と言いながら、体が彼の言葉にではなくて眼指に従ってしまう。彼が肩の下に両手を入れて引き出す老人の頭を、黄看護婦は支える。

薄い蒲団と汚れた毛布も引き出して老人を寝かせた。老人は目をきつく閉じて、苦痛をこらえている様子だ。顔に血の気がなく、手と足が強張っている。顎からトレーナーの胸許にかけて付着した吐瀉物を、彼女は拭き取った。蒲団も黒ずんだ液体で汚れている。強く酸っぱい臭気。

毛布の下に手を入れて、ふたりで老人の手と足をさする。足が気味悪いほど冷たい。死が足の先から入りこんでくるようで、彼女の指は震えた。

看護学校の実習では死体に触れたことはあっても、神経科病院で臨終の経験はない。看護婦になろうと決心したとき、死んでゆく患者を看取る覚悟もしたはずなのに、初めて現実に、ごく短い間だったけれど親愛の情をもったひとりの人間が、死に冒されてゆく現場に立ち会うのは恐ろしい。しかも設備も機器も鎮静剤も何もないこんなところで。

黄看護婦は懸命に気力を集中しようとする。元宇宙飛行士も緊張した表情だ。だが恐れても混乱してもいなかった。あの目はいったい何を見てきたのだろう。月に行ってきたと聞いても、彼女には薄暗いしみが幾つもある夜空にひっそりと輝く月の面しか思い浮かばない。

老人が少し目を開いた。だが眸《ひとみ》に力がない。呼吸も弱まっている。

「苦しくないですか、痛みはありませんか」

黄看護婦は顔を近づけてそっと尋ねた。

「ああ、きみか」

血の気のない唇が力なく動いた。

「おまえもいるな」

笑おうとして顔が引き攣った。

「頭が痛い。手と足がしびれる」

かろうじてそう言った。黄看護婦は老人の手を握ったが、冷たいその手は握り返すことができない。

「鎮静剤も打てないなんて」

思わず彼女は叫ぶようにそう言った。

「病院に行かない、行かせないなんて、あなたたちは野蛮人です」

「これで、いいんだ」

老人の唇がのろのろとそう動いた。

黄看護婦は老人の手を離して、ボトルの水で濡らしたタオルで、乾いた老人の唇と額と襟首を拭いた。毛穴が開いている。元宇宙飛行士は黙って老人の顔を見つめている。血色も表情も個性も消えてゆくその顔の向こうに、別の大きな何かを見据えているような眼指。

石切課長が東京の東北方、筑波の有人宇宙飛行管制センターに来たのは、通常の連絡協議のためだった。すでに多年の顔見知りとはいえ、受付で警備員の厳重な検査を受けてから、彼は所長室への長い廊下を歩いていた。

廊下の片側の広いガラス窓から、晩秋の昼の光が惜し気なく射しこんでいる。東京からそれほど離れていないのに、その明るい日ざしを眺めていると、東京の空がいかに濁って光が死にかけているか改めてわかる。だが太陽の光にどうしていつもこんなに心を打たれるのか、よくわからない。いまのようにごく稀に、光らしい光のなかにいると、体の細胞のひとつひとつ、脳の襞の隅々までが照らし出されて、ひとりでに気持ちが弾み意識が冴える気がして、そのことだけで至福に近い気分を覚えるのだ。普段「幸福」という語は彼の思考の中にも、会話の中にも現れることはないのに。

だが「闇は光だ」と元宇宙飛行士が局長に答えたとき、彼の口ぶりも表情も至福というような感じではなかったことを、石切課長は思い出す。むしろ不吉な恐ろしいことのように彼は言った。なぜなんだ。

廊下の端でいきなり警報ブザーが鳴った。緊急事態のブザー。課長の前の方を歩いていた人たちが走り出し、廊下に沿ったドアから急ぎ足で出てくる人影もあった。

石切課長は所長室へと急いだ。驚いてはいなかった。スペースシャトルが定期的に飛ぶようになってから、とくに月面基地の建設が始まって以来、宇宙空間での不測の事態は幾度も起こっている。管制センターを訪問中にこのブザーを聞いたことは以前にもあった。

所長室の前で、部屋を出てきた所長とぶつかりそうになった。

「月からの帰還船に事故が起きた。コントロールルームに行く。きみも来い」

日頃沈着な所長が興奮している。エレベーターで下に降りながら所長は言った。

「旅客機だって、自動車でさえしょっちゅう事故を起こしてるんだ。われわれだけがとくに責められるいわれはないと思うがね」

「費用が、つまり損失が桁違いです。それに宇宙での事故は強く悲劇的な印象を与えるんですよ」

「きみはいつも冷静だな」

かつて直属の上司だった所長は、石切課長の顔を見つめて言った。

「責任者というのは時に劇的な振りをすることも必要なんだ。きみもいずれそうすることが必要な時がくる」

「よく覚えておきます」

課長は神妙に答えた。

コントロールルームに入ると、様々な機器のランプが明滅し、ずらりと並んだモニター画面には帰還船内部の映像が違った角度から映し出されて、管制官たちは極度に緊迫していた。

帰還船の船長からのうわずった交信の声がマイクから流れている。

「幾ら調べても故障じゃない。事故だ。穴をふさぐ手はないのか」

「大急ぎで検討しているが、いまのところ考えられない。キャビンの姿勢を制御しろ」

チーフ管制官が立ち上がって、二十万キロ彼方の仲間に懸命に呼びかけている。

「コアロケットの液体酸素タンクを、秒速七キロの微小隕石が貫通したんです。こんな事故は考えられない。最悪の偶然ですよ」

管制官のひとりが所長に言った。

「酸素の噴き出す力が船を揺すっている。方向も狂い始めている」

船長の言葉どおりに振動するキャビン内部の映像が映し出されていた。無重力状態の乗員三人はそれぞれの姿勢で懸命に装置に取り付いている。

通常なら、二基の月離着陸機に挟まれて有人キャビンで月面を離れた乗員たちは、月周回軌道上をまわっている往路時の輸送コアロケットとドッキングを終えると、あとは地球周回軌道上でシャトルに乗り換えるまで、所定の軌道飛行の退屈に苦しむほどなのだ。だが信じ難い液体酸素の噴出は、軌道を狂わせるだけでなく、有人キャビンの空気、飲料水、電力、温度維持に重大な支障を招く。それぐらいのことは石切課長もわかる。だがどうすれば乗員三人の生命を維持して、地球周回軌道まで船を運航させるのか、技術的な知識はない。

船長と帰還する月面基地建設要員ふたりがいま危機に瀕している事態の重大さは、ひしひしと実感されてくる。文字通り必死に事態を切り抜けようとしている三人の顔と姿が、目の前のテレビモニター画面にまざまざと映し出されている。

「コアロケットを切り離して、キャビンだけで戻れないのか」

と所長が言う。

「昔の月着陸船と違って、有人キャビンにはエンジンがないのです」

チーフ管制官の声は沈痛だ。

「まだ液体酸素が残っているうちに、軌道修正することはできないのか」

「噴出する超低温の酸素が船のまわりに雲状にまといついてます。エンジン点火の火がその酸素の雲に引火したら、有人キャビンも焔に包まれる危険がある。だけどそれしか方法はないでしょう。全員でいまその可能性を全力で計算しています」

それからチーフ管制官は大声で叫んだ。

「仲間を見殺しにするな。あらゆる可能性を計算しろ。どんな僅かの可能性でもだ」

燃える船からなら海にとび込めるし、大気圏内の飛行機からはパラシュートで脱出することもできる。だが宇宙船から外に逃げ出すことは絶対にできない。頭では知っているつもりの宇宙空間の恐ろしさが、動かし難い現実として体の芯にくいこんでくるのを石切課長は感ずる。

あいつもそんな所から帰ってきたのだ。


老人の鼾が大きくなって支《つか》えたり低く消えそうになったりする。苦痛の表情はなく一見熟睡しているように見えるが、これは昏睡状態だと黄看護婦は知っている。

老人の顔は縮んだように小さくなっている。額の皺と汗の穴に汚れた脂が薄黒くしみこんで、呼吸が滞るたびに咽喉仏から突き出た無精髭が震える。額はむしろ冷たいのに、唇は幾ら湿らせても鱗状に粘膜が剝離してくる。

まともな治療を受けさせなければ、という執拗な思いが黄看護婦から抜けない。それがほとんど自責の念のように彼女の心を締めつけて息苦しい。憔悴した彼女の元患者を膝に抱いて介抱していたときには、次第に血色と体温が戻ってくるのがわかって自分まで気持ちに張りが出てきたのに、いま老人の体から刻々に生命の気配が脱けてゆく。

昼間でも仄暗いこの地下室よりさらに下の、もっと暗くもっと冷たいところに沈んでゆく恐怖。治せないのならせめて静かな最期を迎えさせたい。モルヒネと点滴装置があればと思い、いますぐ病院に戻って持ってこようと体を起こしかけたが、医師も薬局でも理由なくモルヒネを渡してくれるはずはなく、盗み出してくることも事実上不可能である。

苛立ってまた床に坐りこむ。

「このひとがここに来なければならなかった退《の》っ引きならない理由があったように、最後までここを出たくない理由もあるんだ。ぼくにはそれがわかる」

向かい側に坐りこんだ元宇宙飛行士が言った。その口調、その目つきに、彼女の多年の看護婦としての習性は怒りに近い反発を覚えた。

「何もしてあげないなんて」と黄看護婦は懸命に声を圧さえて言う。「殺すのとどこが違うの」

彼はしばらく俯いてから囁くように言った。

「影のように死はいつもぼくらのすぐ後についてきている。ぼくの感じでは背中の左うしろのあたりだ。そしてあるとき、そいつはそっと左の肩に触れる。たいてい思いがけないときに」

俯いたその顔が薄暗い灯の蔭で、薄笑いを浮かべているようにも、今にも泣き出しそうにも見えた。

「そんな、そんなことみんなお話よ」

「虫一匹草一本生きてるものは何もないところで、ぼくはいつも強い気配を左うしろに感じていた。空気もない熔岩の大平原のなかで、ひとり……。初めは気味悪かったけど、そのうち親しくなった。あそこは昼間でも空は黒いんだ」

「そんなところに勝手に行ったりしたからだわ」

彼女は意地悪く言った。いつのまにか両手を握っていた。

「ぼくもそう思った。帰ってきてから忘れていた。自分が自分でなかった。きみの病院にいた頃。そこを出てやっと自分を取り戻したと思ったら、そいつも戻ってきた」

そこで言葉を切って、顔をうしろに向けた。

「ほら、そこにいる」

猫がいる、と言うようにその言い方が余りに自然だったので、黄看護婦は思わず体を固くした。

彼女には何も見えない。三つ並んだダンボール小屋とそのかすかな影しか。だが一番古くて手のかかった老人の〝家〟のまわりに、目には見えないが濃く親密な何か気配のようなものが漂っているのを、彼女の皮膚、多分心の肌が感じた。

「老人はうしろから肩を叩かれたんだ。そしてそれがどういうことかすぐわかったんだよ」

落ち着いた話し方。冷やかというより穏やかな、そしてその声には感情的ではない悲しみ――荒地を地平線まで吹き過ぎてゆく乾いた風の痛切さがこもっているように、黄看護婦には聞こえた。

「ぼくも医学の基礎訓練を受けている。老人の症状はわかっている。病院に無理して運んだって同じことだ。本人の願い通りにここで最期を迎えさせてあげる方がいいんだ」

本当にこの人はもうわたしのあわれな患者ではない、と黄看護婦は思う。

黙って立ってボトルの水を老人の乾いた口に、少しずつ流しこんだ。だが老人の咽喉は水を受けつけない。元宇宙飛行士がボトルを取って自分の口に水を含むと、その口を老人の口に合わせて、時間をかけて少しずつ流し入れた。老人の咽喉仏がゆっくりと動いた。

自分が無理にも救急車に老人を引き取らせようとしたのは、愛情でも義務感でもなく、死を見届けることへの自分自身の無意識の恐怖だったことに黄看護婦は気づく。

水を少し飲んだことが刺激になったのかもしれない。老人が薄く瞼を開いた。眸は力なく澱んでいる。唇が動いた。

「すまんのお、本当にすまん……死んでお詫びせにゃならんのだが……みんな職がなくなって……売れるものは全部売った……この通りじゃ……」

自分と彼に言っているのかと初めは黄看護婦は思ったが、そうではないらしい。何のことかわからない。

「社長のせいではありません。仕方ないことです。私どものことは心配しないで」

元宇宙飛行士が顔を近づけて耳もとで言った。

「みんなわしが悪い……」

老人の両眼から涙が顳顬を伝って流れた。女の名前も繰り返して呼んだ。黄看護婦は紙袋の中の小さな黒い位牌を思い出した。オーオーと言葉にならない声が咽喉の奥で断続した。黄看護婦は頭を垂れた。老人は過去を生き直している。彼女の倍以上も長いに違いない過去。

それから意味不明の言葉、言葉にならない声が次々と老人の唇と咽喉を震わせた。もう自由にならない表情が少しずつ変った。苦しそうに、懐しそうに、楽しそうに。次第に遠い過去に戻っているのだろう、子供っぽい高い調子の声になり、眉間と口許の強張りがゆるむ。呼吸がゆるやかになる。彼女は夢中で老人の冷えゆく手を握った。

と、急に老人の瞼が大きく開いた。ハッとしてその目を覗きこむ。だがその視線は、顔を寄せたふたりのどちらの顔も見てはいない。ふたりの背後、太い支柱が天井と交るあたりの薄暗い空間の一画を見ている。見えない何かを見つめている。口が少し開いて驚いている表情。少しずつその表情がゆるんで、薄笑いを浮かべているように見えた。

コントロールルーム正面の壁面は、地球と月を含む宇宙空間の大きなモニター画面になっていて、それぞれの周回軌道、その間を結ぶ幾つもの往復軌道が映し出されている。そのひとつの軌道上を月からの帰還船が赤い一個の矢印として動いているのだが、矢印は少しずつ定期の帰還軌道から外れ出している。このままだと帰還船は、地球を大きく回って宇宙空間に再び放り出されてしまう。

管制官たちは全員コンピューターの端末に屈みこんでそれぞれの計算に没頭している。

有人キャビン内部に取り付けられたテレビカメラからの映像が、コントロールルーム内の幾つものモニター画面に映し出され続けているのだが、乗員たちの顔と姿が歪んでいる。船体の震動か送信装置の破調のせいだろうが、乗員たち自身の動揺の現れのようにも見えた。

石切課長は一度室外に出て、帰りが遅れると局に連絡したあと、すぐにコントロールルームに戻った。彼自身事態解決のためには何も直接の助力となる技術的能力はないけれども、万一破局的な結果になれば彼の為すべき事後処理は予想もつかない。これまでも日本の月ミッションは幾度もの事故にあっているが、人命にかかわる事故は一度もなかった。

所長は中央のデスクに坐って、女性の連絡員からの計算データに次々と目を通しながら指示を与え、チーフ管制官と絶えず協議していた。石切課長はその後の椅子に目立たぬように坐っていた。所長が振り向いて声をかけた。

「宇宙ロケットの防護構造には、おれは前から十分以上に注意しろと言ってきたのに、設計屋連中は予算の都合でと適当にしかやってなかったから、こんなことになるんだ。お前の局長の責任だぞ。クソッ、何であの広い空間で、小さな石ころがわれわれの宇宙船にぶつからねばならんのだ」

チーフ管制官が上ずった声で割って入った。

「六分後には軌道修正噴射が不可能になります。船外の酸素が確実に危険量に達する計算です」

所長は向き直った。

「五分以内に決断か」

「いまでも爆発の危険は少なくとも三〇パーセントあります」

「賭けだな」

圧縮された沈黙。幾らコンピューターの計算能力が増大精密化しても、賭けは人間が決断しなければならない。　たとえ一〇パーセントの可能性でも賭けねばならない。

「コアロケットを切り離して、キャビンの酸素、電力は地球までもつのか」

「切り詰めればギリギリに」

「よし、やろう」

所長は立ち上がってそう怒鳴ると、自分が爆発の焔を浴びるようにデスクに腰を落として背を屈めた。

「軌道修正エンジン五秒間燃焼、燃焼終止と同時にコアロケット切り離し」

チーフ管制官が叫んだ。石切課長は二十万キロ彼方の爆発音がいまにも耳を聾《ろう》するように全身が緊張した。

モニター画面にドッキングボードを解除する乗員の姿が映る。長さ十一メートルのコアロケットが爆発すれば、テレビカメラはキャビン内に吹きこむ焔を一瞬でも映し出すだろうか。石切課長は船長をよく知っている。優秀な宇宙飛行士だ。ユーモアを解しシャープな俳句を作る。人形のように可愛い双生児の娘たちがある。

正面大画面の小さな赤い矢印は停止しているように見える。その上のデジタル時刻表示盤の大きな秒数字が、ひどくゆっくりと変る。暗黒の大空間に燃え広がる巨大な焔のイメージが浮かびかける。それとも闇の中の一点の火か。

「点火」

とチーフ管制官が叫んだ。実際の点火とその五秒後の切り離しはコンピューターで正確に操作される。だが内圧の下がった液体酸素が精密に燃焼するだろうか。石切課長は冷たいものが鋭く背筋を走るのを感じた。こんな戦慄の感覚は初めてのことだ。心の奥で小さな自分が跪いて祈っている。こんなイメージが浮かんだのも初めてだった。何に祈っているのだろう。

広いコントロールルーム全体が息をつめて静まり返った。モニター画面が激しく震動した。

だが焔は映らなかった。ルーム内の全員が立ち上がって、拍手し、オーともアーとも聞こえる喚声の合唱がルーム全体に響いた。所長がチーフ管制官と抱き合った。

船長がテレビカメラに向かって、親指を立てた握り拳を突き出した。大きな拳の後に膨らんだ鼻先とキラキラ輝く目玉が映った。

「孤児《みなしご》になっちゃった。これからひとりでとぼとぼ家に帰る」

マイクから流れた船長の声は、言葉と反対に弾んでいた。

「燃焼は正確だったし、軌道修正もOKだ。よくやった。あとは酸素と水と電力を節約して、つらいだろうが冬眠状態であと三日頑張ってくれ」

所長がマイクを取って父親のように言った。

石切課長はいつのまにか固く握り締めていた拳をゆっくりと開いた。大画面の赤い矢印が少しずつ軌道のラインに戻ってゆく。

果てしなく広く深く濃い暗黒の沈黙の中を、小さな有人キャビンだけが太陽光線を反射してきらめきながら動いてゆく光景が浮かぶ。小さな奇蹟の光点。だがそれは現実だ。肉眼では見えなくても。

この宇宙の闇はどこでもいつでも光を孕んでいるのだ、と繰り返して思う。そこから帰ってきたあの男が静かに言い切ったように。

老人の異常な状態に気付いて、住人たちがいつのまにか周りに集まってきた。

「どこか具合悪いんか」と言いながら、横たわって目を閉じた老人の顔を覗きこんだ男が、いきなり大声を上げた。「この顔は……いかん。救急車だ、すぐに救急車を呼ばなきゃ」

「それはまずいんじゃないか」

背後の男がねっとりと言った。

「でもここで死んでも警察がくる」

と言う声もあった。

「あんたたち、何を自分のことばかり心配してるんだい。苦しんでるのはこの人だよ」

甲高い声でそう言ったのは朝ごとに奇声を発する女だ。彼女は跪いて老人の手をとった。

「このじいさんはね、わたしを追い出そうとした連中から、わたしを庇ってくれたんだ。おまえたちみたいに、自分のことしか考えない屑とは違うんだ」

人垣をにらみまわしてそう怒鳴ると、老人の肩を抱きかかえて大声をあげて泣き始めた。

「いつだってやかましいんだよ、このクソ婆あ」

人垣の後で誰かが笑った。

「何かあったのか、こんな急に」

穏やかに尋ねる者もある。

「わしらを追いまわす兇暴な若い連中がうろついてる。わしもこの間、頭を割られるところだった」

「交通事故、轢き逃げです」

黄看護婦が答えた。

「わざとぶつけたんだよ。恐ろしい時代だ」

「事故のあとはとくに異常なかったそうだ。今朝になって急に悪くなった。そしてここで……」と一瞬言い淀んでから元宇宙飛行士は言った。「ここで死にたい、と自分で言った。ここで、自分の家で」

自分の家で、という言葉はみなの心を複雑な思いで打った。

「じいさんは一番長かったからなあ、ここに」

しみじみと呟く声がした。

重く痛切な沈黙。半白の髪を振り乱した女の泣き声だけが狂ったように高まったり、途切れたりする。

「わたしが追い出されそうになったとき、ここはどこにも行き場のなくなった人間が最後まで生きぬく場所だと言ったのに、死んじゃいやだよお」

そう叫んで老人に縋りつこうとする女の体を、元宇宙飛行士は引き離した。

老人の呼吸がいっそう弱くなっている。とくに吐く息が長くかすかだ。瞼は閉じられたままだが、その奥では生涯のさまざまの記憶、切れ切れの想念が縺れ合い闘《せめ》ぎ合って激しく渦巻いているのがわかる。死ぬということは、そんな幻覚と幻聴の嵐の中に投げこまれることだ。体を動かして何かをして、その恐怖を紛らわすことが出来なくなって。覚めない悪夢。

老人の顳顬がヒクヒクと震え、咽喉がかすれた音をたてる度に、元宇宙飛行士は夜明けの

「蛇行谷」での恐怖が蘇って体が震えた。幻覚は頭の中の闇からひとりでに湧き出してくるが、その闇は宇宙と同じほど広く同じほど濃いのだ。老人の魂はいまその果て知れぬ暗黒の中をさまよっている。

黄看護婦は黙々と、垢がこびりついて木の皮のようになった老人の足をさすり、土色に乾いた唇を濡らしている。いまは救急車もモルヒネも断念したようだ。その俯いた項《うなじ》の、髪の生え際の滑らかな白さが、異様になまなましく心に迫って感じられて、元宇宙飛行士は急いで視線を外す。ほの暗く重くこもった冷え冷えと荒れた沈黙の中で、その温かな肌だけが生命の徴のように見えた。

咽喉が苦しげに鳴って、老人の口の端から黒っぽい液体が洩れ出る。胃液か胆汁か血液かわからない。黄看護婦が急いで拭き取る。咽喉の喘ぎが治まるとふっと老人の瞼が開いた。奇妙に静かな眼指。粘りつく舌をかろうじて動かして、二度三度と同じことを呟く。

「お天道さまを見たい」

顔を近づけた元宇宙飛行士にはそう聞こえた。

「お日様を見たいと言ってる」

まわりの人たちがざわめいた。「無理だ」「かえって悪くなる」「どうやって上まで運ぶんだ」「最後の願いかもしれん」——さまざまな囁き声が聞こえた。

元宇宙飛行士はもう一度、老人の口に耳を近づけた。確かにそう言っている。

「お天道さまを見たい」

人は闇だけに耐えられない。狂わないために宇宙には光がある。このわれわれの宇宙は光を秘めたそんな神秘の宇宙なのだ。元宇宙飛行士は床に膝をついて背中を屈めた。

「手を貸してくれ。おれがおぶって上がる」

一瞬の躊躇があった。だが何人かの男たちが、老人の背中に手を差し入れて抱き起こした。黄看護婦が頸の力がなくなった老人の頭を支えた。

「そっとな、用心してな」

女がまわりをうろうろと回って叫ぶ。

うしろに両腕をまわして背負った老人の体は意外に重かった。すでに老人の体の中に入りこんでいる死の重さのせいだと元宇宙飛行士は思った。三十人を越える住人たちがまわりを囲んだ。黄看護婦が背後から老人の上体を圧さえている。胸を圧迫されて老人は元宇宙飛行士の襟首に吐いた。もう生温かくもない液体。

先を争って住人たちが出入口の鉄の扉を大きく開いた。先に階段を駆け上がって上の扉を開けた者もいた。上からの光で階段が薄明るくなった。老人の尻と脚を背後から幾本もの手が支えた。

元宇宙飛行士は一段ずつ全身の力を足にこめて登った。生命維持装置を収めたボックスを背中に負って月面の丘を登った記憶。それに比べて地球の重力は何と強く不自由なものか。

外は明るかった。晴れていた。風もなかった。だが日は傾きかけている。高いフェンスの蔭はもう薄暗かった。東側の隅のわずかに日ざしが当たる残土の土盛りの斜面に、元宇宙飛行士は停まった。何人かが、散らばったり半ば埋まっていた鉄のボルトや針金や紙屑や枯葉を急いで片付けた。ひとりが汚れた毛布を抱えて持ってきていた。それを斜面に丁寧に敷いた。

背中の老人は黄看護婦たちの手で注意深く抱き取られて、斜面の古毛布の上に横たえられた。夕日に顔を向けて。

フェンスの背後に高々と聳え立っている幾つもの超高層ビルの西側の窓の並びも、光の列だった。メタリックの壁面が輝く超高層ビル群に囲まれた小さな空き地。残土と僅かばかりの雑草と錆びた鉄材とボルトと残骸物。車の流れが海鳴りのように間断なく続く中の深い沈黙。その谷底に射しこむ一条の光。

老人は無理して運ばれてとくに悪化したようには見えない。昏睡してもいなかった。瞼をわずかに開いて、間遠な呼吸が続いている。

「ほら見えるだろ。お天道さまはどこでも誰でも同じように照らしているんだ、とあんたはよく言ってくれたじゃないか」

涙で目のまわりが薄黒く汚れた女が、いまは嬉々と弾んだ声で老人に言っている。皆も老人を囲んで立って夕日を見つめている。太陽というものがこのビルの谷底も照らすことに初めて気づいたように。

黄看護婦が吐瀉物を拭いて、もうかすかにしか膨らまない老人の胸を撫でている。髪は乱れたままで疲れた顔の肌は荒れて見えたが、人が死んでゆく異様に凝縮した時間を共にする静かな覚悟のようなものが、その目つきに現れていた。

夜明けの「蛇行谷」のときとは反対に西側のフェンスの影が少しずつ伸びて広がってくるのを、元宇宙飛行士はじっと見つめている。光が闇を生み影をつくる、と心の中で言った。月面でもこの惑星の上でも正確に同じに。誰が定めたのでもない大きな摂理があるのだ。その計りがたい摂理の中には、人が死ぬべき条項も書きこまれている。

老人に果して夕日が見えているのかどうかはわからない。だがその表情はとても穏やかに見えた。先程薄暗い地下の冷たい床の上では、諸々の幻覚や幻聴に嘖まれていたように感じられた険しい気配が薄れていた。呼吸と同じように意識の流れもひっそりと鎮まりかけているようだ。

皆が息の詰まるような思いをしているのに、光はそれぞれの心の奥を開いていると元宇宙飛行士は思った。垢じみた古着をだらしなく着こんで、無精髭の伸びた顔はどれも艶もなく薄汚れていたが、その表情はいま卑屈でも陰鬱でもない。真率に輝いて見えた。

「お天道さまは本当に空の上も、月の谷も照らしています。わたしははっきりとそれを見てきました」

元宇宙飛行士は老人の耳許で言った。答えるように老人の瞼が二度三度動いた気がした。

影の部分が刻々と広がり、夕日が老人のまわりだけを照らすようになるにつれて、老人を囲む人々の沈黙も光り出すようだった。

一瞬だが、元宇宙飛行士は目を閉じて、月面で「虹の入江」に立ったときの信じ難い美しさをはっきりと思い出していた。果て知れぬ闇のなかできらめいていたジュラ山脈の山嶺の連なり。世界は不可解に恐ろしくて不気味に美しい。

黄看護婦が元宇宙飛行士の手を、縋りつくように強く握ってそっと言った。

「最後の息。とてもゆっくりと静かに息を吸いこんで、そしてもう吐かない」

ハッとわれにかえって元宇宙飛行士は老人の鼻孔の前に掌を開いた。呼吸は停まっていた。すぐ傍にいながら肝腎の瞬間に、他のことに気をとられていた自分を責めた。全身の血流が一挙に降下するような眩暈を覚えた。歯を強く嚙み締めて眩暈をこらえ、老人の僅かに開いた両眼を丁寧に指先で閉じた。

夕日の光が死顔を撫でるように過ぎて、老人の意識が移っていく光とともにそっと抜け出てゆくように見えた。

大いなる光に還れ、と元宇宙飛行士は心のなかで言った。そして闇を生かせ、と。

黄看護婦が老人の手首の脈を調べ、左胸に耳を当ててから腕時計を見た。

「午後四時三十九分」と静かに言った。

遥か天の高みで弦楽器の弦《つる》がひとりでに切れたような音が聞こえた気がしたが、人たちのいっせいの泣き声と嗚咽、巨大都市のラッシュアワーの車の騒音に忽ちかき消された。

家も身寄りもない人たちは、息絶えた老人の体に取りついて、あるいは立ったまま、あるいは鉄材の山の蔭で声を上げて泣いた。最も古い仲間がいなくなったことに、取り残された自分自身のために、そして死を逃れられぬ人間の運命の苛酷さを思って。

超高層ビルの上に、白い大きな月がうっすらと姿を現していた。

エピローグ

誰かが呼ぶような気がしたが彼は振り向かなかった。この時間にこんなところを歩いている者はいないはずだ。警備員たちは車で見回っている。

そのまま道路からはずれた草むらの中に立って、大型ロケット発射台の向こうで空が刻々と明けてゆく光景を眺めている。

発射塔には、明日射ち上げ予定のシャトルを先端に装着したH-Ⅱ改造ロケットが据えられている。整備員たちは夜も明々《あかあか》と照明して作業していたが、夜明けのこの時間は保安要員だけを残して作業を中断しているらしい。鉄骨だけの高層ビルのような十九階建ての発射塔には、点滅する赤い標識灯のほかは幾つかの照明灯しかついていないが、その赤い灯も青みがかった照明も、夜明けの光にみるみる薄れてゆく。

発射塔の背後に朝日が昇るのが見えるこの場所を、彼は前もって決めていたわけではない。夜明け方にふと眠りが覚めてしまって眠りつけないまま、トレーナーに着換えてまだ薄暗い基地内のひと気ない道路を走っているうち、何となくこの草むらに気を引かれて道路から出てきたのだった。

偶然のことだったが、自分の心の深い部分がこの光景を見たいと望んで、この時間に眠りを覚まし、この場所を選ばせたように思えた。そしてそのように感じることが、いま彼には奇異でもふしぎでもない。現実は外側からも訪れ内側でも起こり、その偶然の結びつきが〈おれ自身の現実〉を、刻々につくり出す。現に在る〈現在〉というささやかな広がりが、影を含んで光る。自分の心の深みと連動しない外部の事象など、単なる影に過ぎない。

朝日は太平洋の水平線の向こうから昇ってくるはずだが、ここから海面は見えず、空は一面雲が垂れこめている。その雲の一部が徐々に強く明るくなる。初めは暗い紫、それが明るい紫から紅、赤から黄色へと変り、それから雲の隙間を押し開けるようにして、金色の光がこの十勝海岸の宇宙基地へと真直に射しこむ。発射塔に立ったシャトルの丸味を帯びた先端が、大気圏再突入時のように激しく光る。

彼のいる草むらの斜面と発射塔との間に静まり返っている沼の黒い水面が、雲の輝きを映して黄色に染まっている。こちらに面した発射台の鉄骨も沼の岸の水草の茂みも、蔭になって闇の名残が陰々と暗い。発射台の近くに高い建物はない。海に向かって聳える発射塔のシルエットが、荒野の夜の果てに立つ一本の巨木のように見える。

紫色の薄明が広がってゆく空を見上げ、鋼鉄の巨木の影から眼前の沼の深みへと視線を移すにつれて、自分の内部を逆に眺め広げてゆく感じを覚える。古くから人類が巨木を、高山の峰を崇め、ある時期から木の、石の、鋼鉄の塔を建て続けてきたことを、彼は自分のことのように身近に感じた。その無数の人たちのひとつの意志、同じ夢の一部として自分がある。「お天道さまを見たい」と最後に呟いた老人を思い出す。あの老人はおれの身替りに死んだのだと痛切な感情がこみあげたが、老人の思いはおれのなかに生き続けているのだ、ともいま静かに実感することができる。

再び呼ぶ声がした。今度ははっきりと背後の道路の方から「関さん」と呼びかける声を聞いた。道路の端に立っていたのは、明日出発する月面基地交替要員のひとりだった。

「そこに行ってもいいですか」

若い宇宙飛行士は遠慮がちに言った。

彼がうなずくと、相手は草むらに入ってきた。

「緊張して不安で眠れなくて。関さんはどうでした?」

「おれも催眠薬をのんでも熟睡できなかったよ。射ち上げの前は」

草むらに並んで腰をおろした。

月から戻って以来、彼は「関さん」と他人から名前を呼ばれることに違和感を覚え続けてきた。自分の心のなかで考えるときも、関という名前は浮かばなかった。老人が死んだあと地下駐車場を出て、宇宙飛行士センターで若い飛行士たちの訓練に当たるようになってから、努力して名前と自分とを重ねるようにしているが、この自分の実感と関という名前との間にはいぜんズレがある。とくにいまのように、闇から光が生まれてくる光景に久しぶりに心を開ききっているときには。

「月面がどんなところか写真やビデオを幾ら見せられ、話を聞いても、実感が湧かなくてそれも不安なんです。四日間で行けるはずのところなのに、とても遠くて恐ろしいところのようで。志願したときは素晴らしい異境の気がして早く行きたいとワクワクしていたはずなのに、いざ出発となると……あの大きなロケットで」

後輩の宇宙飛行士が、本当に不安そうにそう言うのを聞きながら、おれから名前が剝がれていったのは月面の夜明けのあの事故のときだった、と関宇宙飛行士は思い出す。そう、宇宙とは名前が消えてゆくところだ。名前というカバーがはずれて、物そのものが、剝き出しの自分が露出する。天地が出現したその大いなる時のように。

「そう恐ろしいところだ」と彼は雲間からの光がロケット本体を照らし出してゆくのを見つめながら言った。

「技術的なことはシミュレーション通りだ。百一回目のシミュレーション訓練のようなものだな。だがきみの目は、心は、じかに宇宙に触れる。ヴァーチャルでない現実に。そして何を失って何を見出すかは、きみの……そう、きみの魂次第だ。初めて男と寝るときの女たちだってそうだと思うよ。これまでの自分が変るかもしれないことは恐ろしいことなんだ」

一度故郷に帰ってくるという黄慧英を送って成田空港のホテルで一夜を共にしたときの彼女の軀の緊張と震えが、絶え間なく変幻する夜明けの雲のなかに思い浮かんだ。

「あの新しい改造型の射ち上げロケットも軌道ステーションからの有人キャビンもいい機械だし、月面基地のレゴリスからのヘリウム3採取装置も酸素還元システムも順調に動き始めている。だけど訓練センターではおれもはっきりとは言わなかったし、宇宙開発局も予算獲得のために新資源開発とばかり宣伝しているけれど、おれたちが月へ、宇宙へと出てゆく本当の目的は、無意識の動機は、自分自身を変えるためなのだ、といまおれは気付いている。きみもいつかこの場所に帰ってくることはできても、いまのきみにはもう戻れないんだよ」

「関さんは月に行ってきてどう変りましたか」

あの「蛇行谷」での恐怖と畏怖そして帰ってからの自己喪失と再発見の苦しかった体験を、簡単に「自分が変った」と言えるだろうか。

「自分ではわからんな」とだけ関宇宙飛行士は答えた。自分に率直になった、老人の言い方だと自分を好きになったと言えるような気はするが、この若い相手にはわかり難いだろう。

しばらく黙ってふたりとも、雲が切れて紫に赤と黄色に染まって広がる空を、高々と力強く輝き始める発射塔とロケットを見つめていた。

「Great!」と若い宇宙飛行士が呟いた。

「月の夜明けはもっとGreatだ」とだけ帰ってきた宇宙飛行士は感慨をこめて言った。

「もう一度月に行きますか」

「今度は火星に行きたい。だけどあそこのお天道さまは小さいだろうな」

そう言って関宇宙飛行士はホッホッと口をすぼめて老人の笑いを笑った。

朝からどんよりと曇って風がなく、夕暮から小雨が降り始める。そんな雨期の天候がもう二週間も続いているためか、いつも混み合っている店も空いていた。関東北部の山村で放し飼いにしているという自慢の地鶏《じどり》を、主人みずから山に入って焼いてくる自家製の炭で焼くにおいが、広くない店の中にこもっている。

普段はなかなか坐れない主人の真前の席に、石切課長はすぐに坐ることができた。

「出世なさるそうで」

ヤキトリの串の列を次々とひっくり返しながら、主人は顔を上げないで言った。

「若い連中はそんなつまらん噂ばかりしゃべっている。こんなところでまで」

課長は自分でビールをコップにつぐ。他人につがれるのは嫌いだ。

「勤め人てそういうものでしょう。月に行く仕事をしていたって」

皮肉の口調ではない。

「わたしも若い時分、勤め人だったことがあるんですよ」

「それは初耳だな」

「製薬会社の営業畑で大病院をまわってたんです。午後になると病院の廊下でよく見かけるでしょう。サンプルとカタログを詰めた黒いブリーフケースを下げて、急ぎ足で歩いている背広姿の男たちを」

「いまのあなたからちょっと想像しにくい」

主人は焼けた串をタレの壺に手早く入れて、課長の前の皿に差し出しながら少し笑った。

「結構看護婦たちにもてましたがね」

「かなり誘ったんじゃないかな」

「ご想像以上にね」

隅の方のテーブルに若いふたり連れと、他に近所の住人らしい普段着の老人がひとり、酔眼朦朧と上体をゆすっているだけだ。

「あるとき研究室で親しい医師としゃべっていて、新薬の危ない副作用のデータに手が加えられていると言ったんです、何気なく。数日後、上役に呼び出されてひどく怒られただけでなく、深夜自宅にヘンな電話がかかってくるようになり、妙な男に尾行されたりまでして……その男を叩きのめして、会社だけでなく勤め人という生き方も辞めました」

新しい串を炭火の上に並べながら、他人のことのように主人は言った。

「辞めたあともこわかった。何しろ会社が大々的に売り出していた薬でしたから。山奥に身を隠した……」

「そこで炭焼きを習った……」

「昔のことですよ」

根性のあるこの男なら会社に居続けたら間違いなく出世しただろうが、それといまの彼とどっちが良かったか。石切課長は黙って地鶏の締まって味の深い肉を噛んだ。彼が製薬会社の部長になっていたら、いまどき稀なこの本物のヤキトリを味わうことはできなかったろう。

酔った老人がいきなり意味不明の奇声を発して、コップが床に落ちて割れた。主人は素早くカウンターを出て老人の前に黙って立った。老人はよろめきながら後退りして店の外に消えた。

紺色の暖簾が揺れて、降り続く霧のような小雨が店の明りに映って見えた。

不安が一面に沈みこんだようなこの世の中に天気までこう鬱陶しいと、誰だって何やら叫び出したくなるなと課長は思う。元宇宙飛行士の行方にかまけていた間に、煩わしい雑用がデスクの上に山になっていた。

細長い鉄の七輪の後に戻った主人が、何事もなかったようにふっと言った。

「探してらしたヤドナシの男はどうなりました？　見つかりましたか」

課長の顔に微笑が浮かぶ。この主人に教えられた通りに、公園のベンチに坐っていた時のことが思い浮かぶ。秋の風と光にそよいでいた樹々、芝生を走りまわっていた野良ネコたち、都心部の空気が濁っていなかったはずはないのに、緑に囲まれた公園の上の空はいつも高々と青く光っていた気がする。

「今夜はそのお礼を言いに来たんだよ。大変遅れてしまったけど。あなたのお蔭で見つけることができた。教えてもらった新宿の公園で」

細かく言うと違うけれど、本当にそうだったように思える。少なくともこの主人の勘は間違ってなかったわけだ。

「それはよかったですね」

「本当に助かった」

「わたしも一時あの辺で寝起きしていたことがありましたからね。ダンボール小屋で」

「そんな気がしたな。ホームレスのところを探せと言われたとき」

そう言いながら、とても懐しい気分を石切課長は覚えた。臭くて薄暗いあの地下で、おれの生涯でも最も美しい場面に出会った。その記憶の場面は繰り返し思い返しているうちに、次第にレンブラント風の濃い陰影さえ帯びて、「聖家族」の古い絵のようになっている。窶れ果てたあの男をしっかりと膝に抱いていた女。それを見守っていたふしぎな老人。うんとうんと昔、生まれる前にそんな場面に立ち会ったことがあった気がしてくる……。

「僕の探していた男も、公園の近くのダンボール小屋にいたよ。あるトラブルがあって、見つけたときには危ない状態だったけど、奇蹟的に生き返った。体だけでなく……」

「そういうところですよ。そのままダメになってしまう者がほとんどですけれど、あそこまで落ちて、それまで大切だったはずのことが脱け落ちて、ぎりぎりのことを見つけ直す者もいます」

主人は自分のことをしゃべっているようだったが、課長は気がつかぬ振りをした。

「僕の友人の場合、実際にそうだった。実は遠いところから帰ってきた男でね。そこで出会ったことをうまく受け入れられなくて逃げまわっていたんだけど、とうとうあそこで自分のものにできたようだった」

「その遠いところで何があったんです？」

一瞬だけ顔を上げて石切課長の目をちらりと見てからまた視線を串の列に戻して、声を低めて主人はそう尋ねた。

「くわしくは聞いてないし、本人も直接には言おうとしないけれど、回復してから何となく超然とした態度になったよ。無関心になったというのではなくて。少し気味悪い」

主人は顔を伏せたまま、低く笑った。

「何となくわかります。それでいまどうしてます？」

「仕事に戻った」

「きっといい仕事をしますよ。さてもう少し焼きますか」

「ビールももう一本」

主人は新しい串を焼くのに集中しているようだった。

新しい客がドヤドヤと暖簾を分けて入ってこようとした。

「もう終りです」

主人は顔も上げないできつく素気なく言った。その声の奥にある静かな迫力のようなものが、再会してからの宇宙飛行士の感じに似ていると石切課長は思った。

断られた数人連れの客たちの足音が遠ざかっていったあと、霧のように小雨が流れるひっそりとした気配だけがする。主人が濡れた暖簾を取って丁寧に巻いた。

「一度一緒に炭を焼きに行きませんか。真暗な山の奥で、選んだ木を切って鋸でひいて窯を作って火を入れて何日も待って……夜、覗き口のふたを開けると、焼ける炭の赤光が闇の中に輝き出て素晴らしいですよ。他のことは一切どうでもよくなるほど」

きっとそうだろう、と石切課長には想像できる。闇の中の小さな火、暗黒の中のきらめく光点。筑波のコントロールルームで月帰還船の切り離しに成功した瞬間、動くその光の点を眼前に見た気がする。心の奥の闇も光を秘めていることを信じ続けねばならないのだろう。

「いまは時間がとれないけれど、近いうちに連れて行ってくれ。約束するよ」

石切課長はコップを差し上げて言った。

バスを降りてしばらく歩く。

済南の市内は新しいビルと自動車がふえ、郊外にも白い壁面の工場が幾群も建って、その工業用水のため市内の有名な泉の湧出量が減ったと言われているが、このあたりまでくると記憶のとおりの農村の佇まいである。

赤っぽい平瓦の屋根、畠や道と同じ色の泥煉瓦の壁と塀。麦藁とその上で眠りこけた老人を乗せた荷車をうつむいて曳くロバ。ただ何となく人影も、土塀の中を走りまわっている仔ブタたちも数が少ない。

東京と違って、六月のここは晴れて日射しがきつい。

村を横手に眺めて乾いた泥の道を抜けると、いきなり黄河だった。昔のままに広く大きく悠々と、流れるというより河岸一杯の黄色の水が黙々と動いている。

「啊《アー》!」と思わず声が出た。

十年ぶりに故郷に戻ってきて、黄慧英には多くのものが違って見えた。年齢よりも老いて見えた両親、とくに病床の母の額の深い皺、路地の敷石の汚れ、夜の街の明るさと人たちの歩き方、カラスが増えたことと街路樹の葉の艶がなくなったことなど。

だが黄河は、黄河だけは変っていなかった。

透明プラスチック張りの高速遊覧船が走りまわるようになっているのではないか、とひそかに恐れていたのに、そんな白い船の姿も航跡もなく、かろうじて見える対岸の乾いた疎林の連なりとの間は、ただ一面に黄色の測り知れぬ水量。濁っているのではない。オルドスの黄土の粉末を満遍なく溶かしこんだ何百何千年来の正常なこの大河の水。

やはり思い切って帰ってきてよかったと思う。直接には母の病気がよくないという父の手紙がきっかけだったが(病院の寮あてに来ていたその手紙を、彼女は一か月遅れて読んだ)、それなりに落ち着いていた長い単調な生活のあと急にいろいろなことが相継いで起こって、わたしは自分がわからなくなっていたのだということが、この懐しい大河を前にして改めてわかる。

考えてみれば、泰山と黄河の話をしたことが始まりだった。とくにわたしの患者が——と考えかけて関さんが、と心のなかで言い直す（あのひとはもう患者ではない）、この粉のような岸の土に異常な興味を示して、わたしも浮き浮きとその話をした。

月の地面がそうだったと彼があとで話してくれた通りに、いまわたしのまわりの地面には幾つもの靴底の跡がはっきりと残っている。わたしが歩く一足毎に乾いた黄土の粉が軽く舞い上がる。わたしが、わたしのこの土の記憶が彼の記憶を蘇らせるきっかけだった。というよりこの河があのひとを生き返らせたのかもしれない。

上流の方では、両岸の林の連なりも遠く薄れてほとんど見えなくなり、茫洋と広がる水面はじかに空と接している。晴れた空はとても大きい。大きな空から大きな河が流れ出てくるように見える。宇宙飛行士に戻ったあのひとはまた空に行くかもしれないと言っている。だが彼の空はわたしの河とつながっている。

強く引き止められたが、多摩の神経科病院を彼女は辞めた。人生のひとつの時期が終った気がしたから。母の病気がよくなれば、逆にもし悪くなるなら最期まで看病してから、わたしは東京に戻る。あのひとのいる東京に。石切さんが都内の別の病院を紹介してくれると言っている。

それでいい、と河は言っている。余りに悠々と流れる大河は水音ひとつたてないけれど。そう、わたしは黄河の声、わたしの心の最も深いところを流れる大きなものの声を聴きに、帰ってきた。この岸で見失いかけた自分を取り戻すことができると信じたから。

黄河はこのあたりで大きく北向きに流れを変える。それでここには黄土がとくに厚く堆積し、流れがゆるく岸にぶつかって削られた岸は低い泥の崖になっている。

黄慧英は黄土の崖の端まで行って（細かな粉泥の崖は激しい増水でもない限り崩れることはない）、水面を覗きこむ。遠い記憶の通りに、崖下の黄色い水面ではゆったりと流れを変える大量の水が、音もなく幾つもの小さな渦を巻いている。巻いているというより、見えない水底の方から渦がゆっくりと湧き上がってきて、軟らかな泥のようにうねってはふっと消える。また別のところに新しいうねりが、竜の子供たちのように次々と現れ次々と消えてゆく。

中流では湖面のようにさえ静まり返って見える水が、実は絶えまなく流れうごめき盛り上がっては崩れている。少しの音もない完全な静けさのなかで。昼過ぎの乾いた光が、濃く黄色い水の沈黙の変幻を隈なく照らし出している。

黄河は生きている。

わたしも生きている。

北京行きの便の出発が朝早かったので、わたしは関さんと成田空港近くのホテルに泊まった。部屋の灯を消しても、回転する空港の照明灯の光が間を置いて部屋を照らしていた。わたしたちは「愛してる」という言葉もなしに、とても自然に初めて抱擁し合った。

「あの仄暗い地下でまだ意識が完全には戻っていなかったときも、きみの膝に抱かれている夢をみていたよ。きみにまた会えるなんて想像もしてなかったのに」とだけあの人は言った。

少しこわかったけど、わたしはもうおとなだし心ではすでに幾度も彼を抱いていた。開いた体の奥から渦が幾度もゆっくりとうねり上がってきて音もなく弾けた。遥かに空が（天だろうか）河の源で溶け合うようだった……。

目の下で次々と盛り上がってくる渦のうねりは、あのときの体の深いうねりを蘇らせ、胸の間がじっとりと汗ばんでくる。ハンカチを出して襟くびと胸元をそっと拭いた。日射がいっそうきつくなっている。だがとろりと広がる黄色い水は、光を熱を風を吸い取り続けている。

彼が長い間、空に出かける時もあるだろう。だがどこにいようと、この河がわたしのなかを流れ続ける限り、彼のいる空とつながっているのだ。空の彼方は昼でも真暗なのだ、と彼は言うけれど。

顔を上げて河面を眺め渡す。空と接した上流の方から、帆かけ舟が一艘流れ下ってくる。昔のままの褐色の少し大きな帆と小さな帆。夢ではないだろうか。

まだるっこしいほどゆっくりした動きで、少しずつ少しずつ近づいてくる。帆はふたつとも哀れなほど薄汚れて継《つ》ぎ接《は》ぎだらけだが、その古びた小舟の悠々たる動きには、遥かな憂愁とささやかな威厳があった。夫婦らしい仕事着姿の男女ふたりの影が、風らしい風もないのに懸命に帆綱を操っている。

河下の方がどうなっているのか、彼女は知らない。何を運んでいるのかもわからない。だがこうして人間は永遠のなかを横切ってゆくのだと思った。舟は静かに河下に消えてゆく。広過ぎる河と大き過ぎる空。ひとりだけよりふたりの方がいい。
あのひとの名を思いきり呼ぼう、この溢れる光のなかで。

〈「文學界」1994年2月号～1995年8月号初出。初出掲載時タイトル「インターゾーン」を加筆改題〉

執筆に当たって左記の著書および文献から示唆を受け、かつ資料として参照させて頂きました。感謝をもって記します。

立花隆『宇宙からの帰還』（中央公論社）
NHKサイエンス・スペシャル『ザ・スペースエイジ6、再び月へ』（日本放送出版協会）
月・惑星協会『有人月面基地無人建設構想（詳細版）』
パトリック・ムーアほか共著、柳澤正久訳『月のすべて』（朝倉書店）
アラン・シェパード、ディーク・スレイトン共著、菊谷匡祐訳『ムーン・ショット』（集英社）
十勝圏航空宇宙産業基地構想研究会パンフレット「北海道フライトセンター施設配置図」
森川直樹『あなたがホームレスになる日』（サンドケー出版局）

（お断り）

本書は1995年に文藝春秋より発刊された単行本を底本としております。あきらかに間違いと思われるものについては訂正いたしましたが、基本的には底本にしたがっております。また、一部の固有名詞や難読漢字には編集部で振り仮名を振っています。

本文中には看護婦、婦長、美人秘書、家政婦、労務者、ホモ、野蛮人、聾するなどの言葉や人種・身分・職業・身体等に関する表現で、現在からみれば、不当、不適切と思われる箇所がありますが、著者に差別的意図のないこと、時代背景と作品価値とを鑑み、著者が故人でもあるため、原文のままにしております。

差別や侮蔑の助長、温存を意図するものでないことをご理解ください。

日野 啓三（ひの けいぞう）
1929年（昭和４年）６月14日―2002年（平成14年）10月14日、享年73。東京都出身。1974年『あの夕陽』で第72回芥川賞を受賞。代表作に『砂丘が動くように』『台風の眼』など。

P+D BOOKS とは

P+D BOOKS（ピー プラス ディー ブックス）とは
P+Dとはペーパーバックとデジタルの略称です。
後世に受け継がれるべき名作でありながら、現在入手困難となっている作品を、
B6判ペーパーバック書籍と電子書籍を、同時かつ同価格で発売・発信する、
小学館のまったく新しいスタイルのブックレーベルです。

光

2022年7月19日　初版第1刷発行

著者　日野啓三
発行人　飯田昌宏
発行所　株式会社　小学館
〒101-8001
東京都千代田区一ツ橋2-3-1
電話　編集　03-3230-9355
販売　03-5281-3555
印刷所　大日本印刷株式会社
製本所　大日本印刷株式会社
装丁　おおうちおさむ（ナノナノグラフィックス）

ISBN978-4-09-352443-8

P+D BOOKS